リストランテ・ヴァンピーリ

二礼樹

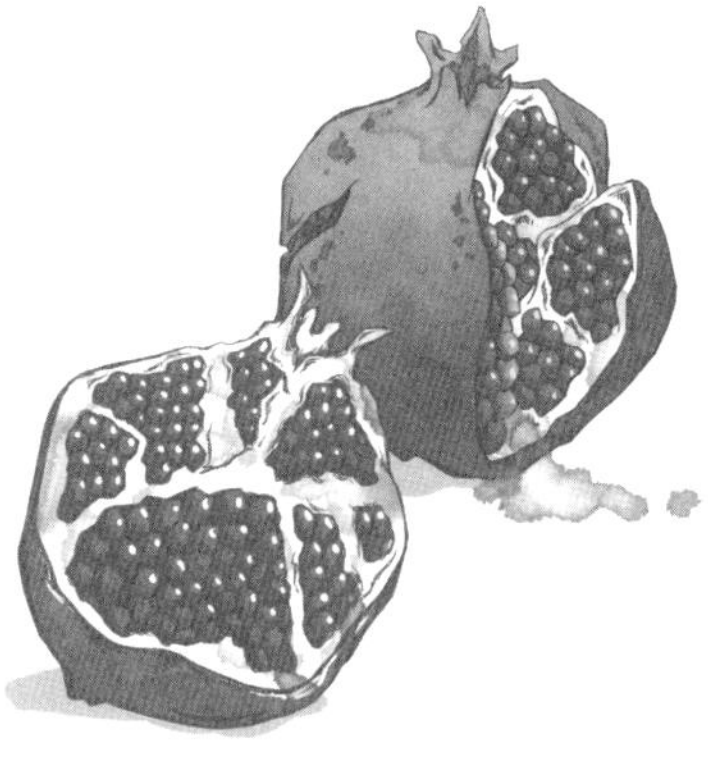

新潮社

Ristorante Vampiri

ILLUSTRATION
衣湖

リストランテ・ヴァンピーリ

登場人物

オズヴァルド――リストランテ〈オンブレッロ〉の解体師
ルカ――アンナの双子の兄
アンナ――ルカの双子の妹。行方不明
エヴェリス――元王女で白髪の殺し屋
マウリツィオ――〈オンブレッロ〉の料理長
ソニア――〈オンブレッロ〉の菓子職人
ピエルマルコ――〈オンブレッロ〉の支配人
イーヴァ・フー――街の闇医者《ドットーレ》
ビアンカ――〈ファルファッラ航空〉の経営者
キャンディ／テディ――ビアンカに付き従う双子
フランチェスカ――ルカとアンナの母親。吸血鬼

第一章

冷凍

CARNE SURGELATA

あんたは信じちゃくれないだろうが、おれは吸血鬼に会ったんだぜ。本当さ。そっちの国では——ヴァンパイアと言ったか？　まあ、何でもいい。なるべくあんたにもわかる言葉で話してやるよ。次の列車が来るまでにはまだ時間があるだろう。鉄道ストライキの解除には半日近く掛かることだって珍しくない。この国に住むつもりなら、おれの忠告に耳を貸しておくんだな。作法なんかを覚えるのはその後で平気だ。ずっと余所者《よそもの》の振る舞いをしていたって死にはしないんだから。

まず、どこから聞きたい？　食材として冷凍されていた男の死体が生き返って、そいつが吸血鬼を名乗ってきたってところからかな。おれは吸血鬼共のせいで散々な目に遭って殺されかけたわけだけど、冷静に考えるに、あれは運の良し悪しなんか関係ない出来事だった。最初からそういう風に仕組まれていたんだよ。

リストランテ〈オンブレッロ〉に定休日はなくて、表面上は会員制の高級店の格好をしていたが、やって来る客共は悪趣味な貴族か異常者を気取った成金ばかりだった。格式ばった鼻持ちならない店だ。営業も上の人間の都合次第だし、おれたち従業員は無茶苦茶な働かされ方をしていた。深夜にも、早朝にも、せっかくの休暇中に呼び出されることもざらにある。

本当ならその日だって休みだった。昼過ぎまで寝て競馬にでも行こうと思っていたのに、いつの間にかあの陰気な石造りの店まで来て仕事をする羽目になっていたんだから、まったく嫌なものだ。

どうしてそうなったかといえば、あのわからず屋な商人の不手際のせいだった。

おれは黒い革のジャケットの上に、さらに厚手の外套を着込んでいた。三〇代も後半に差し掛かってくると、鍛えていても冷凍室内の寒さはこたえる。外での装いそのままに、襟巻と手袋をしたっていいくらいだ。冷えればアルミ製の左脚の調子も悪くなる。

店からは、入店したときに制服——コックコートやら帽子やらエプロンやらを渡されていたが、おれはそいつらを気に入らなかった。この灰色の瞳と硬い黒髪に小綺麗な衣装は似合わないし、どうせ客前に出るのは晩餐会《ばんさん》や特別な催事があるときだけだ。支配人のピエルマルコさえ不在なら、何を着ていようとつべこべ言う奴はいない。堅物のマウリツィオだけは小言を言ってくるかもしれないが、それは大した問題じゃなかった。

大陸から輸入した包丁を片手に、おれは分厚い鉄の扉を開ける。

途端に、冗談みたいな冷気が顔にぶつかってきた。凪こそないものの、冷凍室の中は二月の夜よりも暗くて寒い。氷や魚の入った保冷箱が壁に沿って積み上げられている。所狭しと置かれた食材の中央に、その棺は鎮座していた。

いま考えると、この時点でおかしいと思うべきだったんだ。普段は寝袋みたいな布製の袋に入れて寄越すくせに、その日に限って死体を高級食材を入れるような木製の箱に納めてきたんだから。でも、おれは二日酔いと憂鬱の中に沈んでいて、そんなところにまで頭が回っていなかった。

手違いで解体前の人間が納品されたのは、前日の夜のことだ。

確かに発注用の紙切れには『*Carne intera surgelata.*（冷凍・一頭買い）』と書いたが、それは普通、皮や臓物を取り除いた後の全部位を買いつけるってことを指していて、丸のままという意味じゃない。なのに、あの商人の男は下処理前の人体を卸《おろ》してきやがった。

——ああ、商人っていうのはおれたちがそう呼んでいるだけで、実態は単なるマフィアの端くれなんだけれど。裏では臓器売買の仲介なんかもやっているらしい。あいつらは借金のカタに腎臓やら骨髄やらを奪っていくだけじゃなくて、移植用の心臓を盗《と》るためにその辺を歩いている子供も襲うって噂だ。

そうやって生きている人間を狩ることを、連中は「密猟」と言っていた。人喰い共が求める肉もこの商人たちが売っている。

それなら発注から店に卸すまでのどこで手違いがあったのか。

いや、原因なんて本当ははっきりしていた。全てはおれの悪筆のせいだ。発注票については前々から「汚くて読めやしない」と文句を言われていた。店の奴らにも「子供の落書き」だとか「医者の書く診療録《カルテ》」だとか陰口を叩かれている。でもこればかりはしょうがないことだ。

応対したパスティッチエーラのソニアが記したらしい帳簿には、九〇〇万という数字が並んでいた。人肉は一ポンド当たり五万が相場の中、どう見ても一〇〇ポンドと少ししかなさそうなこの一体で九〇〇万。白色人種となると高級品なのはわかっているが、生でもないのに吹っ掛けられたと思う。ソニアもソニアだ。いくらドルチェ以外のことには関知しない菓子職人だからといっても、彼女はこの巨大な冷凍物の搬入を不審に思わなかったんだろうか。だけどあの冷徹なお嬢さんのことだ。妙だと勘付いても、他人事《ひとごと》だと思って無関心を貫いた可能性が高い。

店で解体を見世物にするのは、半年に一度、六月と一二月と決まっていた。そうでないときは、運搬に適した大きさかつ原形がわからない程度に処理をした状態で仕入れ、調理し、提供する。

要するに、完全な形での死体は二月のいまに寄越されても困るだけの代物というわけだ。

このことを知ったピエルマルコは〈オンブレッロ〉の従業員たちに「誤発注にしろ誤納品にしろ、必ず売り捌《さば》き赤字を出すな」と金切り声で叫んだ。「バラ売りなんて勿体《もったい》ない真似はするなよ」と念押しもする。

料理長たるマウリツィオはかなり難しい顔をしながらそれを受け入れ、そしておれに解体晩餐会の準備をせよと命じた。

可哀想に、奴はピエルマルコに逆らえない。だがそれは他の誰もが同じだ。雇われの身のおれたちにとって支配人は絶対で、楯突くなんていう選択肢は初めから存在していない。あんな貧弱な青二才など一発殴れば黙らせられるだろうに、皆、そうできない事情があるために情けなく頭を下げないといけなかった。

端的に言えば、金の問題だ。

金を得る、あるいは借りた金を返すために働いているからには、金を出す人間に従わなければならない。あんたにだって、それはわかるだろう。

おれはマウリツィオ以上にうんざりした顔を作って、だけど「了解」と応える他なく、名簿に載っている贔屓《ひいき》の客に特別な食材の入荷を知らせる連絡を飛ばした。ざっと勘定するに、これに釣られて直前の告知でも三〇人くらいは店に来るんじゃないかと思う。

何にせよ、棺のような木箱の中に納められたそれは、頭も四肢もそのままだった。血抜きもされていないらしい。ビニル包装に貼られた粘着紙の製造年月欄には『*Febbraio-9A18*《九A一八年二月》』と書き込まれている。死体になったばかりの人体だった。

冷凍しても人肉の品質劣化は早い。保存が利くのはせいぜい三ヶ月といったところか。それ以上になるとどんな調理法でもぱさぱさになって食べられたものではないと、マウリツィオが言っていた。おれは捌くだけだから味など知ったことではないと思うが、奴は一流の料理人らしく食材の扱いにも拘《こだわ》っている。中途半端なものを客には出さないというのが信条だ。その真面目で間違いのない腕が評判を呼び、あいつをますます不幸な道に追いやっている。おれやソニアが同情する以前に、きっと本人も気付いていて、それでもどうしようもなくて土《ど》壺《つぼ》に嵌《はま》っているんだろう。

おれは包丁の先で透明の樹脂被膜に切り込みを入れて、包装を剝がした。剝がしてもそれはまだ薄い白色の緩衝材で包まれている。解体するには半解凍が丁度《ちょうど》良い。暖房の入っている厨房や客席にまで持っていったら溶けすぎちまうだろうか、と迷った。

もしもこの死体を腐らせでもすれば、店はたちまち潰れるに決まっている。なにしろ九〇〇万の肉だ。おれのような者が弁償するとしたら、昼夜で仕事を掛け持ってこの先何年も無給で働かなくてはならない。

〈オンブレッロ〉で働くおれたちの数年分の賃金よりも、死んだこの人間の肉のほうが高い。だからといって羨《うらや》んで死ぬわけにはいかなかった。死んだら全てがお終《しま》いだ。逆に考えれば、全てをお終いにしたいときは死ねばいい。

おれはあまり手元に集中せず、冷凍品の解体興行にどれだけの集客が見込めるだろうかと考えていた。

客のほとんどは滴る血を所望しているのであって、凍ったままの人間を切り分けるところを見にきているわけではない。だけど一度解凍したものは二、三日のうちに売りきる必要がある。再冷凍すれば著しく品質は落ちるし、そうなった肉をマウリツィオは調理しないからだ。加えて「絶対に赤字を出すな」というピエルマルコの指示があるからには、短期間に大勢の客を集めて在庫を一掃しないといけない。

天気予報によるとこの日の最高気温は七度だという。通路に置いておけば翌日の夜くらいには刃が通るようになるだろうか。それで駄目なら電動の鋸《のこぎり》を倉庫から引っ張り出すことになる。

見れば、白い緩衝材の包みの隙間《すきま》から、金色の糸のような髪が覗《のぞ》いていた。

マウリツィオは「食材の顔など拝みたくない」なんて言って部位ごとにバラされるまで逃げ回るだろうが、おれは運び込まれたのがどんな奴なのか興味があった。毎回、必ず顔や傷——そいつがどんな風に殺されたのかを確認する。法医学研究所の連中ほどじゃないが、死因の特定は得意だった。

棺のすぐ横にしゃがみ込み、ウレタンの緩衝材を捲《めく》ってみる。

石のように固い肉体を想像していた。反して、その白い肌は柔らかい。

部屋ごと凍りついておれの感覚が麻痺しているからかもしれないが、目の前の死体からは体温すら感じられるような気がしてくる。

緩衝材の内側で、さらに胴体部分はふかふかとした白い布で覆われていた。目立った傷や死斑はない。二〇代半ばくらいだろうか。おれより一回りほどは若そうな男だった。どことなく異国人風でもあったが、掛け値なしで整った中性的な顔をしている。

おれは死体の腕を引っ張った。その男の飴細工みたいな金色の髪がさらさらと流れた。唇は色を失っている。

硝子《ガラス》を想わせる青い瞳がおれを見ていた。

何かとてつもなく悪い予感がして、おれは咄嗟《とっさ》に男から目を逸《そ》らした。ここは普通の食肉処理場ではないんだから、動くものなんて一つもあるはずはないし、あってはいけない。

「どこ」と掠《かす》れた声が聞こえた。「ここはどこ」

「――冗談だろう……おい！」

「ここはどこ？　アンナは――」緩衝材に埋もれた男はおれを一瞥《いちべつ》すると、「どこにいるの」と唇を動かした。

その口から白い息が吐き出されている。紛れもなく、その死体だったものは温度のある呼吸をしていた。よく見れば、細かく震えてもいる。

「……待てよ、おまえ、どういうことだ。なんで――」

握り締めた包丁をどうしようかと思った。無意識に構えてはみたものの、動いている人間に凶器を向けることは、もう何年もしていない。人殺しだった頃の勘は鈍ってしまって使えたものじゃなかった。笑われるだろうが、過去に三六人も殺しておいてこの様《ざま》だ。

金髪の男はおれの混乱を無視した。棺桶の中でバスローブを着た半身を起こし、そして無表情に「注目」と命令するような口調で言って、伸ばした人差し指を空中で横に引いた。

おれはつられてその指先を目で追う。

長く水平に流れた後、地面を指すように、人差し指は真下に向けられた。

おれの視線も床に落ちる。

瞬間、喰われた。

ばりっと皮膚が破ける音。突き刺すよりも先に包丁を取り落とした。

左肩から頭に繋《つな》がるこの首筋に、金髪の男が咬《か》みついている。

悲鳴を上げることも忘れ、おれの頭は吸血鬼のことでいっぱいになった。

どうしてそんな突拍子もないことを考えたかといえば、一月ほど前から、街で首を掻《か》き切られ血を失って死んでいる人間が大量に発見されるようになっていたからだ。被害者は一日に一人ずつ増え続けていて、しかし現場にはほとんど血痕が残っていないという。

おれや密猟者たちは同業――〈オンブレッロ〉みたいな人肉提供店やその卸売業者の仕業《しわざ》じゃないかと疑っていたが、それにしては死体が残されているというのが不自然だし、巷《ちまた》では「吸血鬼の到来」だと騒がれていた。どうやら別の街でも同じような手口での大量殺人があり、その発生区域は数ヶ月単位で移動しているらしい。つまり、人間から血を奪う殺人鬼がサーカスみたいに移動していて、ついにこの街にもやって来た、というわけだ。

そのとき「オズヴァルド」と、僅《わず》かに開いていた冷凍室の扉の外で、誰かがおれの名前を呼んだ。抑揚のない女の声だった。「オズヴァルド、支配人から電話。そこで何をしているの」ともう一度。

「頼む、ソニア。ちょっと手を貸して……いや、来るな！」

おれが必死に叫ぶと、覆い被さるようにしていた男が飛び退《の》いておれから離れた。口元が鮮やかな赤色に染まっている。男はそれを舌で舐め取ると、不味《まず》そうに顔を顰《しか》めた。

心臓が破裂するほどに鳴っていた。痛みはなく、ただ茫然とするしかない。おれは腰を上げて二、三歩後退《あとずさ》り、金属製の義足が後退動作に弱いことを思い出して、直後に縺《もつ》れるようになって床に崩れた。

通路とを隔てる扉がゆっくりと開き、白い制服を着たソニアが顔を出す。短く切った赤毛がそばかすの頬に掛かっていた。

「何？」

ソニアは怪訝《けげん》な表情をしていた。彼女はいつも仏頂面《ぶっちょうづら》で、その可愛らしい顔立ちを台無しにしている。腰や腕なんかも細くて、見るからにいまどきの娘という感じだ。「来るなと言ったのに」苦笑して視線で金髪の吸血鬼を示し、辛うじて「マウリツィオを呼んできてくれ」と言う。彼女がこの若い人喰いから逃げきり、助けを呼んできてくれることを願うしかない。

おれは寒くて堪らなかった。なのに咬まれた首だけが燃えるように熱い。瞬きする度に視界が狭まってきて、何も考えられなかった。急に襲ってきた強い眠気に抗《あらが》えず、意識が闇の中に落ちていく。墓に埋められる前みたいな気分だった。

黄ばんだ天井。見覚えがある光景。ごわついた布の感触。聞き覚えのある声。

自分が診療所にいるということがわかって、安堵した。どうやらソニアはおれの頼みを聞き入れ、マウリツィオの所に走ってくれたらしい。でなければおれがその場所で目を覚ますはずはなかった。

それにしても、その診療所に立ち入ったのはいつ振りだったか。前の年に、風邪を拗《こじ》らせて薬を貰いにいったとき以来だろうか。距離的には〈オンブレッロ〉からもそう遠くはなかったが、あちらは淫売宿が建ち並ぶ路地の真ん中にあるせいで、患者はヤクザ者や貧乏人ばかりが集まってくる。例に漏れず、おれもまたこうして吸い込まれてしまった。

あんたも知っての通り、この街にまともな医者はいない。だから紛い物がのさばり、人々もそれを許している。その医者擬《もど》きの名は、ドットーレ・フーといった。

遡《さかのぼ》るまでもなく、何もかもは戦争のせいだ。

四年前まで続いていた銀翼《ぎんよく》戦争のおかげで、国は滅茶苦茶になってしまった。いまさら改めて話すようなことでもないだろうが、あんたの故郷は大丈夫だったか？　他所《よそ》の国の情報が入ってこないのは仕方ないさ。でも、こっちは酷《ひど》いもんだったよ。

　おれが生まれたその年に、とち狂った東の巨大な軍事国家が周辺の小国の統治権を主張してきたことが全ての始まりだった。西の大国は攻め入られた小国の味方に付いて、東の軍事国家との貿易を一切取りやめ、経済的な制裁を下した。すると救いようもなく愚かな東の独裁者が、西の国にある原子力発電所や大勢の民間人が働く高層ビルに爆弾を落として回ると決めた。中立を示した地域は補給基地を求める東西両方の国から踏み台にされ、その週から誰もが加害者か被害者のどちらかになった。「銀翼」と呼ばれる爆撃機の群れが空を覆い尽くして、墜落すればその機体を巡ってまた各地で紛争が勃発する。徴兵、兵器開発、燃料の奪い合い。おれの知る限り、この戦争に関わらずに済んだ奴は、世界中でどこにも存在していない。三一年間も続けばそんなものだ。

　この国でも軍人やおまわりの大半が死に、国境は崩され、移民や難民でごった返した。戦争が終結したらしたで、新しい政府が権力を手にする前に身元もわからないような連中が国籍や名前を偽って、混乱に乗じて好き勝手に居着く始末だ。その後ろでいくつもの文化が途絶えた。売られているどの世界地図が正しいかもわからなくなった。法律はそれ以上に穴だらけになった。各々《おのおの》がそれらしい言葉を習得し、発音を真似て、ある者は旧国民を名乗り、またある者は敗れた土地の生まれであることを隠し、どちらにしても差別や弾圧はなくならず、戦争が終わっても死人は増え続けた。秩序を知らないおれさえも、平和にならないならいっそ国ごと滅びてくれと願った。でも、そんな願いですら叶《かな》わなかった。みっともなく形を崩しながら、国はかつての繁栄を取り戻そうと足掻《あが》いている。

おれはどうにも怠《だる》くて起き上がれそうになくて、古いベッドに寝かされたまま、眼球だけを動かして横の騒ぎを見ていた。

ドットーレ・フーは覚束《おぼつか》ない手で額を拭い、その量の多い白髪頭を掻いた。東洋訛《なま》りの共通語を使って、「だから、治療方法はね、ないんですよ」と、正面に座るマウリツィオに辟易《へきえき》した様子で話し掛けている。「吸血鬼に咬まれてしまったならば、基本的にはもう死ぬんですよ」「おれは死ぬのか」と言ってから、その死の原因を作った吸血鬼の姿を発見する。反射的に上半身を起こした。「おい、なんでそいつがここにいるんだよ」

「ああ！　目が覚めたのか、オズヴァルド。良かった」

「良かねえぜ、マウリツィオ。おまえの部下は吸血鬼に咬まれたんで死ぬらしい」

マウリツィオは、おれより四歳年下だが、料理長らしく立派な威厳を漂わせていた。貫禄といってもいいかもしれない。どこにいようが背筋を伸ばし、黒い髪をぴっしりと分けて撫でつけ、几帳面《きちょうめん》に皺《しわ》を伸ばしたシャツからは糊《のり》の匂いをさせている。努力や鍛錬を怠らず自分に厳しく、大昔であれば騎士になっていたであろう種類の人間だ。

そのマウリツィオが、馬鹿なことを言うな、と呆れている。「吸血鬼なんて空想上の怪物だ。実在するわけがない。いくらドットーレ・フーの見立てでも、それだけは信じられない。第一、彼を――ルカを見てみろ。普通の人間と何が違う」

指を向けられたその吸血鬼は、ルカという名前らしい。

ルカは「マウリツィオ」とよく通る声で奴を遮った。誰が着せてやったのか、冷凍室にいたときのバスローブではなく、上下とも白の調理服姿だ。

「僕の目を見て。それから――」

「何？」

「いいから」

渋々、というようにマウリツィオは従う。「男と見つめ合うなんて」と不満を漏らしながら立ち上がり、僅かに背の低いルカを見下ろした。

そして、覗き込む。

「――〇《ゼロ》は始まりの合図だよ。だから夜起きるとき、数えるんだ。一、二、三、四、五……、ってね」ルカはそう早口に言う。呪文を唱えるようだった。「朝眠るときには反対に。五、四、三、二、一」

ふと、マウリツィオが力を失った。

押された石像のように真後ろに倒れそうになったところを、ルカは咄嗟に支えて彼の身体《からだ》を安全に床に崩した。「だいたい、僕が人間ならもっと前に冷凍室で凍死していたよ」

「はあ？」おれは素《す》っ頓狂《とんきょう》な声を上げていた。「何だよいまの。おい、マウリツィオ！　大丈夫か！」

マウリツィオは目を瞑《つぶ》ったまま、人形のように床でぐったりとしている。

「魔術の類《たぐい》だと思ってくれていい」と、ルカは何でもなさそうに答えた。悪戯《いたずら》っぽく声を潜め微笑《ほほえ》みさえする。どことなく嘘くさい仕草だ。「信じなくても存在するんだよ」

「『吸血鬼と目を合わせると永遠の眠りに落ちる』」

厳格な掟を宣告するように、ドットーレ・フーは言った。この爺さんはちっとも驚いていない。

「永遠？　死ぬってことか？」

「永遠になんて嘘だよ。五分もすれば彼は意識を取り戻す。それだけじゃない。僕らについて言われていることはほとんどがでたらめ。ただの迷信」

ルカは恐ろしく冷たい溜息を吐《つ》いて、悲しそうな目でおれを見た。涼しげというのを通り越して、冬の湖みたいに青い瞳だった。

「でたらめな証拠を見せてくれたところ悪いんだけど、おれが死ぬってのも嘘だと言ってくれないか」

「残念だけど、それは本当」

「吸血鬼にもなれない？」

「僕らに咬まれて吸血鬼になるのなら、いま頃、街は吸血鬼だらけだ」

「なら、あとどれくらいだ。自分の調子が悪いことくらいもう気付いている。あとどれくらい、おれは生きていられるんだ？」

ドットーレ・フーは、ルカを見て、床のマウリツィオを見て、それからおれを見た。眼鏡の奥で、糸のような目が怪しく光る。

「せいぜい一週間ですね」

「一週間だって？」

「でも、健康なまま突然死ぬのではありません。身体の節々が痛んで、匂いや味がわからなくなって、暑さや寒さを感知できなくなって、目が見えなくなって、耳が聞こえなくなって、それから死ぬんですよ」

そう言われてみると、身体が酷く重くなったように思えてくる。咬みつかれた首筋に手をやれば、湿布のような布切れが雑に貼られていた。痺《しび》れに似た痛みがある。悪い運命が黒い靄《もや》になって目の前を覆うようだった。

おれはこのときまで死ってものを拒まないつもりでいたが、漠然と、こんな風に訳もわからないまま人生が終わるのは嫌だと思った。でも、命っていうのは案外呆気《あっけ》なく尽きちまうものだろう。おれは長年そうなることを待ち望んできたはずなんだけど、土壇場《どたんば》になって迷いが出てきやがった。

「最悪だな……。なあ、吸血鬼のお兄さんよ、おまえはいったい何がしたかったんだ。それともおれを殺しにきた死神か？」

ルカは少し黙って考え込むと、取引でも持ち掛けるようにもったいぶって口を開いた。

「一つだけ、あなたが死なずに済む方法がある」

「何だよ」

おれはもう投げ遣《や》りな気持ちで診察台から身をおろした。並べられていた革靴を履いて、立ち上がって伸びをする。それからマウリツィオの傍らにしゃがみ、奴を引き上げて先ほどまで自分が寝ていたベッドに横たえた。

一応、という風にドットーレ・フーは車輪付きの椅子を転がし、マウリツィオの脈を測ったり瞼《まぶた》を抉《こ》じ開けて筆記具型の細い電灯で照らしたりしていたが、どこにも異状はないようだった。ひとまず安心する。

「僕には妹がいる」とルカは言った。「僕だけじゃない。吸血鬼というのは二人で一つだ。必ず双子で生まれる」

「そんなのは聞いたことがないが」

「僕以外の吸血鬼を知っている？」

考えた末に「いや」とおれが首を振ると、ルカは「なら僕の言うことが正しい」と傲慢に言い放った。「僕にも双子の妹、アンナがいた」

「冷凍室で言っていた奴か」

「そう。僕に咬まれたあなたは、この魂を分けたアンナの血を飲めば生き永らえる」

「いったい何のおとぎ話だよ」

「僕が吸血鬼であなたが死ぬということを信じるなら、同じくらいの確かさでこのおとぎ話も信じられるはずだ」

　この上なく、ルカは真摯《しんし》だった。

　おれは不思議と奴の話を笑い飛ばしたり、何か言い返したりする気が起きなかった。吸血鬼を名乗る男の青い目を見て、非現実的な話に耳を傾けてしまう。操られている自覚はあった。なのにどうすることもできず、素直に受け入れている。妙な説得力があった。

「じゃあそのアンナは、おまえの妹はどこにいるんだ」

「僕と一緒に捕まって、気付いたらいなくなっていた。あの冷凍室じゃなくて、その前に別の場所に閉じ込められていたんだけど、そのときまでは一緒だったんだ。あれからどうなったのかわからない。だからアンナを一緒に捜してほしい」

「断ったら？」

「あなたは為《な》す術《すべ》なく一週間で死ぬ」

「薬を出しますよ」とドットーレ・フーは言った。

「薬？　薬があるならこいつの妹の血は要らないってことか？」

　ヤブも極まると「吸血鬼の呪い」に対する解毒剤まで持っているのだろうか。

おれの期待を見透かしたように、ドットーレ・フーは首を振って否定した。「根本的に解決するものではありません。症状の進行を遅らせるだけ。死を免れるには双子のもう片割れを捜すしかない」

青色の錠剤が沢山《たくさん》入った紙包みを渡してくると、ドットーレ・フーは「一日に三錠、朝起きたらすぐ、昼食の前、夕方陽が落ちたら必ず飲むこと」と医者ぶって指示した。「何かあればすぐにこの診療所へ来てください。私がしてやれることは限られている」

なんとなく、その言葉はおれではなくルカのほうへ向けられていた気がしたし、ルカは息を潜めてドットーレ・フーの一挙一動を警戒、あるいは監視している風でもあった。

おれは手元の薬の正体について考えを巡らせる。目の前に医者が座っているんだから訊《き》いてしまえばいいだろうと思うかもしれないが、どうせ教えられたって首を捻《ひね》るだけなら全く無駄なことだ。青の薬といえばフェルムカプセルが真っ先に思い浮かぶけれど、多分違う。フェルムカプセルは鉄欠乏性貧血――つまり貧血の患者に処方される経口鉄剤だ。足りない血を補う薬を赤色ではなく青く色付けようと決めた製薬会社の担当者の思惑を想像してみる。この錠剤はなんで青いんだ？　吸血鬼の瞳が青いと知っている奴が作ったのか。実際のところはわからないし、人間の血を吸う化け物が実在するかどうかについて真剣に検討したことも、当然ない。おれが把握していなかっただけで吸血鬼ってのはそこら中にいるものなのだろう。だから医者の爺さんは平然としていやがるわけだ。でも、そんな風に簡単に納得していいんだったか？

頭がぼんやりとして全く思考が纏《まと》まらなかった。病人の気分で壁紙の汚れから悪魔の影を連想したりする。一度こうなっちまうとおれはもう駄目なんだ。自分が「面倒事から逃れられるのならべつにいま死んだって構わない」とか何とか言い出してしまう前に、短く撤収の意思を伝える。

　非常に珍しいことに、そのときのドットーレ・フーは馬鹿みたいに高額な診察費も薬代も請求してこなかった。流石《さすが》の偽医者も吸血鬼に咬まれた患者には情けを掛けたのかもしれない。マウリツィオが既に支払いを済ませてくれていた可能性もあったが、いずれにしてもそれには言及せず、おれはルカと共に診療所を後にした。


〈オンブレッロ〉で働きだす何年か前、おれがまだ堅気の仕事に就いていた頃の話をさせてほしい。世界中で死ぬ人間の数が生まれる人間の数のちょうど四倍になっていたときのことだ。

　そこにはおれと一緒に戦争に駆りだされた生真面目な男がいた。部隊には色んな役割や階級の連中がいたわけだが、おれにとってそいつは相棒と呼べる唯一の同僚だった。亜麻《あま》色の癖毛が目立つ、神経質だが性根《しょうね》の優しい奴だ。奴は内地にいたときから古い小説や詩を集めるのを趣味にしていて、珍しい本が手に入ると「貴重なものだから空襲で焼かれても残るように分けて隠すんだ」なんて言って、タイピストに頼んで別の用紙に書き写させていた。そんなことに金を掛けて何になるのかと当時のおれは思っていたが、煤《すす》けた瓦礫《がれき》だらけになっちまったこの街に帰還したとき、その行為の意味が少しだけわかった。あれは一種の祈りだったんだ、と。

　そいつの手帳の表紙の裏には特別に手書きで写した一篇の詩が載っていた。

　戦地の拠点に送られてくる手紙や無線通信からは、無差別爆撃で身内が消息不明になっているだとか、故郷が占領されて壊滅状態になっただとか、自分の息子に召集令状が届いただとか、立ち上がれなくなるほど気が滅入る情報ばかりが入ってくる。

　虚勢の張り合いのような各陣営の発表と、戦果と呼ばれる犠牲者の数。あんたの国の首都に空爆を仕掛けたのと同じ連中が、通りすがりに仮設の避難所を戦車で轢《ひ》き潰していく。毎日誰かが「もう戦っても意味がない」「何のためにここにいるんだ」「生きていても悪いほうに変わっていくだけなら早く――」と泣き喚《わめ》いて暴れては仲間たちに取り押さえられていた。おれだって疲弊しきって気を立ててばかりいたし、皆いつの間にか互いに掛ける言葉も失《な》くして、励ますうにも何を言えばいいのかわからなくなっていた。

するとと、奴は手帳のその頁を開いておれたちに語ったんだ。

『汝《なんじ》は良き星の下に生まれ、精と火と露より創られた』

その一節を、奴の朗読の後のしんと響いた沈黙の長さを、いまでも強烈に憶えている。おれたちは元々素晴らしい存在であるはずだったんだということを、遠くで閃《ひらめ》くみたいに思い出していた。

ところが、当のその詩は全文を聞くと、とある中年の男が密かに恋をしていた少女の死を嘆き悲しんで、来世で再会して相思相愛となることを願う、というような中身らしいと判明する。若くして逝ってしまった少女の魂の清らかさと美しさを、男の立場から讃えているのがこの場面なわけだ。

だから混沌の戦場にいるおれたちとは全然状況が違うし、自分の三分の一の年齢の少女を恋い慕っている男になんか共感している奴は誰一人としていなかったと思う。

でも、あのときのおれたちに必要だったのは、確かにその詩で間違いなかったんだ。

「吸血鬼なのに姿が映ってる」と、ソニアは無愛想に言って鏡を指した。

閉店中の客席はいつもの半分しか照明が点いておらず、薄暗い。黒っぽく塗られた床板が、余計に店内の温度を下げて見せていた。過去を意識する奴だけがそこに染みついた血や葡萄酒の香りを知覚できる。あんただって、気付けばきっと。

「だからそれも迷信だよ。言っておくけど、十字架も大蒜《にんにく》も効かないから」

六四ある座席の一番隅で、彼女の正面にいるルカは、同じ指摘を百万回もされたかのようにうんざりと応えた。

「銀の釘を打ち込めば死ぬのか？」というおれの質問を潰すみたいに、隣に座るソニアは肩までの短い赤毛を揺らし「不死身なの？」と首を傾げた。

「多分ね。試してみてもいいけど、万が一に僕が不死身じゃなかったとき、オズヴァルドはアンナを捜す手掛かりを失うことになる」

「おまえと同じような顔の女を捜せばいいんだろう。おれは死体の首を切って持ち歩くことに抵抗はないぜ。まさか、死んだら灰に変わるだなんて言ってくれるんじゃねえよ」

テーブルの上には、カッフェ・アメリカーノのカップが三つ置かれている。百数十年前に滅びた国がこの飲み物に付けられた名前の由来らしいが、詳しいことは知らない。おれは歴史の勉強が苦手で、国やら独裁者やらの名を覚えていなかった。ただ、それがエスプレッソをお湯で割っただけの液体であることは知っている。

ドルチェを作る過程で上達したというが、ソニアが淹《い》れてくれた茶は何でも美味かった。菓子職人としてのみならず、バリスタとしてだってやっていけるだろう。こんな店なんかさっさと辞めて、街中に洒落たケーキ屋でも開くべきだと思うんだが、彼女はそうはしない。というより、そうできるだけの自由が彼女にはなかった。

吸血鬼には珈琲ではなく血液か、せめてトマトジュースを出すのが作法なような気もしたが、ソニアはルカが吸血鬼であるということを頑《かたく》なに認めようとしなかった。もっとも、このおれだって齧《かじ》られて呪われるなんて経験をしなければ目の前の若い金髪の男が吸血鬼だなんて信じなかっただろう。

「そういえば、日光には当たらないほうがいい」どうなるかはわからないけど、とルカは他人事のように付け加えた。「僕らの母さんもそう言っていた」

「母さん？　おまえの母親も吸血鬼だったのか。親父は？」

「知らない。父さんが誰なのかも――問題じゃないよ」

「ならアンナはその母親の所だろう。困ったときに帰る場所なんて相場が決まっている。闇雲に探し回る前に訪ねてみろよ」

「母さんはもういないんだ。死んだから」

おっと、それは悪かった、と謝りかけて、気付いた。「死んだ？　どうして？　不死身の吸血鬼なんだろう」

「殺されたんだ」

「だから、どうやって――」

「その脚は？　義足になったのは戦争のせい？　地雷か何かを踏んだのかな」

ルカは遮って、テーブルの下のおれの左脚に視線を向けた。

「おいガキ。話を逸らすな。おれは、おまえらの母親の吸血鬼はなんで死んだのかって訊いているんだ。質問に答えろよ。年長者には敬意を払えって学校で教わらなかったか」

「吸血鬼は不老不死だって知らない？　僕のほうが年上だとは思わないわけ」

おれが低く牽制してみても、ルカは少しも怯《ひる》まなかった。本気とも冗談ともつかない口調で

「オズヴァルドよりもずっと長く生きているかもしれないのに」と言う。

「そうなのか？」

「どっちでもいいでしょ。僕はあなたの年齢を気にしないし、敬意を払われなくても構わない」

食えない男だ、と思った。食われなかった男、といってもいいかもしれない。

解決しない謎ばかりがどんどんと積み上がっていくようで絶望的な気持ちになってくるが、細かいことには目を瞑り、差し当たって考えるべきことを整理する。

なぜルカは〈オンブレッロ〉の店内冷凍室の中で棺に納まっていたのか。

どうして無関係なおれが吸血鬼に咬まれ「呪い」を受ける羽目になったのか。

奴の双子の妹のアンナはいまどこで何をしてるのか。

どんな理由で二人の母親である吸血鬼が殺されたのか。不老不死であったはずなのに、誰に、なぜ、どうやって――。

おれは一口、薄い珈琲を飲む。豆の香ばしい匂いは健在だった。他は何一つわからない。

ソニアは未だに信じていない様子で、けれど「長生きの吸血鬼なら色んな街を渡り歩いてきたんでしょう。メナグラに行ったことは？」とルカに問い掛けた。

「メナグラ？　聞いたことはあるような気がするけど……どこだっけ」

「王様がいた頃、ノルウェーと呼ばれていた国があった。その東にある小さな島が、メナグラだ」

おれはずっと前に、そこが彼女の故郷で「鳥の群れの中に建つ塔」を表す言葉なのだと教えてもらったことがある。沢山の小国に囲まれたその埋め立て島には、巨大な灯台があり、天文と漁業で栄えていたという。

「ああ、もしかすると母さんが昔行ったことがあると言っていたかもしれない。けど、どうして？」

「一〇年前、連合軍のメナグラへの攻撃が酷くなって、私はこの国に逃げてきた。それで、ミラノで家族とはぐれた。捜したけれど、いまも見つかっていない。終戦以降にメナグラに行ったことがあるという人も、周りでは見掛けないし」

「要するに、君は家族が戻っているかもしれない故郷に帰りたいわけだ」

帰る場所があるのは羨ましい、とルカは呟く。やけに実感のこもった響きだった。

「でも、連合国に呑まれたメナグラは国交を断絶している。島の中に入るには密航しかない」

「もしかして君は……不法移民？」

「だとしたら、何？」

ソニアは鋭くルカを見た。おれまでたじろいでしまう。

「いや、密航なんてしなくても入国管理局に出頭すればいいんじゃないかって」

「いま見つかったら連合国内の別の国に強制送還される。私の国には帰れない」

そこで下手に隠したり脅したりしないのが彼女の賢いところだった。おれたちは当たり前に通報なんかしないし、頼まれても政府機関とは関わりたくない。

「だが、船でも飛行機でも密航には金が掛かるだろう。この国でならそれなりの小屋が建つくらいに」

「そうでもなければここでは働いていないよ」ソニアは素っ気なく返すと、ルカに「そもそも密航の手配をしている業者が詐欺師でないという保証もないんだ。だから、行ったことがあるなら仲介人を紹介してほしかったのだけれど」と言った。

あんたもとっくに承知しているだろうが、こんな時代だからな。生まれ故郷を追われ、占領され、家族を失い、路頭に迷っている奴なんてごまんといる。神父の野郎は「生き延びているだけ神に感謝しなければならない」とか何とか言ってくるが、おれはやっぱりソニアを可哀想に思わずにいられなかった。だって考えてみてくれよ。彼女はまだ二二なんだぜ。自分が二二歳だったときのことを思い返せば、ソニアがどれだけ懸命に暮らしているかわかるはずだ。

おれたちが押し黙っていると、店の入口でベルが鳴った。扉に括《くく》りつけられた鐘の音だ。

店前の『*Chiuso*《準備中》』の札を無視して入ってくるのは、マウリツィオだった。

「ここにいたのか。俺を置いて帰ることはないだろう」

奴は第一声からおれを責めた。診療所のベッドで眠ってきたはずなのに、目の下の隈は余計に深くなっている。

「大目に見てくれよ、マウリツィオ。おれの余命は僅かなんだ。居眠りしているおまえを待っている暇はない」

「あれは居眠りなんかじゃ――」マウリツィオはそこにいるルカの姿を認識すると、ぴたりと硬直した。「あれは、何だったんだ？」

「もう一回やってみせようか」とルカは立ち上がる。なぜか少し緊張したような面持ちだった。

「五、四、三――」

「いい、やめろ。やめてくれ」

ルカに見つめられたマウリツィオは両手を前に出して視線を遮った。

「僕が吸血鬼だと認めるね？」

「認めなくてもそうなんだろう。いったいどうして吸血鬼がリストランテの冷凍室にいて、うちの従業員に咬みつくなんてことになったんだ」

マウリツィオは溜息を吐いて、おれたちと共に席に着いた。「料理長、カッフェ・アメリカーノは？」と尋ねるソニアに「ああ、頼むよ」と疲れきったように応える。

厨房に戻るソニアの後ろ姿を眺めながら、マウリツィオは言った。

「この街では最近、大勢が血を抜かれて死んでいる。それもルカの仕業か？」

「直球だね。僕を国家憲兵に突き出す？」

否定しないのか、と思った。だがルカが大量殺人鬼だとしても、おれはここで奴を失うわけにはいかない。

「止《よ》してくれ、マウリツィオ。いまはこいつが必要なんだ。ルカの妹の血を手に入れられなければおれは死ぬ。おまえも部下が死んだら困るだろう？」

「それ以前の問題だ。憲兵なんかに近寄れるものか。ここがどこか忘れたのか？」

「人喰いが来る店でしょ。三人共ごっこ遊びの店員だ」

マウリツィオは忌々《いまいま》しそうにルカを見た。言い返せないのは、その通りだからだ。

「こら、吸血鬼。うちの大将を冒瀆《ぼうとく》するな」けれど、いくら図星《ずぼし》を突かれたって、おれまで口を噤《つぐ》んでいるわけにはいかないだろう。「これでもマウリツィオは王室付きの料理人だったんだぞ。この店じゃ唯一のスペチャリスタだ」

「一流の料理人《クオーコ》がなぜこんな小さなリストランテで隠れて人肉提供を？　随分な成り下がりじゃないか」

「だから、怖い思いをさせたのは悪かったと言っているだろう」ルカのずけずけとした物言いに対しても、マウリツィオは誠実に頭を下げた。「食材が生きているなんてことは初めてだったんだ。俺たちもどう接すればいいかわからない」

「だろうね」とルカは柔らかそうな金髪を弄《いじ》る。「死なず、老いず、一日に一ガロンの血を飲むこと以外は人間と同じだと思ってくれていい」

「魔術を使うんだろう。とても同じだとは思えない」

「僕を人間と間違えて食べようとしたくせに」

それで納得したのか、諦めたのか、マウリツィオは腕を組んで項垂《うなだ》れた。

淹れたてのカッフェ・アメリカーノで満たされたカップを手に、ソニアが戻ってくる。

彼女に礼を言って椅子を引くと、マウリツィオは再び深刻そうに切り出す。

「目下のところ問題は二つだ。オズヴァルドのその……『呪い』への対応と、明日の晩餐会をどうするか」

「晩餐会？」

「得意客たちに招待状を出したのに、中止にはできない。たとえ、メイン料理の食材が生き返ったとしても」

面接でもするかのように、おれたち三人はテーブルを挟んでルカと向かい合っていた。

「このままじゃ大赤字だな」と横目でマウリツィオを見る。

前の料理長は不注意から肉を駄目にしてしまい、弁済のためにベーリング海に蟹《かに》を捕りにいかされ、漁船から荒波の中に放り出されて死んだ。自分の取り分が減るのを嫌った他の船員によって殺されたらしい。

この店をクビになったら同じような運命が待ち受けている。だから、決して赤字を出すわけにはいかないし、支配人の言うことも粛々と聞き入れるしかない。

「僕にはいくらの値札が付いていたわけ？」

嘲《あざけ》るようにルカが言った。白い歯がちらりと見える。童話の挿絵に描かれているような尖《とが》った牙はなさそうだった。おれは少し残念な気持ちになる。

「九〇〇万」とソニアは答えた。「どう思うかは知らないけれど、相場から見ればかなり高いよ。傷がない上に小分けにされる前だったから、きっと値段が釣り上がったんだ」

「どうにかピエルマルコにバレないうちに補塡《ほてん》しないとな。まったく、面倒なことになった」

「九〇〇万の穴なんて埋まるかな」

「九〇〇万？」馬鹿を言え、とおれは能天気な吸血鬼を睨んでやった。「原価そのままで客に出す奴があるか。仕入れ値が九〇〇万なら品書きに載せるときは最低でも二七〇〇万だ。三〇万の膳組にして一〇〇人に食わせるんだよ」

「へえ、じゃあ本当の損害額は二七〇〇万ってこと。大変だね」

ルカは薄い反応を示す。誰がこの状況を招いたのかは定かじゃないが、もう少し驚いてくれてもいいところだ。

「他の獣の肉でなんとか誤魔化せないか」

「無理だとわかっているだろう。呼び寄せた客は皆、人を喰い慣れているんだ。すぐに見破られてピエルマルコのところに苦情が入る」

マウリツィオは頭を抱えていた。

仕入れには順序がある。料金の半額を初めに密猟者に渡し、納品時にもう半分を渡すことになっていた。つまり、元手がなければ代わりの仕入れもできず、食材がなくなり、客を取れず、店を畳まないといけなくなる。それでおれたちが解放されるわけでもない。閉店の先に待ち受けるのは、比喩でない死だ。

真面目な料理長があまりに不憫《ふびん》で、おれは思わず「密猟者を介さずに新しい食材を用意すればいい」と口走った。

「誰かを殺して攫《さら》ってくるって意味？」とルカが無邪気に言い換える。

「それは駄目だ！」マウリツィオは短く怒鳴った。「もう誰も殺すな。戦争は終わったんだ」

「わかったよ、そんなに怒るなって。おまえも余計なことを言わないでくれ」

気圧《けお》されて、おれは発言の責任をルカに擦《なす》りつけた。

「僕が言いだしたんじゃないのに」子供っぽく白い頬を膨らませると、ルカは「というか、誰がやっていたにせよ、店で出すために人間を殺すってことに変わりはないでしょ」と元も子もないことを言いだした。

「おまえだって毎日咬みついて人間を殺してるだろう。『吸血鬼の呪い』がなくても、一ガロンも血を失えば大抵の奴は死ぬ」

「生きるためだ。あなたたちが豚や牛を処理するのと変わらない」

「人間様だって最近は野生の動物は狩らないんだよ。食うために繁殖させて手間を掛けて育てている。吸血鬼もそうやって喰らうための人間を囲えばいい」

「僕らはそうできるほど数がいない。総力では人間に勝てないし、食糧にするための人間を増やすことにもあなたたちは賛成しないでしょ。僕たちのことを知ればきっと種族ごと根絶やしにしようとする」

「だから目撃者を残さないように口封じしているってことか？　なら妹を見つけて用済みにな

ればおれたちのことも殺すのか。それじゃあアンナを捜す意味が――」

「喧嘩しないで」極めて冷徹に、ソニアが割って入る。「殺人鬼同士、仲良く」

「殺人鬼同士？」

ルカがおれに怪訝な顔を向けてきた。

「知らずに手を出したのか」マウリッツィオは意外そうにルカを見る。「俺はてっきりオズヴァルドに御礼参りでもしにきたものだと思っていた」

「恨みを買うようなことをした覚えがあるってこと？」

「マウリッツィオ。くだらない与太話を広めるのはナシだぜ。自分でも信じていないなら、なおさらだ」

おれは先回りしてマウリッツィオの座る椅子の脚を軽く蹴った。

けれど奴は面白がるでもなく、まるでそうしなければ公正でないとでも思っているかのようにルカに向き直って話を続ける。「オズヴァルドが手足をばらばらにして殺した中にはまだ一八の娘もいたと聞く。生きていればいま頃はルカと同じくらいの歳になっていただろう。おまえが見た目通りの年齢であるならば、だが」

「……僕は殺された女の子とは縁《ゆかり》も所縁もないよ。だけど、オズヴァルドが彼女を殺してしまった理由については気になるな」

「その娘だけじゃない。銀翼戦争のどさくさに紛れて何十人も手に掛けて、奇跡的に生き残った一人の男さえも見逃さずナイフで刺し殺した。この噂は本当なんだろう？」

こちらは沈黙で応えた。誰にでもべらべらと喋《しゃべ》ると思ったら大間違いだ。

おれはカップに口を付ける。酸味の代わりに苦みが強くて、少し冷めても悪くない味だった。

これが飲める限りは娑婆《しゃば》に留まる努力をしようと思う。

「だいたい、店に卸されるのはどのみち死んでいた奴だよ。マフィアに狙われて殺されたような連中を、処分がてら食材にしているだけだ。そこら辺をうろついてる人間を無闇《むやみ》に手に掛けているわけじゃない」

「だが、どうしてルカは冷凍される羽目に？」

マウリツィオの質問に、今度はルカが黙る番だった。

「仕留めたと思って冷凍したのが不死身だったから生き返ったんだろう。おまえはなんでそんな目に遭った？　誰にやられたんだ。そいつの仲間だと思っておれを襲ったのか？」

「わからない」

明らかに嘘だった。

ルカは自分の身に降り掛かったことについて何かを知っていそうで、だけど少しもおれたちに明かすつもりはないらしい。

いったい何を考えているのか、吸血鬼の思考は難解で敵《かな》わないと思う。

「綺麗な双子だから？」と、突飛なことを言いだしたのはソニアだった。彼女自身もその綺麗なものの一つだってことに気付いていないみたいにさっぱりしている。「吸血鬼でなくても、珍しくて特別ならその手の収集癖のある人が買うでしょう」

「単純な人攫いに目を付けられたのが、どうしてうちの店に卸されることになる」

「商人が取り違えたんだろう。元々、おれは丸ごと一体の人間さえ発注していなかったんだ。今朝もそう報告したはずだぜ」

「卸しの事情を訊くなら、やはりシニョリーナ・エヴェリスか」

マウリツィオが慎重にその名を口にする。ソニアの顔が強張《こわば》った。きっとおれも同じように。

「シニョリーナ・エヴェリス？　嫌だな、彼女はおっかない」

「誰？」と、ルカだけが呑気《のんき》な様子で訊き返した。

「本当に知らないのか？　密猟者だよ。マフィアの手先。この街で一番の殺し屋だ」

「なんだ。僕たちの同類じゃないか」

「違うんだよ、彼女は……、まあ、会ってみればわかるだろう。行き掛けに話してやるよ」

蔦《つた》の絡まる廃墟のようなその教会に入る前、おれはルカに何度も忠告した。彼女――エヴェリスの機嫌を損ねるようなことを言うな、彼女の持ち物に触れるな、彼女の背後に立つな、と。ところが不死身のせいか、ルカは吸血鬼らしく怖いものなどないといった態度で聞き流していて、ちっともこのおれの親切をわかってくれない。

彼女は、灯りのない礼拝堂の一番前の席に座っていた。

いくつも整列しているのは立派な木でできた長椅子。正面の壁には色付きの硝子細工が嵌められていて、透かすように月光が降り注いでいる。古い説教壇の横には、何輪ものカガリビバナが丁寧に生けられていた。神父の姿はない。

長く報われない戦争を経て、世界中で一番崇《あが》められてきた神様だってもう多くの人間から愛想を尽かされてしまった。未だに信じているのは、他に手を合わせる相手を見つけられない敬《けい》虔《けん》な連中だけだ。

そこにはおれや店の周りの奴らの大半が含まれていて、行けなくたって日曜日になればミサのことを意識する。中には人殺しのくせに教会に毎日通っている熱心な教徒もいた。だからこそれは待ち合せをしなくても彼女に会うことができる。

おれはエヴェリスの所まで歩いていって、その御前《ごぜん》に跪《ひざまず》いた。

「ご機嫌麗《うるわ》しゅう、シニョリーナ」

彼女はおれを一瞥すると、藤の花の匂いがする煙草をふかした。そのままこちらに革のグローブを嵌めた手を伸ばす。

おれは細心の注意を払いながらその手を取って、甲に口付けをした。

鬣《たてがみ》のような白い長髪が緑の瞳を隠している。マウリツィオが騎士なら、彼と同い年のエヴェリスは騎馬だった。それもとびきり高潔で気難しい芦毛《あしげ》の馬。

「ソニアは？」

エヴェリスは、真っ先にお気に入りの彼女のことを訊いた。おれのことなどソニアの近況を教えにくる伝令くらいにしか思っていないんだろう。

「〈オンブレッロ〉にいますよ。留守番だ」

「あの子がいないのならおまえと話すことはない」

「そう仰《おっしゃ》らず、ソニアの、店の危機なんですよ。協力してくださらないならおれと会うのもこれが最後になるでしょう」

そこで、ようやくエヴェリスは不審な金髪の男に興味を示した。おれを押し退けるように立ち上がって、火の点いた煙草を床に捨てる。腿《もも》まである長いブーツの靴底でそれを踏んで、女王の風格をもってルカに歩み寄った。

ルカは少し高くなった聖壇の縁《へり》に腰掛け、静かに彼女を見上げていた。

「見掛けない顔だな」

エヴェリスは黒い外套をはためかせ、立ったままルカの鼻の前に片手を差し出す。

ルカはそれをじっと見つめた後、畏《おそ》れ多くも両手で摑んで強引に握手に変えた。

「馬鹿！　おまえっ――」

「僕はルカ。吸血鬼だ。アンナを、双子の妹を捜してる」

どうして一番に正体を明かすのか、とは思ったが、それどころではない。おれは咄嗟に二人の間に割り込む。「こいつは礼儀ってものを知らないんです。無礼をお赦《ゆる》しください」

ところが、エヴェリスは怒りも驚きもせずに「吸血鬼か」と呟くと、ルカの隣に座った。

仕方なく、おれもルカを挟んで反対側に腰を下ろす。

もしかすると、また何かまじないを掛けたのかもしれない、と疑う。そうでなければ運の良い奴だとしか言いようがなかった。いまので腕を切り落とされていてもおかしくない。もっとも、吸血鬼は首を刎《は》ねられても生き続けるのかもしれなかったが。

「オズヴァルドから聞いたよ。あなたは王族の末裔《まつえい》なんだってね。どうしてマフィアの下で殺しなんてやってるの」

「おまえ、本当に遠慮しろよ」

おれの名前を出して阿呆な質問をするな、とも思う。

「王を、もはや誰も必要としていない」エヴェリスは低く言った。「統治者も支配者も国民を裏切り続けた。いま人々に求められているのは、傀儡《かいらい》の王ではなく、畏れるに足る実力を持った公正な審判だ」

「……言っている意味がよくわからないけど、人を裁くために殺し屋になったたってわけ？」

「全ては過去に償い国を善く変えるためだ。かつての王が犯した罪を誰も赦しはしないし、わたしの存在意義はその負債を埋めることにある。おまえはこの国の人間ではないな？」

「そもそも人間じゃないからね」

「シニョリーナ。ルカは昨日うちの店に納品されてきた元・食材です。一日冷凍室の中にいても生きていた。卸《おろし》の商人はあなたのところから仕入れたんだと思いますが……こいつを狩った覚えは？」

　おれが問うと、エヴェリスは横目でルカを見た。

　見掛けない顔だと言っていたところから予想はしていたが、「ない」と返ってくる。

「アンナのことは？」すかさずルカが尋ねる。〈オンブレッロ〉の制服の上に貸し与えた化繊のジャケットを羽織っているだけで、寒そうだった。「僕と似た女の人を、どこかで見ていない？」

「知らないが、昨日〈オンブレッロ〉に取り次いだ商人ならわたしが殺した」

「そりゃまた……どうしてです」

　エヴェリスは外套の衣嚢《いのう》から出したマッチを擦って、新しい煙草に火を点けた。そのまま聖卓近くの蠟燭《ろうそく》にも灯す。辺りが一気に明るくなり、彼女の足元に落ちる影がいっそう濃くなった。

「そう頼まれたからだ」

「誰に」

「わたしが答えると思うか」

「お願いしますよ。ソニアを助けると思って」

　手の内を明かすつもりで、おれは洗いざらい話した。冷凍室でルカに咬まれ「吸血鬼の呪い」を受けたこと。奴の妹の血がなければ死を免れないこと。生き返った吸血鬼に代わり、明日の夜、客に提供するための新しい食材が必要なこと。食材がなければ〈オンブレッロ〉の従業員がピエルマルコによって責任を負わされること。その全てを話し、縋《すが》りついた。

「アンナが見つからなければおれは助からない」

「しつこい」

そう言うなり、エヴェリスの白い髪が靡《なび》いた。

風切り音がして、礼拝堂の出入口から悲鳴が聞こえる。

声がした方を見れば、黒ずくめの男が蹲《うずくま》っていた。若そうな、見たことのない男だ。おれはその瞬間まで人の気配にさえ気付いていなかったから、二重に肝を潰した。

エヴェリスは藤の香りの溜息を吐いて、もう一本、男を目掛けてナイフを投げる。

その刃は見事に彼の首を貫き、血を噴かせ、たちまち命を奪った。

「わたしを尾《つ》けていたな」

おれとルカは何も言えずに一部始終を眺めていた。

しつこくエヴェリスを尾行していたらしい男は、もうこの世にいない。きっと件《くだん》の商人も同じように容赦なく殺されたんだろう。弁明の機会も、神に祈る時間も与えられずに。

もしもおれたちが殺人を犯したことのない人間や吸血鬼だったのなら、目の前で起きた出来事に酷く動揺したはずだ。その夜は眠れず、しばらくは悪夢を見る羽目になっていたかもしれない。だけど、幸か不幸か、そこにいた三人は死体を見慣れすぎていた。きっと三日もすれば、どんな惨烈な光景だって忘れてしまうくらいには。

「エヴェリス、あなたは疲れているよ」

突然そんなことを言いだしたのは、ルカだった。震えを押し殺すような、静寂を破り裂く声。

これにはエヴェリスも視線を動かす。

「あなたはいつも気を張ってくたくたで、眠くて、寒くて、空腹で、だけどそれを誰かに打ち明けるわけにはいかなくて――」

「何を言っているんだ」と言いかけて、おれは気付いた。

これは魔術だ。ルカは、エヴェリスに呪いをかけようとしている。

「とても疲れている。だから、あなたはここから一歩も動けない」

エヴェリスは奴の言葉を肯定も否定もせず、黙っていた。人差し指と中指で挟んだ煙草がじりじりと短くなり、いまにも彼女の手袋を焦がしそうだった。それでもエヴェリスは動かない。

沈黙が続く。

床の一点を見つめ、見開かれた緑の瞳には焦燥が滲《にじ》んでいた。

「おい、何してる。ルカ、やめろ」

おれはようやく、隣のルカを小突く。咬まれた首に鈍痛があった。いまの魔術の標的にはなっていないはずなのに、顎の下まで水に浸かっているかのような息苦しさに襲われている。

ルカはおれの方には見向きもせず、エヴェリスに「あなたは動けない」と重ねた。読み終えた本を閉じるみたいに、両手を胸の前で合わせている。「疲れているから動けない。疲れているから秘密を守れない」

ぱっと、ルカが手を離した。エヴェリスの指先から煙草が落ちる。

「教えて。僕を卸した商人の死を望んだのは、誰？」

「……〈ファルファッラ航空〉の代表」エヴェリスは、床からゆっくりと目を上げながら、不本意そうに唇を歪めて言った。「今朝、出張先のエクアドルからわたしの組織――〈ザイオン〉に電話で依頼を寄越してきたらしい。最終的に商人の処分を決めたのは彼女ではなく〈ザイオン〉のほうではあるが」

〈ファルファッラ〉といえば、この国で最大手の航空会社だ。

そんなことより、おれは戦慄した。

吸血鬼というのが、人を死に至らしめたり眠らせたりする以外にも、無理矢理に口を割らせる能力も有しているものだとは知らなかった。それも、エヴェリスのように寡黙で潔癖な人間に対しても有効な力を。あのままルカが「あなたは動けない」と唱え続けていたらどうなっていたんだろうかと、ぞっとする。

「航空会社の代表が、どうして一介の商人の殺しなんか依頼するの」

あえてなのか、ルカはいま起きた現象について何も触れず、淡々と会話を再開させようとしてきた。

瞬きと同時に、エヴェリスが警戒を強めたのがわかる。けれど黙秘すればまた術を使われると思ったのか、彼女は「商人の倉庫に預けていたものが失くなったらしい」と答えた。その外套の内側には、まだ何本ものナイフが隠されているに違いない。

「預けていたもの？　何です」

「知らない」

「僕たちのことじゃないかな」とルカ。

「どういうことだ。じゃあ、おまえと妹を冷凍室にぶち込んだ奴ってのは、その〈ファルファッラ航空〉の代表なのか？」

「だとすれば、アンナは――」

「おまえは」遮るように、エヴェリスは立ち上がった。「おまえが、例の連続吸血殺人鬼なのか」

そうだね、とルカはあっさりと認める。潔いといってもいいくらいだった。「要るのは血だけで、殺人を目的にしているわけじゃないけど」

さらさらの金髪には一本の枝毛すらなく、それが奴の暮らしぶりを物語っていた。あるいは、老いを知らない吸血鬼っていうものは、人間にありがちな薄汚さや貧しさとは無縁なのかもしれないと思う。

「警察が吸血殺人鬼を捜している。先週の初めから国家憲兵共も捜査に乗り出した。〈ザイオン〉も裏で憲兵隊に手を貸すと約束したらしい」

「そう」

「わたしはルカを捕らえたほうがいいか？」

「……なぜおれに訊くんです」

急にエヴェリスから意見を求められ、おれは思わず腰を浮かせた。この脚では彼女を相手に逃げられない。どうしておれがこんな目に、と恨めしく思うような気持ちがまだあった。

「ソニアはルカの味方なのか」

「ソニア？　ええ、彼女は、まあ、そうでしょうね。どちらかといえば。……それよりシニョリーナ。明日使う食材のほうは揃えられそうですか？　金のことならマウリツィオが追って調整します。客への案内には若い男だと書いてしまったんだ。できれば条件に合う人間を丸のまま仕入れたいんですが」

「そこに用意できている」

彼女はつまらなそうに背を向けると、出入口の前でくたばっている男を指差した。

おれは「ああ」と曖昧な返事しかできない。

「吸血殺人鬼のことはソニアに会ってから考える」

エヴェリスはそう一方的に宣言すると、「また明日」と男の死体を跨《また》いで出ていってしまう。

取り残されたおれたちは顔を見合わせて、ただ窓から降り注ぐ月光を浴びていた。


その夜、おれは家に帰って薬を飲んだ。

ドットーレ・フーから貰った青い錠剤だ。使い古しみたいな紙袋に小分けにされていたんだけれど、薬の名称や効果の説明はどこにも書かれていない。

気のせいか、目が翳《かす》んでものが見えにくくなってきていた。光がやけに眩《まぶ》しくて、脳が疲れている感覚がある。洗面所に行ったついでに髭を剃ろうとして手元が狂い、剃刀《かみそり》で顎の下辺りを切ってしまった。小さな切り傷から喉元を流れていく赤い血の筋をただ眺めている間、頭の中で、ルカの「あなたは動けない」という声が反響していた。

もし奴が「あなたは死なない」と唱えれば、その通りになってしまうような、そんな予感がする。


「──そういう訳だから、おれの命はソニアに懸かってるんだ」

「困るよ。連れてこないでって、いつも言っているのに」

「一言『ルカに手を貸す』と言ってくれるだけでいい。シニョリーナ・エヴェリスもそれを聞けば納得して帰るだろう。なあ、頼むよ。何でもするから」

客席のエヴェリスに届かない声で、おれはソニアに懇願した。反面、自分を冷やかすような気持ちにもなってくる。果たして、そうまでして生き永らえたいのか、と。

厨房でオレンジの皮を剥いている彼女は、その隣で黙々とワインリストを覚えようとしている吸血鬼に目を向ける。「私の手なんか借りる必要はないんでしょう」

無責任なことに、ルカは「どっちでもいいよ」と返してきた。「アンナさえ見つけられるなら過程には拘らない」と言う。この真冬に真新しい日傘を携え、前の日とは違う黒いカメリエーレ用の制服を着ていた。

〈オンブレッロ〉には前にも同じ格好をした男がいたけれど、そいつはピエルマルコの前で高い酒の瓶を割り、翌日には鉱夫として売られていった。以来、この店に専任の給仕係は存在していなかったんだが、ルカはさりげなくその地位を手に入れたみたいだった。

「どっちでもいいことがあるか。ソニアを敵に回すなら、シニョリーナ・エヴェリスは絶対におまえを殺すぞ」

「ソニアの意向がそんなに大事？　彼女はソニアの何なのさ」

「交際相手だよ。いまじゃあ『元』が付くが」

気付けばおれは口を滑らせていた。どうして明かさずにいられなかったのかと自分でも不思議に思う。おれも他の野次馬共と同じように彼女たちの破局を惜しんでいたから、このことを誰かに聞いてほしかったのかもしれない。

二ヶ月前、つまり去年の暮れのことだが、誕生日をどう過ごす予定かとエヴェリスに問われたソニアは、ちょうどその時期に開催されていた聖夜祭の夜市に行きたいと答えた。ミラノの大聖堂広場でやっている有名な祭りじゃなくて、ジェノヴァ――港町の連中が地元の楽隊や雑貨屋や飲食店なんかを集めて開催するメルカートのほうに彼女は興味があったらしい。会場だって電飾の紐で区切っているだけの、こぢんまりとした有料制の催しだ。

ソニアの希望を聞いたエヴェリスは、その日のうちに彼女の誕生日当日分の入場券を買い占めて夜の市場を貸切状態にしたという。

それが二人の関係を歪ませた。

エヴェリスにとって、祭り独特の雰囲気や賑わい、目当ての屋台に並んでいるときの高揚感なんかは全く重要なものではなく、他の客たちだって邪魔な存在でしかなかったんだろう。だけど、ソニアはそういう煩わしさも含めてこの小さな祭典を楽しみたかったはずだ。

結局、ソニアがエヴェリスの行動を咎《とが》め、彼女が押さえていた大量の入場券は外にいた観光客や子供たちに残らず全て配られたらしいが、その一連の聖夜祭独占騒動が止《とど》めとなってエヴェリスはソニアに振られてしまった。「用意してくれたチケットが二枚だけだったなら、私たちは大勢の中でも二人きりでいられたのに」というのが唯一のソニアの言い分だ。

「君はもうエヴェリスのことが嫌いになってしまったの」

色褪せた写真と膨大な量の文字で埋め尽くされたワインリストに目を落としたまま、ルカはいままで誰もが触れずにいた核心を軽率に突く。

おれは身が縮む思いをした。遠くの客席のエヴェリスが聞き耳を立てているような気がする。

ソニアは手を止めると、果物ナイフを調理台の上に置いた。銅の小鍋にオレンジの果汁を搾《しぼ》り入れ、ざらざらと砂糖を流し込む。ルカの問いには答えないまま「暇ならこれ、泡立てて」とおれに生乳の入った大きいボウルと泡立て器を押して寄越した。どうやら今回のドルチェはオレンジのムースらしい。

受け取ったおれは、渋々彼女の仕込み作業を手伝った。「こうしている間におれは死に近付いてるってのに」

「本当に？　そんな風には見えないのだけれど。いつも通りでしょう」

「なら教えてやろうか。実のところな、いまソニアが火にかけたその鍋の、柑橘の香りもわからない。昨日までは問題なかったんだが」

「それ、料理人として致命的じゃない？」

己が原因だというのに、ルカは他人事のように指摘してくる。

「誰のせいだと思ってる？　それにおれは料理人じゃない」

「料理人でない奴が厨房に入るな」いつの間にか来ていたマウリツィオが、おれの格好——一《いっ》張羅《ちょうら》の革ジャケットを見て顔を顰めた。けれど「体調は大丈夫なのか」と気に掛けてくれもする。

「おかげさまで絶不調だ」

「年のせいだろう」

「四つしか変わらねえってことを忘れるなよ。すぐにおまえもこうなるさ」

「俺を一緒にしないでくれ」

厨房の奥で手を洗うマウリツィオの顔色は酷かった。いまに始まったことではないが、整えられた黒い髪に白い筋が目立っている。

しばらくの間、おれはひたすらに手を動かした。空気を含ませるように生クリームを掻き混ぜる。金属製のボウルに泡立て器がぶつかる軽快な音が鳴っていた。少しずつ体積を増し、もこもこと膨らんでいくにつれて腕が重くなる。ソニアに「もういいか」と伺いを立てると、彼女はちらりとおれの手元を見て「あと少し」と注文をつけた。

「――おい、待て。どうして店にシニョリーナ・エヴェリスがいる」その頃になって客席に殺し屋の姿を見つけたマウリッツィオは、慌てた様子でおれの肩を摑んだ。「今日必要な食材なら昨夜のうちに運び込んだだろう」

「それとは別件だ。シニョリーナもいま話題の連続吸血殺人鬼を追っているんだと」

「彼女にルカの正体を明かしたのか？　なぜ！」

「知るかよ、こいつが自分でバラしたんだ」

隅の方で椅子に座っていたルカが、ようやく顔を上げる。はっとするくらいに長い睫毛《まつげ》も、髪と同じ透き通る金色だった。

「僕のことを彼女に知られたところで、べつにオズヴァルドたちに迷惑は掛からないでしょ」

「迷惑なら、おれに咬みついた時点でもう盛大に掛かってるんだよ」

参ったな、とマウリッツィオは表情を曇らせる。「あと三時間で開店なのに」

「彼女がいると不都合が？」

「いや……、とにかく、店の中で煙草はやめさせてくれ。ソニア」

しかし、ソニアは「自分で頼めば」と冷たい。ピスタチオのキャラメリゼを麺棒で叩き砕く度、彼女の髪は赤く揺れた。

わかりやすく肩を落としたマウリッツィオは、それでも溜息を漏らさずに客席へ出ていった。

こういうとき、こいつは偉いというか、立派だと思う。おれなら泣き落としてでも他の奴に行かせるところだ。

出入口に一番近い席に陣取ったエヴェリスは、煙草を吸いながら北欧の冒険家か誰かの旅行記を読んでいた。この上なく絵になっていて、邪魔をするのも憚《はばか》られる。

「シニョリーナ」

マウリツィオは恭《うやうや》しく胸に手を当てて、エヴェリスの足元に跪いた。

彼女は開いたままの本を伏せてテーブルに置き、ソニアを出せ、とだけ言う。

「ソニアには仕事がありますので。ご用件なら俺が伺います」

「であればあの子に伝えてくれ。『わたしの家に茶を飲みにこないか。おまえの好きな犬もいる』と。去年ソニアが保護施設から引き取りたいと言っていた落ちこぼれの黒い軍用犬を二頭、それから専属の訓練士も新しく雇うことにした」

声音を変えないまま、エヴェリスがこちらを見てくる。

おれの隣にいるのだから聞こえているだろうに、ソニアはちっとも客人と目を合わせようとしなかった。

「わかりました」とマウリツィオは頷《うなず》く。「それ以外にご要望は？」

「なければ帰れと言いたげだな、料理長」

「申し訳ありませんが、じきに他のお客様がお越しになります」

「おまえがわたしに会わせたくないのは客よりもピエルマルコだろう」

「ご存知なのであれば、どうかお引き取りを」

ほとんど伏せに近い格好で、だけどマウリツィオは言いきった。

その一言で、おれはマウリツィオのことが心配になる。いつもなら決して彼女に意見なんかしないのに、何か強気に出ないといけないような事情があるらしいと悟ったんだ。おおよそ、金についての問題だろうと思う。

ピエルマルコに〈オンブレッロ〉の経営を任せたのは、エヴェリスが属しているのと同じ組織——国内最大勢力のマフィア〈ザイオン〉の人間だ。昨日、ルカの代わりとなる別の男を仕入れたという話が奴の耳に入れば、かなり面倒なことになる。それにこの件はまだ精算前だった。だからマウリツィオは、これから店に来るピエルマルコと彼女が鉢合わせないようにしたいんだろう。

最善の判断だったが、義理堅い奴にそうさせているのは呪われたこのおれ自身だったから、心が痛んだ。つくづく真っ当な男だと思う。

陶器の装飾皿に吸殻を落とすと、エヴェリスはゆっくりと脚を組み換えた。

「おまえもルカが何者か知っているな。どうして匿《かくま》う」

「オズヴァルドの命はルカの妹の存在に懸かっています。いまはまだ手掛かりを持っている彼を失うわけにはいかない。たとえ、〈ザイオン〉の命令であっても引き渡せません」

「損害を隠せば殺されるとは思わないか」

「そのとき手を下すのはあなたでしょう」

「わたしはおまえの恋人を手に掛けることも厭《いと》わないぞ」

エヴェリスの無慈悲な宣告に、マウリツィオの顔が引き攣《つ》った。

小声でルカが「マウリツィオに恋人が？」と訊ねてくる。

「ああ」言っていいものか迷ったが、結局おれは答えてしまっていた。この吸血鬼を相手にするとどうにも調子が狂う。「……年下の可愛い娘でな。だけど病気なんだよ」

奴がこんな店に身を置いているのは、他でもないその恋人のためだった。

大病を患う彼女の治療費は高額で、それでもマウリツィオが隣の国で王室直属の料理人をやっていた頃はなんとか工面できていたという。しかし不幸は重なるもので、戦渦に巻き込まれて病院が潰れたり、金を預けていた銀行が破綻したりして、次第に二人の生活は立ち行かなくなり、マフィアの牛耳る金融屋から金を借りてしまった。それが運の尽きであって、高額な利子を支払えなくなったマウリツィオは、ピエルマルコにその身柄を売られ、悪趣味なリストランテで働かせられる羽目になった。

そうでもなければ、奴ほどの腕と誇りのある人間が、食に適さない人肉を使った料理を作ることなんてなかっただろうと思う。だけど、逃げれば病床の恋人を酷い目に遭わせると脅されているから、店の支配人を名乗るあの若造に逆らえないでいる。

おれはルカに話しながら、マウリツィオのことが気の毒で堪らなくなってきていた。実直な秀才が、悪運によってこんな掃き溜めに押し込められている。

それに比べて、ここに来る客共は何だっていうのか。戦乱に乗じて懐を肥やした成金ばかりだ。マウリツィオの作る、削ぎ組まれた野菜の前菜の美しい見た目にも、繊細なポタージュの香りにも関心を寄せず、大してわからない肉の味を評論する振りをしているだけの奴ら。皿の上の他人を喰らうだけで禁忌《きんき》に触れた気でいる連中だ。

「警告をしにきてくださったんですか」マウリツィオは膝をついたまま、床を見つめていた。

「それとも脅しに？」

意を決して言ったんだと思う。

苦しくなるような沈黙があった。

彼女を相手にそういう皮肉はやめたほうがいい、と誰か言ってやらないのか。その誰かっていうのは、あの場ではおれしかいなかったんだが。

「エヴェリス」と、小さな声で、厨房のカウンター越しにソニアが呼び掛けた。それでも彼女に届くと確信しているようだった。「今度、犬に会いにいってもいい？」

エヴェリスの機嫌というのはいつもわからないんだが、このときばかりは悪くなかったんじゃないかと思う。何せ、ソニアが口を利いたのは二ヶ月振りのことだった。

エヴェリスは音もなく立ち上がると「今夜にしよう。何時になる？」とこちらにやって来る。その動きを察知したおれはボウルと泡立て器を置いて、さっと調理台を離れて場所を空けた。おれだって決して小柄なほうではないのに、彼女にはさらに身長と威圧感がある。

厨房に入ってきたエヴェリスが、黒い革の手袋をした右手を、チョコレートを刻むソニアの左手に重ねた。いま二人の間に入れば一撃で刺し殺されるだろうと、どんなに鈍い奴だってわかっただろう。

「仕事が終わらないと無理だよ。今日は遅くなりそうだし、ルカとオズヴァルドのこともある」

仕込みの邪魔をされたソニアは鬱陶《うっとう》しそうにエヴェリスを見上げた。誰を前にしても愛想笑いをしないところが、彼女の素晴らしいところだった。

「わたしにできることはあるか」

「オズヴァルドに手を貸してくれる？」ソニアは自然な素振りでエヴェリスの手を払い除《の》け、振り返って巨大な業務用冷蔵庫を開けた。「それからマウリツィオを脅すのはやめて」

ルカと共に隅に退避したおれを、エヴェリスが緑の目でちらりと見やった。「今朝、五番街の裏手で血を抜かれた死体が見つかった。あれはおまえたちの仕業か？」

おれが否定するよりも先に「アンナだ」とルカが摑み掛かる勢いで声を上げる。「アンナに違いない。五番街のどこ？」

「〈ファルファッラ〉の航空機整備場」

「また〈ファルファッラ〉か」

思いがけないな、と苦笑した。ソニアが協力してくれたことも、エヴェリスがもう一人の吸血鬼に繫がる情報を持っていたことも、不幸中の幸いだ。

すぐ行こう、と逸《はや》る気持ちを抑えられない様子で話すルカを、おれは「待てよ」と止める他なかった。「捜しにいくにしても晩餐会が終わるまでは無理だ。それにおまえは食事をどうしている」

「食事？」

「血を飲まなくて平気なのか」

「昨日はオズヴァルドから貰った」

「おれは一ガロンも飲まれていない……はずだ。それどころか貧血っぽさもないしな」

そう考えると昨日のルカの吸血行為は、単純に腹を満たすためというより、おれを呪うことを目的として行われたかのように思えた。ソニアに目撃されているにしても、奴は血を飲み干せばその場で殺せたのに、おれを生かした。

何のために？

こちらの疑念をよそに、ルカは言い訳めいた説明をしだす。

「ドットーレ・フーにお金を払えばしばらくは輸血用の血液製剤を用意してくれるって。それか、今日の分なら食材から少し分けてもらえればいいよ。どうせ料理に血は使わないんでしょ。

構わないよね、マウリツィオ」

ややあってマウリツィオは返事をしたが、おれたちの話なんか聞いていなかったんだろう。心ここにあらずといった様子で、テーブルに置かれた灰皿から立ち昇る煙をいつまでも眺めていた。

「おい大将、大丈夫かよ。何か変だぜ」

「……逆に訊くが、お前はどうしてそう悠長にしていられるんだ。あと数日しか生きられないのなら、もっと必死にやるべきことがあるだろう」

「おれが死ぬ前提か？　アンナを見つけだせばいい話だろうが」

「だったら！」突然、マウリツィオは大声を上げた。「だったらこんな所にいないで早く捜しにいけよ！　何を呑気なことを言っている？　お前はそんなに仕事熱心でもなかっただろう！　店のことなんて放っていますぐに行け！」

これにはおれもソニアも驚いた。マウリツィオが本気で怒鳴ることなんて年に一度もない。きっと病院にいる恋人のことを考えていたんだろう。

苦々しく思いながらも、おれはわかっていた。自分を安く見積るようなことを見過ごし続けていれば、いつか取り返しのつかない大事になってしまうと。天秤になんか掛けるまでもなくそう理解しているのに、だけど他人に言われると疎《うと》ましく感じるのは、それ自体がもう救いようもなく命を軽んじているってことなのかもしれない。

そこで「逃げだしたいのはあなたでしょ」と言ったのはルカだった。「仕事を投げだしたいのもあなただ。それをオズヴァルドに押しつけているだけ」

僅かにエヴェリスの顔色を気にしてから、マウリツィオがルカを睨む。

「お前に何がわかる」

「あなたが人喰いのために腕を振るいたくないこと、かな」

ルカは断定気味に言った。

そしてそれが強《あなが》ち間違いでもなかったから、マウリツィオは言葉に詰まった。

おれもすっかり言うべき台詞を失ってしまった。なかなか鋭い観察眼だと思う。昨日会ったばかりで碌《ろく》に会話もしていないルカに、どうして店やおれたちの事情がわかるのか。

ただ、ルカがした指摘がたとえ正解であっても、その話題をエヴェリスの前で持ち出すのは良くない。

案の定、エヴェリスは重々しく口を開いた。「聞き捨てならないな」

不穏な気配を嗅ぎ取ったソニアが、視線を遮るようにマウリツィオとエヴェリスの間に身を滑り込ませる。おれも吸血鬼を背中に隠し、二人の目が合わないように立ち位置を変えた。

エヴェリスは〈ザイオン〉の命令でおれたちを見張っている。いまや組織は力を増して、警察署の数より多くの根城を国中に構えていた。巻き上げたみかじめ料はいつしか税収を上回り、議員たちは誰かから買ってもらった金色の腕時計を巻いた手を挙げて法改正の多数決に賛成の意を示す――なんて地獄がいまのところまだ現実になっていないのは、単に〈ザイオン〉の幹部共にその気がないからというだけに過ぎなかった。十分に復興を果たした後でならまだしも、こんな出涸《でが》らし同然の国を乗っ取ったところで何の旨味もない。

それでも鼠一匹の反逆さえ許さないのがマフィアというものであって、エヴェリスは末端構成員の監視役も兼ねてこの街に配置されていた。〈オンブレッロ〉の誰かが離職や手抜きをしようものなら、連帯責任を負わされ、おれたちは纏めて人買いに売られるだろう。もっとも、既に人買いに買われた先でのような仕事をさせられているのだから、どれだけの違いがあるのかという話ではあるんだが、店を去っていった先人たちの行く末を想えば現状はまだ自由でマしな部類だ。

ところが、生意気な吸血鬼はエヴェリスに対しても「あなたもだ」と言い捨てた。「あなたが他人に任せて自分の意思を示そうとしないのは、昔のいざこざで疲れて嫌になってしまったから？　自分の影響力の大きさを理解していて、道を間違えれば沢山の人たちが巻き添えになることを知っていて、だから何も決めたくないんでしょ。だけど〈ザイオン〉やソニアに判断を丸投げするだけなら、あなたは替えの利く操り人形でしかない。傀儡の王よりもっと悪いよ。従順なマフィアの手先に国を善くすることなんてできるわけ」

「もう黙っていてくれ」堪らずおれは振り向いて叱りつけた。「心理学者気取りか？　言い当てたって景品は出ねえぞ」

「親切で言っているんだ。どうして皆やりたくもないことをやっているの。誰か一人でもこの中に幸せな人はいる？　全員、無意味なことを繰り返しているようにしか見えない」

「何が親切だ、この悪霊め！　妹を捜したいのか？　それともおれたちを仲違《なかたが》いさせたいのか」

乱暴に言い返しながら、でも、おれはもうこんな風に思ったことをそのまま口に出すことができなくなっていたから、ちょっとだけ眩しく思った。若い吸血鬼が好き勝手をしているのを見ていると、なんだか胸がすくみたいだった。それでも、少しくらいは場を弁《わきま》えてもらえると助かるんだが。

恐る恐るエヴェリスを見れば、変わらずソニアを、そうでなければ彼女の後ろにいるマウリツィオを視線で固めていた。そして途轍《とてつ》もなく不吉な間を空けて「手遅れだ」と言う。

「何が」と問う前に、入口でベルが鳴った。

扉が開く。

踏み入ってくるのは褐色の肌をした体格の良い二人の男だ。奴らは物騒な気配と武器を隠そうともせず、険しい顔をして店内を警戒するようにぐるりと見て回った。そして厨房にエヴェリスを見つけると、深々と礼をして素早く主の元へ撤退していく。おれたちのことはまるで無視だった。

その二人を従えていた主人というのが、他でもないピエルマルコだ。

この小僧は外を出歩くとき、いつも自分の権力を誇示するかのように兵隊共を引き連れている。それが何より小心者の証になっているってことを、奴は全く自覚していないようだった。

「これはこれは……、シニョリーナ・エヴェリス」

薄い笑みを貼りつけるピエルマルコを前に、「何の用だ」とエヴェリス。

「何の用と申されましても、私共の店ですので……」

おまえこそ何の用だ、と言いたげにピエルマルコは苦笑した。付き添いのならず者たちに外へ行って入口を見張るよう命じる。底の厚い靴を履いていてもソニアと同じくらいの背丈しかない。金のボタンが付いた厚手の外套の下に貴族のような飾り襟のシャツを着ていたが、そんなものを見せびらかしたところで、本物の王であるエヴェリスの前には虚しいだけだった。

「ところで、どうだ、首尾は？」

視線を向けられた先で、マウリツィオが立ち尽くしている。

おれはただ、ルカのことをどう説明するつもりかと気掛かりでならない。使い慣れた刃渡りの長い包丁を、手提げの鞄《かばん》ごと冷凍室に置いてきてしまったことを後悔するだけだ。

マウリツィオは「順調です」と当たり障りのない返事を繰り出そうとしていたが、それを庇《かば》う気もなく、エヴェリスは「貸しが一つ」と言う。「おまえに未納がある、ピエルマルコ。〈オンブレッロ〉の頼みで作った食材の代金だ。九〇〇万。月末までに〈ザイオン〉に納めるようにと、若頭からの通達だ」

「おや、手違いがありましたかな、シニョリーナ。既に小切手が卸の商人に渡っているはずです。そうだな？　マウリツィオ」

「いや」とエヴェリスはマウリツィオに答えさせない。意地悪や嫌がらせなどではなく、帳簿の数字を読みあげるかのように、ただ事務的に伝えようとしているのがわかった。「仕入れたのは二体だ、ピエルマルコ。小切手は一体分。不足分の金額が九〇〇万だ」

「二体？　どういうことです」

怪訝な顔をしてピエルマルコが仰《の》け反《ぞ》る。口調はエヴェリスに向けて丁寧だったが、追及の矢は明らかにマウリツィオに向けられていた。

そして、ついにその疑念の先に、ルカを見つけてしまう。

マウリツィオは観念したように目を瞑った。けれど短い間の後で、最初の質問を堂々と無視すると、それを意識させないように手の平をルカに向けて誘導した。「彼が、昨日お話しした新入りの給仕です。俺の昔の職場で見習いをしていました。いまはもう一人前に働けます」

どうやらマウリツィオは強引な設定で押しきることに決めたらしい。まずいことになりつつあるのを察しながらも、おれの知らない所で交わされた取り決めについて余計な口を挟むまいと思う。

紹介されたルカはピエルマルコをちらりと見たが、会釈をするでもなく小さく首を傾げるだけだった。それから制服の衣嚢から銀色の筆記具を出して、自分の手首の内側に何か書きつける。挨拶しろ、とおれに促されてから、ようやく「よろしく」と言った。雇用主に対してあるまじきぞんざいな態度だ。

ピエルマルコはエヴェリスから請求された金のことも忘れて「使えるんだろうな」と念を押した。

「勿論です。責任を持って監督します」とマウリツィオ。

おれたちに仕事という足枷《あしかせ》がある以上、ルカを目の届く所に置いておくにはこうするしかない。ただ正直、給仕としてルカが役に立つとは思えなかった。形だけなのは承知しているが、けれどそれならピエルマルコは何を思って新人の雇い入れを認めたのか。姑息《こそく》で狡猾《こうかつ》な支配人の採用基準はわからない。

「まったく、料理人風情《ふぜい》が……。お客様にだけは失礼のないようにしろよ。くれぐれもだ」

偉ぶって咳払いをするこのピエルマルコが一言「クビだ」と言えば、あの屈強な兵隊共が左右からおれたちを羽交い締めにして大きな袋に押し込み、人身取引所に連れ去ってしまう。そういう事情でもなければ、おれは客に出す皿の上にこいつの細切れを載せることだって躊躇《ちゅうちょ》しないんだが。

「――今夜、いまから席を二つ空けられるか」エヴェリスは席に戻ると煙草の箱を握り潰した。空になったらしいそれを黙って持ち上げれば、慌ててピエルマルコが寄ってきてごみ箱の役を果たす。「招待状はないが、わたしと〈ファルファッラ航空〉の代表、ビアンカの分だ」

「シニョーラ・ビアンカ！　そんな急に……お約束があったので？」

ピエルマルコは目を剝いた。

おれだって驚かずにはいられない。彼女は本気でソニアのお願いに応えるつもりらしい。

「約束はまだだ。いまから取り付ける」

「いや、しかしシニョリーナ、あなた様が晩餐会になど出ては――」

滅茶苦茶になるぜ、とおれはソニアに目配せした。

エヴェリスが畏れられているのは単に人殺しだからじゃない。彼女がこの国を二分する保守派にとっての女帝であって、急進派にとっての英雄だからだ。

このことをあんたが知らないのも無理はないさ。正しい情報なんて国内にさえ行き届かないような状態だ。そっちだって情報統制やら通信遮断やらで大変だっただろう。初めから全部を教えてやるよ。

かつての君主は国民の九割から愛されていた。おれがその結果に納得しているかどうかは別として、新聞社が調査した支持率や何かによると、確かにそうだったらしい。平和と家族を大事にするご立派な爺さんだった。「天啓を授かり、真実の目が開けた」なんていう一言を根拠にして、軍を無秩序に再編成させたり、あちこちに学校を建てては潰したり、税金で光る庭園を作らせたり、世界の雲行きが怪しくなってからは二万人の護衛と共にわざわざ危険地帯にまで出向いて反戦を訴え掛けたり、その裏で軍事企業に多額の資金援助をしたりしていた。

だが、それらは全て周囲の大臣たちに担ぎ上げられてのことだったと聞く。実権を握る世襲の政治家たちの言いなりになって、連中の私腹を肥やすために利用されていたという話はあまりにも有名だ。王が風見鶏的な木偶《でく》の坊だとか、若い頃から宰相によって薬物漬けにされているだとか、参謀に言われた通りに調印するだけの人形になっているだとか、そういった説を唱えた活動家たちは一人残らず皆捕まり、獄中で謎の死を遂げた。

王が自らの意思でやったことといえば、慰問団を設立するという名目で国中から少年少女を徴集したことくらいだろう。その中から一〇にもならない歳の子を妾《めかけ》として寝室に連れ込んでいるなんて噂もあった。

そんな大王様をいきなり殺したのが、当時一五歳だった孫娘のエヴェリスだ。

彼女は執務室にいた自分の祖父を刺殺した。

封書を開けるための紙切り包丁を使い、王の警護人の目の前で、首をざくりと一刺ししたらしい。宮殿に常駐している専属医が飛んできたときにはもう王は息絶えた後だったという話だ。

だけど、誰もエヴェリスを取り押さえなかった。

できなかったんだろうと思う。いまだってそうだが、本人がべらぼうに強い上に、王族には普通の法律が適用されないようになっていたし、王宮を警備していた連中には王女であるエヴェリスに触れる権限すらなかった。それに騒ぎが大きくなる前に、内乱を企てる反体制派の集団が駆けつけてきて彼女を丁重に保護したらしい。あれは賊軍がエヴェリスを利用したというよりも、エヴェリスが叛徒《はんと》を率いたとか、けしかけたとかというほうが近いだろう。彼女の凶行が号令となって急進派を動かしたというわけだ。

その翌日、死んだ王の娘、つまり次代の女王であるエヴェリスの母親も死んだ。報道関係者を大勢集めた王宮の広間で、壇に登るなり「エヴェリスを罰さないでくれ」と懇願しながら伴侶と二人の従者と共に灯油を被って焼身自殺したんだ。おれはあのとき一九だったが、中継映像で見た会見場の阿鼻叫喚《あびきょうかん》具合をいまでも憶えている。宮殿を急いで潰して更地《さらち》にして、聖歌を百万回歌ったって収まりがつかないくらいだった。

あれだけのことがあった日には、革命を目論《もくろ》む奴らや戦争なんかがなくても国家は転覆していたと思う。元々、何十年も前から王政の崩壊は秒読みだと言われていた。

ともあれ、女王の命を懸けた訴えは世論を味方に付けて、絶対王制を支持していた連中はエヴェリスに手出しできなくなった。そうでなくても、一族が死に去った時点で王位継承権を握っているのはエヴェリスだけだ。

けれど彼女はこれを放棄した。

国の存亡が危ぶまれる中、王の座に就くことを拒否して、祖父殺しの罪で裁かれることもなく、なぜかマフィアに弟子入りして殺し屋の真似事まで始める始末だった。彼女はその理由について「天啓があったから」とだけ答えたという。真実の目が開かれたのだと、陰謀論めいた話も当時は随分と囁《ささや》かれていた。

エヴェリスを精神病質者だと言う奴もいたが、おれはそんなものじゃないと思っている。彼女の気持ちが理解できるとも言わない。それでも、切り立った崖の上を走る白い馬のことを考えればわかるはずだ。万一それでも想像がつかないというのなら、敬うべき爺さんが自分より年下の子供を手籠めにしていると知った一五の女の子のことを考えてみるといい。

当の一件での印象が強すぎて、この国の人間はエヴェリスのことを未だに「お嬢様《シニョリーナ》」と呼んでいる。将来的に誰かと結婚しようが、四〇歳になろうが、五〇歳になろうが、彼女は永久に「ご婦人《シニョーラ》」扱いなんてされないだろう。おれたちの中で、エヴェリスはいつまでも不徳の大王を刺し殺した年若い王女様のままでいる。

一方で、反政府主義者共はといえば、こちらもまた違う理由から彼女を崇め奉《たてまつ》っていた。いまの世の中で良い思いをしている人間は皆、例外なく急進派に付いた奴らだ。〈ザイオン〉

なんかはその筆頭であって、そういう連中にとって王を打倒したエヴェリスは救世主に他ならない。もし彼女がいなければ、奴らもいま頃は国家反逆罪や不敬罪で檻《おり》に収監されているところだっただろう。

　銀翼戦争が終わったいま、新政府の下でエヴェリスを誹謗《ひぼう》する者はいない。首相や軍事総統は言及を避け、社会学者らは国外に亡命し、新聞社の記者たちは沈黙を決め込んだ。盛大に尾ひれの付いた噂の中で伝説上の生き物のように語られ、信仰され、畏れられている。ただ、彼女に野次でも飛ばそうものなら即座に憲兵隊がやって来て、治安維持の名目でそいつを攫っていくだろうことだけは確かだ。

　そういう訳だから、エヴェリスが呼べば誰でも予定を取り消して駆けつけるに決まっていた。大臣だって、社長だって、法王さえも、きっと。

　ピエルマルコは、エヴェリスが有力者たちを晩餐会に集めて殺戮《さつりく》を繰り広げようとしているとでも思ったのかもしれない。旧体制を終わらせた彼女がそのおかげで権力を手にした要人たちに牙を剝かないという保証はなかった。〈ザイオン〉に属しているのだっていつまでかはわからない。ある日突然に自分の組織の大親分を暗殺する可能性だってある。そうできるだけの才能や実力も、彼女は兼ね備えていた。

「席代に九〇〇〇万支払うと言えば椅子は空くのか？」

　エヴェリスが再びその話題を持ち出すと、はっとしたようにピエルマルコはマウリツィオを見た。おれたちが無断で追加調達した死体の代金のことを思い出してしまったらしい。

「今夜出席すると返事を寄越してきたのは三五人だ。まだ余裕がありますよ。二人増えるくらいどうってことはない」おれは駄目押しで言ってやった。「違いますか、支配人？」

ピエルマルコはおれを睨んだものの、最終的にはエヴェリスに向けて「あなた様の頼みなら無下《むげ》にはできない」と折れた。「けれどシニョリーナ。お席代と仕入れの代金の相殺など若頭が許したのですか。私が後になって追及されることは――」

「決まりだな」

「夜、七時にまた来る」

一人で出ていこうとする彼女を、マウリツィオが「どちらになさいますか」と呼び止めた。

「柘榴《ざくろ》は召し上がらないのでしょう。代わりに豚か羊をご用意できます」

柘榴、というのは人肉の隠語だ。釈迦が、子供を喰らう鬼神に柘榴の実を与えて人肉を食べないように約束させた、という東洋の言い伝えに由来している。

はっきり言ってしまえば、柘榴と人間の肉は似ても似つかない味だ。だが、おれが最後に口にしたのはもう何年も前のことだから、この記憶も当てになりはしない。

ビアンカはともかくとして、エヴェリスが料理に手を付けないのはわかりきったことだったが、彼女はほんの少しだけ悩んでから「魚」と当てずっぽうに答えて去っていった。

もしかすると、さっきルカに「自分の意思がない」だとか「操り人形」だとか言われたことを気にしていたのかもしれない。彼女はかつての王を嫌悪しながら、けれど、やはりどこか先王と似たような選択をする――というよりは、何の選択もせず周囲に流される傾向があった。

それが環境や遺伝子のせいだったとして抗うことくらいはできるはずだ、とおれは思ったりもするが、彼女の立場になってみないとわからないことも確かにあるだろう。

藤の花の煙が残された店内で、ピエルマルコが分厚い革張り表紙の帳簿を開く。

「どういうことか説明しろ、マウリツィオ。誤発注の次は在庫の数え間違いか？　王室付きの料理人が聞いて呆れるな。どうやら隣の国では、数字の区別も付かない低能でも宮殿で働けるらしい」

「ちょっとした事故だったんですよ」

石のように黙ってしまったマウリツィオに代わって、おれが客席に出ていって弁解する。

「ちょっとした事故だと？　九〇〇万だぞ。一〇や二〇じゃない。おまえたちの稼ぎ何年分だと思っている！　だいたい、最初の一体の仕入れだって予定外だっただろう。採算が取れるかもわからない。これで若頭に目を付けられたらどうするつもりだ？　おまえの借金に上乗せしてやるからな！」

「まあまあ……、あの口振りからして、今夜シニョリーナ・エヴェリスをもてなしさえすれば〈ザイオン〉には彼女から上手く報告してくれるんでしょう。そんなに悪いことには——」

「いいか。次に何か一つでもしくじってみろ。おまえたちは、全員、纏めて、漁船送りだ！」

ピエルマルコはそう怒鳴ると、上げ底の靴で床を踏み鳴らして出ていった。

おれは肩を竦《すく》めてマウリツィオに首を振ってみせたが、奴はもうすっかり落ち込んでしまっているようで駄目だった。

振り返って見れば、厨房でドルチェ製作を再開させたソニアが、吸血鬼に向けて、エヴェリスが〈ファルファッラ航空〉の代表を本当に呼ぶと思うかと訊いている。

ルカは「そうでなきゃオズヴァルドは死ぬよ」とさも自分は関与していないかのように返した。自然の摂理を語るような口調だった。

「おれが死んだらおまえはどうする」

「なに、もう受け入れた気でいるの？　せっかく戦争で死なずに済んだのに、いま諦めるならこれまでのあなたの人生は何だったわけ」

不死身の吸血鬼に罵《ののし》られながら、おれは遠い過去と未来のことを考えていた。誰も助けてはくれないとわかっていたし、全身に毒を浴びた気分だ。この世にいくらかの愛着があるうちに死にたいとさえ思う。

だけど、なんでそんな風になっちまったんだっけな。

マウリツィオの言う通り、もっと必死になって生き永らえるための行動を起こすべきなのに、おれは何でもない振りをして日常を継続させようとしている。戦場にいたときは形振《なりふ》り構わず生きたいと願ったものだが、何かを成さなければ死ねないということはなく、来たるべきときなど来ないまま人は死ぬものだし、命は軽い。

夜。おれは簡易的な舞台のように一段高くなっている客席の角の床に脚立《きゃたつ》を置いた。普段は歌手や弦楽器奏者なんかがやって来て演奏するこの壇上で、また別の日には人体解剖が行われるなんて、想像するだけで反吐《へど》が出そうだった。それでもやれと言う奴がいる限り、商売は成り立ってしまう。

天井の鉤《かぎ》にやりすぎなシャンデリアを吊り下げて、蠟燭の一本ずつに火を点けたら、下りた脚立を退けて、そこに祭壇のような特注の寝台を運んでくる。救急隊が使うみたいな車輪付きのストレッチャーだが、マットレスのあるべき部分には厨房の調理台と同じ素材の金属板が取り付けられていた。せめて大理石の石板に変えてくれと頼んでいるんだが、あれこれと理由を付けて却下され続けている。魚を捌くにしたって、銀色の金属板より白い石板の上で作業するほうがまだましな見掛けになるだろうに。だが、ここの客はといえば少しでもましでないものが見たくて店に通ってくるらしかった。

厨房の冷蔵庫から死体を取り出す前におれは楽屋に寄った。冷凍室の隣にあって、見世物をする朗読家や演奏家たちが身支度するための控え室だ。その日の演者はおれ一人だけだったから、誰も使っていない。

制服に着替え、ドットーレ・フーから処方されたあの青い錠剤を飲んだ。「呪い」の症状の進行を抑える薬だと言っていたが、効いているかどうかは定かでない。

そこに通りかかったソニアが、じろじろとおれを見てきた。

「――何だよ」

「首、痛くないの？　大変なことになっているみたいだけれど」

言われてから鏡を見る。

ルカに咬まれた左の肩口には、朝に大判の絆創膏を貼り直したばかりだ。触れるとまだ痛むが、見たところ化膿しているような様子はない。だが、咬傷《こうしょう》っていうのは厄介だ。ヒトに限った話ではないけれど、口腔内には感染症を引き起こす細菌がうじゃうじゃいる。ドットーレ・フーが寄越してきた薬に抗生剤の類が含まれていればいいんだが、あまり期待できそうにもなかった。

「違う、逆」とソニアがおれの右後頸部を指す。「痣《あざ》ができている」

「痣？」

肩越しに振り返って鏡を見ると、うなじに黒みがかった紫の痣があった。

さっきまでは襟を立てたジャケットを着ていたから気付かなかったんだろう。歪《いびつ》な線状に内出血を起こしている。どこかにぶつけてできたというより、針のような鋭利なものを斜めに突き立てられた痕のようで、他人から指摘されるくらいには目立っていた。

「何だ、参ったな。これで客前に出たらマウリツィオがうるさい。……ここに舞台用の化粧品があっただろう。隠せないか？」

あまり気乗りしないような素振りで、けれどソニアは頷いてくれた。おれを椅子に座らせると、暗い肌色の練り白粉《おしろい》を筆に取って、剝げた車の塗装なんかを塗り直すように手早く痣周辺に色を乗せる。

仕上がりを鏡で確認したが、かなり自然で上手に隠せていた。流石は菓子職人といったところだ。

「見た目は誤魔化せても何か良くない兆候かもしれない。オズヴァルド。ドットーレ・フーに診てもらったら？」

いいって、とおれは有耶無耶《うやむや》にしてしまう。ソニアに心配されると落ち着かなかった。小さな子供に哀れまれているような気分にもなってくる。「もう客の出迎えの時間だし、それにおれは医者が嫌いなんだ」

それきりおれたちは持ち場に戻り、自分の仕事に励んだ。

ただし、それは最初の客が店に着いてからおれの脚が千切《ちぎ》れるまでの二時間半だけの話だ。

第二章

晩餐会

RADUNO DI CANNIBALI

エヴェリスが連れてきたその貴婦人――ビアンカは、おれより一〇歳は年上のはずだったが、同年代にも、もっと若くも見えた。優雅な波のような巻き方をした明るい茶色の髪は、傍目《はため》にもよく手入れされているのがわかる。けれどテレビ番組で見掛けるよりはずっと地味で、それでいて洗練された印象を撒《ま》き散らしていた。派手すぎない赤色のドレスもよく似合っていて、魅力的だと言って差し支えない。整えられた爪は〈ファルファッラ航空〉を象徴する紫色に塗られていた。

そのビアンカについて、あんただって実はいくらかは知っているんじゃないか？　政治や芸能に疎《うと》いおれでも聞けばその顔を思い浮かべられたくらいだ。全欧に名を轟《とどろ》かす天才実業家なんだから当然だろう。戦争の真っ只中《ただなか》に彗星のように現れて、たった数年で経営破綻寸前だった航空会社を立て直したんだ。最近の彼女はよく国営放送に出演し、コメンテーターの爺さんやら婆さんやらと一緒にこの国の将来や産業や経済の解説をしている。戦争絡みの何かがあるらしく、出生地や家族については非公表。界隈では「魔女」だとか呼ばれていて、本人もその渾名《あだな》を気に入っているのか、ときどき自称することすらあった。

彼女はもう長いこと第一線で活躍していたけれど、スキャンダルなんかとは無縁だったと思う。過去にたった一度だけ週刊誌にすっぱ抜かれたことがあったが、それは不祥事や情事なんかじゃなくて「名前を伏せて恵まれない子供たちのために莫大な寄付をしている」っていう慈悲深い行為についてだった。皆、お菓子の家を作った魔女がどんなに醜いかを暴いてやる気でいたのに、蓋を開けたら熱心な慈善活動家だったというオチだ。それで一気に興が冷めてしまったのか、以来は世間に騒がれることもなく順調に名声だけが高まっていったような印象がある。

店に来たビアンカは、全く同じ顔と背丈をした二人の若い男を付き従えていた。おれの頭には一瞬、吸血鬼なんじゃないかという考えが過《よぎ》ったが、双子を見る度に疑うのは臆病がすぎると思い直す。二人はビアンカのせがれだとしてもおかしくない年齢だったけれど、彼女との血の繫《つな》がりはなさそうで、よく見れば対になるように片腕が欠損していた。スカしていて右腕がないほうがキャンディで、俗っぽくて左腕がないほうはテディ。明らかに本名じゃなかったが、それでも名前や雰囲気からしてみると、二人は英語圏の生まれだろう。よほど可愛がられているのか、あるいは主人の見栄のためか、おれのより上等な最新の機械式義手を着けていた。

テーブルをあちこち回って客に挨拶しているピエルマルコを横目に、おれはエヴェリスとビアンカの席の様子を窺っていた。長包丁は研いであるし、切り出した食材を載せる平たい角形の容器も、吸水性の高い新品の布巾《ふきん》も用意した。出番まではまだ一五分ある。

天井の音響設備からクラシック音楽が流れる中、エヴェリスは自分が招いた客人と語らうでもなく、社交の場でただ一人、長い脚を組んで悠然と読書をしていた。周りの人間にも、これからここで行われる催しにも関心がないんだろう。彼女は時折目を上げては、誰かを探すように店内を見渡す。その緑色の瞳の先で、ソニアがルカと一緒に客の外套を預かったり椅子を引いてやったりするのに忙しくしていた。

聞けば、ビアンカは出張先のエクアドルから今朝戻ったばかりだという。都合も構わず急に誘ってきておきながら、いざ呼ばれた場所に出向いたところで相手はこちらを放置して身勝手に振る舞っている。そういう状況に置かれたら気分の良いものではないはずで、不快感を露《あら》わにするか、居心地が悪くなって帰るのが普通だ。まして自分が多忙な会社の代表取締役社長であったら、こんな不毛な時間を過ごせるものかと席を立つだろう。

だが、ビアンカは違った。

彼女はまるで何年も前からこの会合の一員だったかのように、ごく自然な仕草でエヴェリスに話し掛け続けている。返答しないエヴェリスの態度を逆に無視するが如く、にこやかに、絶え間なく喋《しゃべ》っていたんだ。会話になっていないのに場が無理矢理に成立させられているみたいで、おれは少し怖くなった。あんただってあそこにいれば異様に思っただろう。ちらっと聞こえてきた言葉では「血液浄化療法」が何だとか、そういう風なことを話しているようだった。最近、金持ちの中年らの間で流行っている美容医療の一種だ。そんな話題を持ち出したのはこの場に合わせてのことか、それとも元々興味があってのことか。とにかく、相槌《あいづち》も打ってくれない女王を相手に、ビアンカはひたすら話し続けていた。

キャンディとテディの二人は、姿勢正しく近くの壁際に並んで立っていた。細身で髪も瞳の色も黒い。二〇代の頃のおれにも少し似ていて、硬派で精悍《せいかん》な面構《つら》えをしている。身辺警護人としては頼りないが、執事にしては目付きが悪くて横柄な感じだった。揃いで深緑の洒落た背広をきっちり着込んでいて、その色も相まって沼地に潜む獰猛《どうもう》な鰐《わに》を想起させるような毒々しさもある。店の入口でピエルマルコの兵隊が手荷物検査をしているから武器や危険物は持ち込んでいないと思うけれど、エヴェリスなどは当たり前のように対象外になっているし、それがどこまで信用できるかは怪しい。

おれはエヴェリスの言葉を思い出していた。「ビアンカが商人の倉庫に預けていたものが失《な》くなったらしい」と、彼女はそう前の晩に言っていた。それで死人が出るくらいだから、何かとても特別なものだったに違いない。それがルカの言うようにルカとアンナの二人のことを指しているのなら、この場で奴がビアンカと鉢合わせるのはまずいいんじゃないかと思う。

幸いなことに、ビアンカはまだ店内にルカがいることに気付いていないようだった。貴人というのは召使いの顔を確かめたりしないものだ。きっとおれたちのことは背景みたいに思っているんだろう。それにエヴェリスのいるテーブルにはソニアが付く決まりだったから、ルカが用を聞きにくることもないはずだった。

食前酒の発泡ワインが全部のテーブルに運ばれて、控えめな乾杯の声が同時多発的に聞こえてきた頃、おれはラテックスの手袋をして舞台に登った。

自然に注目が集まる。演奏会が始まる直前みたいな静けさと緊張が客席中に漂っていた。おれの横で作り笑いをしたピエルマルコが口上を述べる。本当なのかどうかわからないが、食材の男の年齢や生まれについて一通り発表した後、その身体《からだ》を横たえた壇の覆いを取り去った。どよめきが起こった。空気が動いて蠟燭《ろうそく》の炎が揺れる。

仰向けに置かれた死体は綺麗なものだった。というのも、おれが午前のうちに出勤して修復をしたからだ。流石《さすが》に灰色に寄ってしまった血色まではどうにもできなかったが、エヴェリスによって切り裂かれた首の傷は丁寧に縫合して、噴き出た血で汚れていた皮膚は濡らした布で拭き取り、まるで穏やかな死を迎えたかのように仕上げてある。生きている人間相手なら医療用のステープラーで適当に留めておけばいいところを、食材に混入する危険を避けるためにわざわざ針と糸とで縫ってやったんだ。遺族に見せるときよりも気を遣った処置だろう。前には、機関銃で撃たれて全部の指がばらばらになった死体を繋ぎ直したこともあったが、あのときに比べればそれほど大変ではなかったという程度だ。

おれは大仰な礼をして、それから並べた刃物のうちの一本を手に取った。一番細くて短い包丁だ。

死んだ男の裸なんか見られたものじゃなかったが、観客の中には立ち上がってよく見ようとする奴もいれば、俯《うつむ》いて十字を切る奴もいた。自分から店にやって来ておいて赦《ゆる》されようなんて神への冒瀆《ぼうとく》もいいところだと思う。いま悔やむ振りをしたところで、どうせ数十分後には、陳腐な好奇心に負けてこの男の肉を喰らうくせに。

おれはこちらを向いている死体を見下ろした。自分の胸が切り開かれる想像をしてみる。一滴の血も流れない。虚ろな空洞があるだけ。

これはあくまで客商売であるから、おれには神妙な面をすることも険しい表情を作ることも許されていなかった。解体も調理の一部だ。しけた顔をした奴がいると料理が不味《まず》くなる、と注意してくるマウリツィオの不自然な愛嬌。それを笑えるようになっちまったら、きっともうどこにも引き返せないだろう。

おれは見せつけるように包丁の刃先を一度上に向けて、ショーの開始を宣言する。

〈オンブレッロ〉だって、初めからこんな常識外れの方針を掲げていたわけじゃない。こう見えて創業八〇年の歴史があると聞いた。店を構えたばかりの頃は、マフィアがケツ持ちに付いているだけのごく普通のリストランテだったはずだ。それが、四代前の〈ザイオン〉の首領が若い愛人候補の死体を持ち込んだときから狂いはじめて、ついには宗旨変えしなくちゃならないようになった。相当な年齢だった首領が「清い娘の肉を喰えば若返る」とかいう迷信に騙《だま》され、すっかり取り憑《つ》かれてしまったせいらしい。耄碌《もうろく》していたんだろう。マフィアの頼みを断れなかった当時の料理長は震えながら女の死体を解体処理し、即席でフルコースを組みあげたという話だ。これに味を占めた首領は、自分が死ぬまでの十何年という間、文字通り次々と女たちを店に連れ込んで喰い散らかした。

しばらくはそうやって何も知らない一般客の相手もしながら営業していたんだが、戦争やら組織内の抗争やらでごたついているうちに、いつの間にか初代の従業員は皆いなくなって、店のガワだけが残された。そこに放り込まれたのがおれやマウリツィオやソニアだっていうのは、わかるだろう。地獄を運営するのにも人手は要る。〈ザイオン〉の奴らは、自分たちのところの債務者の経歴を調べ上げて、その中から使えそうな奴を選んで、金を持った変態共の隠れ家を作ろうと画策したわけだ。共犯は結婚よりも強い絆で結ばれているってよく言われるみたいに、〈ザイオン〉は特別な客と懇《ねんご》ろな関係になるために店を利用しようと目論《もくろ》んで、実際にそうしている。

もう一度、銀色に磨かれた冷たい金属製の寝台のことを思い出してほしい。

おれは知らない男の死体を刻んでいた。開いたらもう元に戻すことはないという点で解体は解剖とは異なっている。だから後の工程を考えて、いつだって最大の四角を切り出せるように意識しないといけない。

まず腕の付け根に刃を当てて、両肩を繋ぐように横方向に滑らせる。その線の中央に対して、今度は垂直に真っ直ぐ、表面の皮膚だけを切り裂く。喉仏の五インチくらい下の辺りから肛門にかけて、丁字《ていじ》になるように。ここでうっかり深く突き刺したりすると、内臓や腹膜が傷付いて手に負えなくなる。大勢の客を前にして収拾が付かないような失態をしでかしたらピエルマルコにどやされるから、慎重さが必要だった。本当は手足を切り離してしまって端から皮を剝いで小分けにするのが楽なんだけれど、それじゃあ見世物として地味だっていうんで、仕方なくど真ん中から開いて中身を取り出してやることにしていた。だが、その前にまず外側の処理だ。

幅広で長い刃物に持ち替えた。先に入れた直線の切れ目から、背中の方に向けてあばらの側面に沿ってナイフを入れる。肋骨《ろっこつ》ぎりぎりを削ぐように、なるべく背中側に肉が残るように。刃を滑らせて切るというより、筋に沿って裂き分けるというほうが近い。そのまま背骨までぐるりと左右半周ずつ、胴を楕円柱として、側面を大きな長方形に切り出せれば成功だ。

心臓が止まって血液が循環しなくなった肉体は、切ってもあまり血が流れ出ない。それでいて不気味なことに、空気に晒《さら》されるまでは固まりもしないものだ。三七人いた客のうちの誰かは、帰ってから自慢げにこの蘊蓄《うんちく》を垂れ流したことだろう。

周りの肉が剝がされて鳥籠のようになった肋骨に、真上から力を掛ける。ぼきっと音がして中央の胸骨から肋骨が外れ、左右に押し広げられるようになった。

おれが紙切れに書いておいた解説文をピエルマルコが諳《そら》んじる。意外なことに奴は記憶力が良かった。おれの悪筆に文句を言いながら、帳簿や日誌なんかも数秒見れば覚えてしまうものだから、辻褄《つじつま》の合わない適当な営業報告をした日には、いつまでもねちねちと追及してきて鬱《うっ》陶《とう》しい。でも、それくらい頭が回る野郎であったことも確かだ。

肋骨の隙間《すきま》から下腹部に向けて縦に刃を滑らせると、腹膜が破れて中からどろりと腸が溢れてくる。まったく、本当に、心の安らぐ眺めだった。

べちゃべちゃした赤黒い臓器を持ち上げて、横に用意しておいたアルミの角皿に置く。一気に取り出して仕分けは後回しにしたいんだが、ピエルマルコに渡した原稿には一つひとつ解説を付けてしまったから、その順番の通りにする。

いちいち図鑑で調べなくても厨房に置いてある野菜の名前がわかるように、おれは人間の構造を、臓器や骨の配置と血管や神経の繫がり方を把握していた。粘土に管と鋏《はさみ》を貰えれば中身の入った人体模型を一から作り上げることもできるかもしれない。そのくらい、はっきりと。

人の身体は、基本的には食おうと思えばどの部位だって食えるが、脳と脊髄と眼球周りは駄目だ。本当は小腸みたいな内臓も良くないんだが、その辺りは可能性の問題であって、あまり厳密じゃない。一応、買いつける前にそれがＨＩＶ感染者じゃないことだけは確かめる必要があるけれど。とにかく、共喰いなんかをすると碌《ろく》なことにならないってことだけは覚えておいてほしい。人間が人間を喰ったせいで引き起こされた、かつてのクールー病の存在を、おれたちは無視するわけにはいかないだろう。

食人葬がどうして禁止されているか考えてみればいい。

あんたも牛海綿状脳症――狂牛病《BSE》は知っているよな？　脳細胞がスポンジ状になった牛が歩行困難になったり奇声を発したりするようになって、最終的に死んじまう、あれだ。

あれは同属の肉骨粉を餌として与えていたのが大本の原因らしい。つまりは経口感染だった。動物の細胞にはプリオン蛋白っていうのが存在するんだけれど、たまにその中に異常な粒子が混ざってることがある。異常型のプリオン蛋白は感染性を持っていて、作用すると正常型までをも異常型に変えてしまうものだ。そうなると、人間も牛と同じように神経が最悪のイカれ方をする。

感染してから発症まで何年かの潜伏期間があるから、余計にこの病は質《たち》が悪い。しかも大抵の消毒薬も無効だ。冷凍や加熱処理も意味を成さない。一度罹《かか》ってしまったら、もうどれだけ金を積んでも治療不能だった。筋肉の制御《むご》ができなくなって、一年やそこらで動くことも、呼び掛けに反応することもできなくなる。惨《むご》たらしい最期を迎えることになるだろう。

牛が例となって示しているように、共喰いには明確な危険性があるんだから、もし口にするとしてもその病原体が集まりやすい脳や脊髄や眼なんかは避けるのが無難だ。

ただ、〈オンブレッロ〉の常連の中には既に何百ポンドも人の肉を喰らっているような客がいるが、これまでのところおかしな病に罹ったという話は聞こえてこない。一人くらい寄生虫や細菌に侵されて死んでくれれば、店を畳む口実ができたんだが。もっとも、おれの前に解体担当をさせられていたヤクザ者の男は、心を病んで教会で首を吊って、死体になっておれに捌《さば》かれたわけだけれど、それはまた別の話だ。

下から順に、腸、膵臓《すいぞう》、腎臓、胃、肝臓、横隔膜、心臓、肺を取り出して、胴の中を空にしたら、すっかり向こう側が見通せるようになる。白みがかった黄色の脂肪はぐにゃぐにゃしていて、手袋越しでも触っていて不快だった。皮が張るように片手で外側に向けて引きながら、重さのある厚刃の包丁で根本から両腕両脚を叩き切ると、どこからともなく歓声が上がった。おれは集中して客の声もピエルマルコの言葉も聞かないようにしていたから、何を言われていたのかはわからない。――いや、違う。実を言うと壇に立った辺りからずっと耳鳴りがしていたんだ。それほど酷《ひど》くはなかったけれど、なんだか頭も痛くて、仕事を無事に終わらせられるか気が気でなかった。本当は少しも余裕がなくて、客の面《つら》だって見ちゃいない。だから集中していたっていうのは嘘だよ。

席によっては遠くてまともに鑑賞できていなかったと思う。ピエルマルコの高い声はよく通るから多少離れていても聞こえるだろうが、上座のエヴェリスの席なんて、こちらからも顔を辛うじて認識できるかどうかというところだった。でも、至近距離で見られればいいってものでもないはずだ。跳ねて泡立っている血の臭いがわかるくらいにまで近付いたら、きっと食欲なんて死ぬまで湧かないようになってしまうだろう。

整頓して並べた四肢は食材というより木材のようで、見ていてあまり興奮する類《たぐい》のものじゃなかった。最後に残した首の骨はどうしても切れず、包丁の背を上から木槌で叩いてへし折った。

さっき話した通り、眼球や脳は危険だから、頭部に可食部はほとんどない。舌と頬くらいだろうか。首の肉は煮込みに使えるが、調理に時間が掛かるから客に出すとしてもまた別の日だ。解体の当日は最初に切り出した「四角」を素朴に焼いたものと、臓物を簡単に加工したものくらいしか提供しない。なにしろ、まともな調理担当はマウリツィオ一人だけなんだから。

店には常時一〇人近くの従業員がいた時代もあったんだが、いまじゃたったの四人だ。それでも年に二度の晩餐《ばんさん》会は特別だから、〈オンブレッロ〉はそのときだけ手伝いを何人か臨時で雇う。大抵がピエルマルコが採用した素性の知れない輩《やから》だ。だけど、この日は思いがけず直前に開催が決まったものだから、人員の手配が間に合わなかったんだろう。普段と違って一種類のみの固定コースだったおかげで個別に注文を取る必要がないのは有難かったけれど。

おれも客の前では、見て面白いように大雑把な解体だけをして、後の細かい作業や保存用の密閉分包は裏でやることになっていた。この後もなるべく早く処理をしないといけない。たとえば体毛はある程度短く刈ってから火で炙《あぶ》って焦がし、それから固いブラシで擦《こす》り洗って毛根が残らないように取り除く。豚の皮と同じで、扱いは結構、面倒臭い。通常営業のときは肝臓だけだとか首周りだけだとか、そういう状態で入荷してくるから、慣れれば比較的神経を使わずに流れでできてしまうんだが。

おれの腕は、指先は、ほとんど自動的に動いていた。筆記具を持てば角度を測らなくてもいつも同じ握り方ができるだろう。魚だって慣れれば手癖で捌ける。仮にまな板の上にあるのが人間だとしても。

足元が崩れるような眩暈《めまい》がしたのは、切り離した生首の短い髪を引き摑んだときだ。ぐらりと視界が揺れて倒れそうになる。だけどほんの少しの間だけだった。

おれは歯を食いしばって体勢を立て直してから、客に食材の顔が見えるよう向けて、台に頭部を置く。下手な管弦楽団の演奏会よりも拍手を貰った。全く嬉しくなんてなかったけれど、なんとか出番を終えられそうでほっとした。

早々に撤収作業に取り掛かる。車輪付きの寝台に載せたまま食材と残骸を裏に運び、道具を片付けて退散した。エヴェリスの席の近くに控えていたソニアとビアンカに付いている双子はおれの様子のおかしさに気付いたみたいだったけれど、すぐ隣にいたピエルマルコは全然だ。マウリツィオが厨房で料理の準備をしているのは知っていたが、そういえば、ルカの姿は見当たらなかった。

――その日の品書きを聞きたいか？　いいだろう。ピエルマルコほどじゃないが、おれも記憶力は良いほうだ。

ストゥッツィキーノ：苺《いちご》とブッラータの岩塩タルト《クロスタータ》
アンティパスト：オリーブのマリネ《オリーヴァ・マリナータ》と、サーモン《サルモーネ》と蕪《かぶ》のバジル油和えサラダ《インサラータ》
プリモ・ピアット：ポルチーニ茸と帆立のリゾット
セコンド・ピアット：ロース肉《ロンボ》のステーキ《ビステッカ》と、レバーのソテー《フェーガト・サルタート》
コントルノ：野菜のグリル《ヴェルドゥーレ・アッラ・グリッリア》――茄子《なす》といんげん豆とパプリカ《ペペローネ》
ドルチェ：オレンジのムース《ムース・オ・アランチャ》
カッフェ：エスプレッソ／紅茶

セコンド・ピアットの正体は、言うまでもないだろうが柘榴《ざくろ》だ。エヴェリスには特別に鯛の炒め蒸し《アクアパッツァ》が出された。鮮やかなトマトは市場では手に入らないような最高級品で、一人分だけ作るには手間の掛かった逸品だった。しかしまあ、マウリツィオが頑張って用意したところで、彼女はドルチェとカッフェにしか口を付けないんだけれど。

いまの法律では、死体を解体して料理するのも、それを喰らうのも、死体損壊罪にあたるらしい。それ自体は極刑になるほど重い罪じゃあない。だけど、死体の出所について追及してもらっちゃ困るだろう。いくら親政府派の〈ザイオン〉とはいえ、人を殺せばそれなりに裁かれることになる。ただし、シニョリーナ・エヴェリスに関しては治外法権を持ってるから別だ。そうはいっても、無罪放免になっているんじゃなくて、他の誰かが肩代わりしているだけだった。犯した罪が見過ごせないような性質のものだったときには、近くにいる若い衆か、熱狂的な信奉者がエヴェリスの代わりに自首をする。彼女はいまでも局所的に物凄い人気があるから、それで上手く成り立っているんだろう。

客の中には、長年の商売敵《がたき》だったり、狂愛の末に殺してしまった交際相手の死体を持ち込んで「調理してくれ」と注文してくるような奴もいた。喰えば死んだ相手を支配したり所有したりできると思い込んでいる連中だ。猟犬を連れて自分で狩った獣の肉を食ってみたいという感覚に近いんだろうか。

昔、爆撃に遭って死んだ母親の遺骨を砕いて喰ったと話す女がいたが、おれは死んだときに自分の骨を誰かに食べてほしいとは思わなかった。それで他人の一部になるとは考えていないし、べつに死後の扱いに拘《こだわ》りがあるわけでもないんだけど、なんとなく魂が行き場を失っちまうような気がするんだ。

そう思うのは、おれに負い目があるからだっていうのは、わかっている。

晩餐会はつつがなく執り行われていった。

いつもより静かだと感じたのは、プリモ・ピアットの皿を下げた頃だったか。厨房からは湯気が上がって調理の音が聞こえてきていたし、客たちは品良く食器を鳴らしながら談笑していた。だけど、どうにも落ち着かないような気がしてきていた。それがなんでだったかというと、鼻が利いていなかったからだ。香草や香辛料の匂いも、油で肉の焦げる香ばしい香りも感知できない。おれはそれに気付いてからどうしようもなく具合が悪くなってしまった。昼間にソニアに言っていたときは半分冗談のつもりだったっていうのに。

一旦裏に下がろうと思って、おれはマウリツィオに声を掛けるために厨房へ行った。ピエルマルコは政治家共のテーブルで州副知事に捕まっている。二人は互いに賄賂を贈り合う仲だった。ただ、ときどき、ピエルマルコの野郎も自分の親がマフィアの幹部なんかでなければ、お堅い職に就いてまともな会社員をやっていたんじゃないかと思うこともある。奴は卑怯《ひきょう》で陰険《いんけん》だけれど、飛び級で大学に入るくらいの頭も持っていた。

高い位置に小窓の付いた調理場の扉を開けると、ちょうどルカが完成されたメイン料理を運ぼうとしているところだった。

その腕の内側に何か文字が刻まれていることに、おれは気付く。真っ白い肌に黒い洋墨で『*Diventare più amichevole.*（愛想を良くする）』『*Io porto due piatti e cinque bicchieri di vino.*（二枚の皿と五つのワイングラスを運ぶ）』と書きつけてあった。

これは随分頓珍漢《とんちんかん》というか、変な内容だと思わないか？

おれはあまりにちぐはぐな印象を受けた。誰かの指示を忘れないように記しておくにしても、普通はもっと重要で役に立つことを書くだろうに、って。

「ビアンカと話した？」とルカ。

「話す暇があったと思うか？　そう言うおまえはどうなんだ」

「僕はあんまり近寄らないほうがよさそうだ」

やっぱりか、と思う。「彼女と面識があるのか」

「ビアンカと？　まさか、大航空会社の代表なんかと僕がいつ知り合うっていうんだよ」

「じゃあなんでだよ。どうしてあの席に近寄れない。彼女がおまえの妹の居場所を知っているかもしれないんだろう」

「だって付き人の双子が――」

そのとき、ルカがおれの肩越しに何かを見つけたように目を見開き、さっと身を屈めた。怪訝《けげん》に思って振り向くと、扉の外に人影が見えた。黒い髪だ。

ルカはおれの背中に向けて小声で「僕のことを訊《き》かれたら『いない』って言って」と囁《ささや》いた。

そのまま小動物のように厨房の奥に駆けていってしまったのが、気配でわかる。

嫌な予感を払い除《の》けながら、おれは扉を押し開けた。

すると、そこに例の双子の片割れ――右腕が義手だったからキャンディのほうだと思う――が立っていた。

「……何か御用で？」

ルカが逃げた訳は知らないが、とりあえず調理場に部外者を入れるわけにはいかない。おれはキャンディを通路に押し出して扉の前に立ち塞《ふさ》がるようにした。体格ではこちらのほうが勝っていたから、万が一突き飛ばされるようなことがあっても大丈夫だろうと考えながら。

「お姉さまからの言付《ことづ》けだ」キャンディは挑発的に顎をくいっと上げた。「『お顔が見たいわ』ってな」

「顔？」

おれは訊き返す。シェフに会いたいということだろうかとも考えたが、それにしては気が早い。まだセコンド・ピアットを出す前だ。仮にコースの終わりを待てないほど感激しているというならば、いますぐにマウリツィオを呼んでやるんだが。

「あんたが俺たちの前で切り分けた、あの間抜けな男の顔だよ」キャンディはにやりと笑う。「ここにあるんだろう。お姉さまの席まで持ってきてくれよ」

若者特有の無鉄砲さがあった。少なくともおれなら、ついさっきまで人間を掻《か》っ捌いていた男を煽《あお》ろうとは思わないだろうけれど、奴は違うらしい。紫色の蝶ネクタイなんかを結んで社交界向きの常識的な格好を装っているが、どことなく不良の雰囲気を漂わせていて、内側から滲《にじ》み出る柄の悪さを隠しきれていなかった。

「『お姉さま』っていうのは、シニョーラ・ビアンカのことか？」

おれは丁寧な物言いをやめた。席を取らないだけで客には変わらないが、でも、こいつはどちらかといえばおれたちと同じ側の人間だと直感したからだ。

「当たり前だろう」キャンディは言い放った。「いますぐにあの首を持って、お姉さまに見せてくれ」

悪いができない、と答える。「考えてもみろ、周りの客は食事中なんだぞ。そんなことをしたら迷惑だろうが。……シニョリーナ・エヴェリスも嫌な顔をするだろう。どうしても見たいなら帰り際に言いな。頭は冷凍室に仕舞ってあるから、中に入れて見せてやるよ」

「いいや、いまだ」

「なぜそんなに急ぐ？　だいたい、おまえらのお姉さまは食材の顔なんか見ていったい何をしようっていうんだ」

「あんたと問答するつもりはない」

こちらが折れないと見るや、キャンディはさっと身を引いて勝手に店の奥――楽屋や冷凍室のある方へ向かおうとする。

おれは追い掛けて奴の肩を摑んだ。「おい、そっちは立入禁止だ」

「触るな、お姉さまがくれた服だ」キャンディはおれの手を振り払って、汚れたらどうしてくれる、と威嚇する。「何度も言わせるなよ。これ以上は待たない。あの死体の顔を見せろ」

「だからそれは――」

「無理を言ってごめんなさいね」

女の甘い声がした。

はっとして見ると、通路の入り口に、テディを連れたビアンカの姿があった。

「駄目よ、キャンディ。お店の方を困らせたりしたら」

ビアンカは優雅に眉を傾ける。彼女が何か言う度、薔薇の花びらが散るようだった。

「シニョーラ」おれは慌てて頭を下げた。「こんな所にいらしてはいけません」

「わかっているわ。だけど、この子が言うようにどうしてもあのお顔を確かめたくて……、難しいかしら？」

言葉こそ穏やかだが、ゆっくりと首を傾げる彼女には有無を言わせない圧があった。

「構いませんが……、ご覧になるのはお食事の後になさってはいかがでしょう。いまは裏も片付いていませんし、あまりお見せできるような状況ではないのです」

「そうね。でも、やっぱりお料理を頂く前に見てみたいの」

ビアンカはあくまでも引き下がらなかった。

駄々を捏《こ》ねて食事の途中で立ち歩くとはお行儀の良い魔女様だと思うだろう。

おれは呆れながら、だけど、ここまで粘るところを見るとますます何かありそうだと勘繰《かんぐ》っていた。それならそうと、向こうの事情を聞き出してやる、と。

「冷凍室にあるのよね？」

「ええ。そうですね、他のお客様もいらっしゃいますし、この先の楽屋でお待ちいただけますか。おれが行ってすぐにお持ちします」

「私も中に入れてくださらない？」

「冷凍室にですか？　かなり寒いですよ」

「外套を取ってきましょうか」と横からテディが口を挟む。

「いいの。ちょっと入ってみたいだけだから。だってこんな機会は滅多にないでしょう。ええと、シニョール――？」

「オズヴァルドと呼んでください」

「そう。案内をよろしくね、オズヴァルド」

ビアンカは微笑《ほほえ》んだ。くらくらするような色気を漂わせていた。

そこに、ワインの注文を受けたソニアが戻ってくる。彼女は通路が人で詰まっているのを見て少し驚いた顔をしたが、その一員にビアンカがいるのに気付いて軽く会釈をした。そのまま擦れ違いざまにおれの裾を引っ張って厨房に引き込む。

「一瞬、お待ちを」とビアンカに言い残し、おれは扉の向こうに連れていかれた。

「何だよ、どうした」

「どうしたじゃないでしょう。なぜここに客が入ってきているの。しかも、シニョーラ・ビアンカが」

「食材の顔をもう一度よく見たいんだとよ。だからいまからおれは冷凍室のガイド役をやらにゃあならん」

「ルカは？　客席にいないみたいだけれど」

「あいつなら厨房の奥に隠れてると思うぜ」

「なんで？」ソニアは不機嫌をいっぱいにしておれを見上げた。「連れ戻して。もうセコンド・ピアットを出さないといけないのに、私一人では回しきれない」

ピエルマルコに運ばせせろよ、と言うおれを押し退《の》けて、ソニアは床に屈み込む。洗い場の横の床に付いている金具の取手を摑んで上に引けば、四角い地下室の出入口が出現した。彼女は梯子のような階段を下りると、ワイン貯蔵庫から注文のあった何本かをぱっと選び抜き、茶や緑の色硝子《いろガラス》の瓶を抱えてまた上ってくる。小さい身体でよく働くものだ。

「マウリツィオは？」

「オーブンの前で大忙し」とおれは答える。「多分な。邪魔してやるなよ」

「わかっている」

切り出されたばかりの肝臓の下拵《したごしら》えは、さっき手の空いていたおれがやった。

細かい血管や脂肪を取り去った後、赤黒い大きな塊を扱いやすい大きさに切ったら、塩を入れた氷水で何度も洗うんだ。水を何度か換えてすすぎ、取り出してから一つずつ綺麗な布巾で包んで水気を切る。おれがしたのはここまでで、その後はマウリツィオの仕事だった。底の浅いソテーパンで溶かしたバターを薄切りの大蒜《にんにく》で香り付けしたところに、下処理された肝臓の周りに薄く小麦粉を纏《まと》わせたものを載せる。身が固まるまで丁寧に火を通し、バルサミコソースを掛けたら完成だ。

ソニアは厨房の奥をちらりと窺うと、諦めたように溜息を吐《つ》いた。向こうにルカの姿を見つけたのかどうかはわからない。ただ、彼女は黙って新しいワイングラスを二つ取り、ソムリエナイフなんかの抜栓道具を一式準備して銀の丸盆に載せると、一本のボトルと共にさっさと出ていっちまった。

おれも通路に待たせていたビアンカの所に戻って、彼女たちを例の頭の元に案内することにした。

冷凍室はそれほど広くない。一〇フィート四方くらいの部屋だ。棚には沢山《たくさん》の食材が保管されているし、足元にはいくつもの発泡スチロールの箱が積まれている。大人が四人も立ち入ればば窮屈だった。

おれは床に散らばっていた透明な大袋を脇に避《よ》けて、棚の最上段の木箱の蓋を開けた。つい三〇分前に仕舞ったばかりだから、まだしっかり凍りついてはいない。

その箱の中身について、あんたに詳《つまび》らかに語るのは止《よ》しておくよ。何せ、バラされた人体の不可食部がごちゃ混ぜになって入っていたんだから。顎より上は砕かずそのままにしておいたけれど、それが余計に生々しさを増していた。脊椎だとか筋だとか胃や腸の中身だとかが、生ごみたいにひと纏めになって髪や顔にぶちまけられているんだ。見て心地の良いものじゃないだろう。

おれはビアンカたちに少し下がってもらって、木箱を棚の中段に下ろした。使い捨ての手袋を嵌《は》め、まだ柔らかい色々を拭い払うようにして、頭部だけを取り出す。肉が削がれてできた両頬の穴から、銀の被せものだらけの奥歯の並びが見えた。

キャンディは心底嫌そうに顔を顰《しか》め、テディはふざけて吐く真似をした。

ビアンカはといえば、まるで花を眺めているみたいに澄ました顔をしていた。何を考えているのかわからない女っていうのは、人を惹きつけるほどに恐ろしい。

彼女は顔色ひとつ変えないで、おれに「お料理にして出さないところはどうするの」と質問した。

「そのうち〈ザイオン〉贔屓《びいき》の業者がやって来て引き取ってくれるんですよ。その後は……硝酸か何かを使って溶かすんでしょう」

隠すのもどうかと思って、正直に答える。伝統的なマフィア式の抹消方法、と付け加えてもみた。エヴェリスの紹介でここに来ているということは、彼女もまた〈オンブレッロ〉が〈ザイオン〉の息の掛かった店だってことを承知しているんだろう。

ビアンカはじっと、おれの抱える男の頭を見ていた。

「やっぱり違うわ」と彼女は言う。柘榴色の口紅を引いた唇から白い息が漏れていた。

「違う？」

「こちらのお店には他にもあったりするのかしら。たとえば、冷凍で保管している完全な死体《ロク》みたいなものが」

それが本命か、と思った。

つまりどういうことかといえば、最初から彼女の目当ては、晩餐会で捌いたこの男の顔を見ることなんかじゃなかったってことだ。ビアンカは見学にかこつけて、この店に別の死体があるかどうかを確かめたかったんだ。

別の死体っていうと、例の吸血鬼のことに決まっているだろう。

おれは頭を箱に戻しながらどう答えるべきか悩んで、最終的に「いまあるのはお見せした分だけですよ」と限りなく嘘に近い事実を告げた。ぎこちなかったかもしれないが、寒かったんだからしょうがない。「丸の一体でも、うちみたいな小さな店なら十分な量になりますから。必要なときに必要な分だけ仕入れる。あまり在庫は持たないようにしているんですよ」

ふうん、とビアンカは部屋の中を見渡す。彼女の視線の先に棺桶が放置されていた。ルカが入っていたあの簡易棺だ。何かの手掛かりになるかと思ってまだ処分していなかったが、それがまずかった。

「ねえ、これは？」

ビアンカが無邪気に尋ねてくる。だけど実際のところは笑っていなかった。

無断でキャンディが棺の蓋を開ける。乱暴な手つきで緩衝材を掻き分けるが、中身は空だ。

「ショーで使おうと思って運び込んだんですが、結局、客席から見えにくくなるからやめにしたんですが」と、おれは手袋を外しながら苦しい言い訳をする。

「お姉さま、これ」

キャンディが緩衝材の中から何かを見つけ、精巧な機械の指先で摘まんでビアンカの前に差し出した。

目を凝らしてよく見れば、それは金色の細い糸のような――恐らく、ルカの髪の毛だ。

瞬間、おれは平衡感覚を失った。

とんでもない音がしたっていうのはわかった。呆然とするくらいの破裂音と金属がひしゃげる音だ。それでも、自分の膝から先が吹っ飛ばされたとは、しばらくの間、認められなかった。突然のことに受け身を取れず、おれは真後ろに倒れた。棚板にがつんと後頭部をぶつけ、もう少しで頸椎が折れるところだった。嗅覚がまともにあったら硝煙の臭いなんかもしただろう。なんとか顔を上げると、テディと目が合う。奴の手には銃が握られていた。

なあ、信じられるか？　ショットガンなんて持っていたんだぜ、あいつ。羊飼いが狼を殺すために使うような短い散弾銃だよ。ピエルマルコの兵隊共は店の入口でいったい何の仕事をしていたんだろうな。

「隠すと愉快なことにはならないぜ」とキャンディが声を低くする。「ここにいた金髪はどこに行った」

「撃つ前に警告してくれていたら話してやったんだけど」

黒い下衣ごと千切《ちぎ》れた義足を横目に、おれは体勢を立て直そうともがいた。心臓が痛いくらいに音を鳴らしている。まったく酷い有様だ。

嘲《あざけ》るようにテディが笑ってまた銃口を向けてくる。「次は本体を撃つ。いいでしょう？　お姉さま」

テディの奴は、おれの左脚が作り物だってことに気付いていやがった。多分、さっき舞台に上がったときにバレたんだろう。義足でも平地なら普通に歩けるんだが、段差を昇り降りするときは無意識に慎重になっちまって、見ている側は違和感を覚えるらしい。それでも大抵の奴は気が付かない。おれが自分から言う前に見破ってきたのはルカとこいつだけだ。

　おれは二人の背後に目をやった。通路とを隔てる分厚い鉄の扉は重く閉ざされている。いまの発砲音が外まで届いたと信じるには確率が低すぎるだろう。

　ビアンカは哀れむみたいにおれを見下ろしていた。

　おれはもう自分が立てないのをわかっていたし、どうやってその場を切り抜けるかだけを必死に考えていた。

　同時にふと、ここで死んでもべつに構わないな、と思いもする。だけどすぐに振り払った。銃弾が肉を引き裂きながら貫く熱さを、血管が千切れて骨の砕ける痛みを想像してみて、本能的に「避けたい」と思い直す。どちらの感情が本物かは確かじゃあなかったが。

「オズヴァルド。あなたはこの髪が誰のものか知っているの？」

　目の前で銃がぶっ放されたっていうのに、彼女は全然驚いていなかった。それどころかテディからショットガンを奪っておれにもう一発喰らわせるくらいの余裕を見せている。

「シニョーラ、落ち着いてください」とは言ったものの、彼女は初めから極めて冷静な風だった。本当に参ってしまう。「……あなたこそ、その金髪の持ち主が誰なのかをご存知なんですか」

「ああ、オズヴァルド。吸血鬼たちを庇《かば》うのはあなたのためにならないわ」

　ビアンカは甘ったるい息を吐いた。テディには決して銃を下ろさせない。それからおれのすぐ前に腰を屈めて、紫色の爪をした指先でおれの顎下を撫でた。

　正に魔女の異名に相応《ふさわ》しい振る舞いだった。改めておれは、彼女が孤児院や何かを支援しているっていうあれはでたらめだと思う。

「昨日、あなたの会社の敷地内で血を抜かれた死体が見つかったそうですね」散弾銃の存在に気を取られながら、それでもおれは一《いち》か八《ばち》か言ってみた。長引かせればソニアか誰かが異変に気付いてこの部屋に来てくれるんじゃないかと期待してのことだ。この際ピエルマルコだっていい。「五番街の裏手の航空機整備場だとか」

「エヴェリスから聞いたの？　嫌ね、お喋りなんだから。そのことはまだ警察も憲兵隊も公表していないのに」

「それであなたは犯人を吸血鬼と思って捜していらっしゃる、と」

「違うわ。全然違う。見当外れよ、オズヴァルド」

「ならどうしてこんなことを」

「人間が吸血鬼を追い掛ける理由なんて一つだけ」ふっと、彼女は楽しそうに笑った。「そんなことより、もう一度訊くわね。金髪の吸血鬼はどこ？　お店の中にいることはわかっているの。今夜はそう聞いて来たんだから」

これにはおれも白を切り通せなかった。「もしや、〈オンブレッロ〉に吸血鬼がいると、シニョリーナ・エヴェリスがそう仰《おっしゃ》っていたんですか？」

「そうよ。彼女とは仲良しなの」

にっこり微笑むと、ビアンカは立ち上がってドレスを直した。彼女が場所を空けるとすかさずテディがやって来て、ぴたりとおれの額に銃口を当てる。

こうなってしまったら勝ち目はないわけで、おれは求められる前に両手を上げた。時間稼ぎもここまで、降参だ。

エヴェリスはどういうつもりでそんなことを教えたのかと苛《いら》つかないでもなかったが、彼女は良くも悪くも単純で正直者だ。アンナの行方捜しに手を貸してくれているのは自分の家にソニアを呼ぶためであって、おれやルカを助けるためじゃない。手っ取り早く事態を収束させるのが目的で、その結果おれたちがどうなろうと知ったことではないんだろう。

「ご存知でしたか」とおれは口元を引き攣《つ》らせる。「実はあの吸血鬼には客席で給仕の仕事をさせていたんですがね、さっき目を離した隙に逃げられちまったんですよ。だけどまあ、まだその辺りにいるはずです」

――がっかりしたか？　残念なことだが、おれは命が懸かれば仲間も売るような男なんだよ。もっとも、あの吸血鬼は仲間じゃないけどな。『悪人に手向かってはならない』って、聖書にもそう書いてあるだろう。

キャンディとテディは顔を見合わせ、ビアンカは考え込むように少し沈黙した。

無駄だとわかっていたが、おれは「早く席にお戻りにならないと、シニョリーナ・エヴェリスが退屈なさっているでしょう」と重ねる。なんなら彼女はもう飽きて帰っている可能性すらあったが、けれど、ソニアの作ったドルチェだけは食べるだろうから、まだ残っているほうに賭けようと思った。

「お店の中を捜しましょう」ビアンカが双子の手下に指示を出す。それからおれに向かっては「申し訳ないけれど、あなたはここにいてね」と言った。

義手の二人は頼りにされたことが嬉しいのか、ビアンカに抱き着かんばかりに頷《うなず》いて揃った返事をする。

おれが「待ってください」だとか「どういう意味ですか」だとかの言葉を発する前に、彼女はキャンディが開けた扉を抜けて通路に出ていく。

テディもその後に続こうとしたが、何を思ったのかくるりと方向転換をしてこちらへ戻ってきた。そして、散弾銃の銃身を握ると、思いきり振り被って銃把《じゅうは》でおれの頭を殴った。

あまりにも突然だった。こちらは片脚が壊れているし、避けられる訳がない。咄嗟《とっさ》に腕で防御したが、すぐ二発目が飛んできてこめかみを強打した。寒さも相まって痺《しび》れ以外の感覚はないに等しかったが、頭蓋骨が砕けるかと思う。

かくしておれは散々叩きのめされて、気付いたら凍った自分の嘔吐物に塗《まみ》れて倒れていたというわけだ。

あんたは氷点下三〇度の冷凍室に入ったことはあるか？　尋常でなく冷えているには違いないし、濡れたものなんかを持ち込めば一瞬で凍って張りついちまうような環境だが、送風機の動いていない無風状態なら、薄着で長居しても意外と死にはしない。凍傷にはなるだろうがな。

目が覚めるとそこにエヴェリスの顔があった。雪みたいな色の髪が冷凍室の中でいっそう白く見える。

「どうしてあなたがここに」と言おうとして、声が出なかった。脳震盪《のうしんとう》を起こしたせいか吐き気がまだあって、口の中は最低な味がする。胃酸で歯が溶ける嫌な想像をした。手はかじかんでまともにものを摑めないし、とにかく震えが止まらなかった。一方で、またここでも死ねなかったのか、と白けるような気持ちにもなる。

床に転がっている関節部分で千切れた義足を見て、エヴェリスは状況を理解したのか、肩を貸しておれを立ち上がらせてくれた。畏《おそ》れ多いことだったが、そんなことを言っている場合じゃあない。

頽《くずお》れるように楽屋の長椅子に座り、エヴェリスに渡されたボトルの水を飲む。常温のようだったが、お湯みたいに温《ぬる》く感じられた。

「誰にやられた」とエヴェリスが言う。「ビアンカだろう」

「……わかっていてお連れになったんですか」

おれはやっとのことでそれだけ返した。脚がないと均衡を保って身体を起こしているのも難しい。

破壊された義足はエヴェリスが拾ってきてくれたが、断面がぐちゃぐちゃになっていて到底直せそうになかった。あんな至近距離で散弾銃を撃たれたら生身の脚でも吹っ飛んでいたところだろう。

そのときのおれは時刻もわかっていなかったし、まだ客がいるのか、店がどうなっているのか、何もかも全く摑めていなかった。壁の時計を見て、ようやく閉店する頃だと気付いたくらいだ。

ビアンカたちと揉めはじめたのがセコンド・ピアットを客の前に出したのと同じ頃だとすると、おれが冷凍室に閉じ込められていたのは一時間という計算になる。

「おれがいない間に何かありましたか。シニョーラ・ビアンカは――」

「急用ができたと言って帰った。途中で退席してから双子を引き連れて店の中をあちこちうろつき回っていたようだが」

エヴェリスの話では、ビアンカが不審な動きを見せていたこと以外では晩餐会はいつも通りに進行されたらしい。無事にお開きとなったいま、マウリツィオたちは客の見送りの最中だということだった。

おれとルカがいなくなったせいで、ソニアはかなり大変な思いをする羽目になっていたみたいだった。ピエルマルコと二人だけで三十何人もいる客を相手にしなきゃならなかったんだから、そりゃあ忙しいだろう。冷凍室にまで捜しにくる暇なんてなかったのは明らかだし、おれのことを忘れるのも無理はない。悪いことをしたと思うが、こっちだってえらい目に遭っていたわけで、今回だけは不問にしてもらいたいところだ。

「そうだ。ルカを見ていませんか。彼女たちが捜しているのはあいつなんです。あなたがここにいると教えましたね」

「わたしも見て回ったが店の中に姿はない。おまえと一緒にいるのではなかったのか」

「ルカの奴、シニョーラ・ビアンカに付いていた若い男――キャンディとテディがいたでしょう。そいつらの顔を見た途端に逃げだしていったんです」

「おまえも逃げるべきだったな」

するると、エヴェリスは警戒した様子のまま楽屋の扉に視線を向けた。息を殺して「誰か来る」と囁く。

足音が聞こえたときには全身が凍りついて動かなかった。あの暴力的な三人組が止めを刺しに戻ってきたのかと思って、鳥肌が立つ。

だけどそこに現れたのがマウリツィオだったから、おれはほっと息を吐いた。

「シニョリーナ・エヴェリス、ここで何を――、オズヴァルド？　おい、お前、いままでいったいどこに――」

「待て。訳を聞いてくれ。サボっていたわけじゃないんだぜ」

声を荒げるマウリツィオに、エヴェリスが黙って床の義足を指し示す。

マウリツィオは靴を履いたままの義足とおれとを交互に見て、困惑の表情を浮かべた。

「どういうことだ、何があった！　まさかルカが――」

「ああ、違う。違うんだよマウリツィオ。あいつは確かに野蛮な怪物に変わりないが、おれをこうしてくれたのは高貴なるお客様とそのお供だ」

「客が？」

意味がわからない、とマウリツィオは額に手を当てる。

「そうさ、シニョーラ・ビアンカと義手の双子だよ。奴ら、晩餐会で捌いた男の顔を見せろって冷凍室に押し入ってきたんだ。見せてやったらやったで今度は『仕入れた金髪の冷凍品はどこだ』ってさ。知らないって答えるだろう。そしたらおれを襲ってきやがった。散弾銃で撃たれた上に散々殴られたんだ。おまえもソニアも全然気付いてくれないし、シニョリーナ・エヴェリスがいなければおれはいまごろ冷凍室でくたばっていたところだよ」

多少事実とは違うかもしれないが、構いやしない。また初めから全てを説明するだけの気力は、おれに残されていなかった。

「怪我は？」と、マウリツィオは事態をよく呑み込めていない様子で詰め寄ってくる。かなり疲れた顔をしていたが、それでも面倒がった態度は取らないから良い奴だと思う。

「殴られたって言っているだろう」

こめかみを押さえてみると鈍痛があった。血こそ出ていないが、体温が上がったら酷く腫れそうな予感がする。それから、安物のおれの義足は装着部まで金属製なんだが、皮膚と接触している部分が赤く疼《うず》くようだった。凍傷になりかけていたのかもしれない。大腿骨に埋め込んだボルトの具合も心配だった。倒れた拍子に妙な方向に力が加わったせいで無残なことになっていなければいいのだけれど。

マウリツィオは「待っていろ」と言うと楽屋を出ていき、またすぐに水と氷を入れた氷嚢を持って戻ってきた。奴自身は火傷なんてへまはやらかさないが、ある程度の怪我に対応できるだけの救急品はいつでも店に用意してあった。

「これは業務命令だ、オズヴァルド。すぐにタクシーを呼んでドットーレ・フーの所に行け。診療時間は少し過ぎているが、いまならまだ無理を言えば診てくれるだろう。もし駄目なら俺が旧市街の夜間病院まで送る。それから……ルカはどうした？」

大袈裟《おおげさ》だ、と苦笑するおれにマウリツィオは首を振った。真剣に心配してくれているらしい。

「おれも知りたいね。シニョーラ・ビアンカもルカの野郎を追って出ていったんだと思うが」

状況としてはこの上なく悪かった。中古屋で安い義足を買い直してこの怪我が治ったとしても、アンナを見つけだせなければおれは「呪い」が進行して死ぬ。そのための手掛かりである兄のルカは行方不明。時間はあまり残されていない。

「彼女はどうしてルカを捜している」

「聞けば『人間が吸血鬼を追い掛ける理由』がどうこうと話していたが……、何かわかるか？」

わざわざ危険な化け物の居所を捜すに至る動機なんて思い付かなかった。熱帯地域や黒い森に分け入って人魚や狼男を捕まえようとしている冒険家の話を何年かに一度は耳にするけれど、金儲けや名声を得るという目的があるとはいえ、そういう連中だって本気で伝説上の生物の存在を信じているわけではないはずだ。

「不老不死」と、エヴェリスがぽつりと呟いた。「吸血鬼は不死身で歳を取らないのだろう」

「シニョーラ・ビアンカが不老不死の能力を欲してルカを追っていると仰るんですか」

マウリツィオの言葉で、おれは思い出す。「そういえば彼女、『吸血鬼たち』って言っていたぞ。吸血鬼がルカだけじゃないってことを知っているみたいだった」

そのとき、扉を蹴るようにして部屋に入ってくる小男がいた。ピエルマルコだ。

その後ろにソニアの姿を見つけて、エヴェリスがちょっとだけ口角を上げる。

ソニアは驚いた顔をしていた。よほど忙しかったのか、短い赤毛があちこち跳ねている。

「ここにいたのか、無能共が」口を開くなり、ピエルマルコは汚らしい罵声を浴びせてきた。隣にエヴェリスがいるのに気付くとぎょっとした様子だったが、それでも怯《ひる》まずおれたちには凄んでくる。「マウリツィオ！　あの金髪の給仕のこと、どう始末をつけてくれる。おまえは『責任を持って監督する』と言っていたはずだが」

「……俺にも事情がわからないのです」

「ふざけるなよ。仕事を途中で放り出して消えるなんて前代未聞だろう。珍しく使える奴が来たと思ったのに、結局これだ」

おや、と思った。

嫌味半分だろうが、ピエルマルコがルカを「使える奴」と表現したことが引っ掛かる。皮肉でも他人を褒めたりしない奴なのに。

おれの戸惑いを見透かしたように、いつの間にか背後に回ってきていたソニアが「彼、ベテランみたいな働きぶりだった」と耳打ちしてくる。気になってはいるようだが、おれの悲惨な格好については言及してこない。「皿もグラスも一度に沢山運んで落とさないし、昼間とは別人みたいにすごく感じが良い風で」

漠然と、おれはルカの腕の内側にあった覚書きのことを思い返した。『愛想を良くする』『二枚の皿と五つのワイングラスを運ぶ』とかいう、あのへんてこな書きつけのことだ。

「オズヴァルド！」ピエルマルコがまた怒鳴る。「おまえも勝手が許される立場だと勘違いしていないか？　随分偉くなったものだな。ええ？」

「……いやあ、こっちは裏で大暴れしていたご麗人方のお相手で大変でしてね」

「知ったことか。おまえがいなくなったせいでどれだけお客様をお待たせしたか――」

適当に謝ってやり過ごそうと思っていたところに、「待ってください」とマウリツィオが割り込んできた。「見てわかりませんか、支配人。オズヴァルドは怪我をしている」

言われてやっと気付いたかのように、ピエルマルコが怪訝な顔をする。おれの頭からその先を失った膝辺りまでを上下に視線でなぞり、ばつが悪そうに眉間《みけん》に皺《しわ》を寄せた。ごにょごにょと言葉を濁して、「とにかく」と仕切り直す。「オズヴァルド。おまえには解体の注文が入った。日付が変わるまでにいつもの工場へ行け。遅れたら罰金だからな」

言い忘れていたが、おれの職場っていうのは〈オンブレッロ〉だけじゃなかったんだ。いずれにしても〈ザイオン〉の下で働くことに変わりはないけれど、出張で死体処理の仕事もさせられている。店に卸《おろ》せないような薬物中毒者や腐乱状態の死体の片付けだ。証拠隠滅も兼ねているんだが、費用を抑えるときは犬猫用の移動式火葬車で燃やすから、そのために死んだ人間を斧やら電動の鋸《のこぎり》やらで一フィート間隔に刻まなきゃならない。マフィア共は銃だのナイフだので次々人を殺すくせに、後始末となると腰が重かった。

普通、一匹の鼠の死骸だったとしても自分の部屋に置いておくのは嫌だろう。寝床に死んだ畜生が落ちていることを考えてみてほしい。小さな肉塊だってその存在は無視できない。まして人の屍《しかばね》だ。どうしていつまでも放置しておけるのか、その神経はわからないが、連中は身内で押しつけ合って異臭を放つようになるまで処理屋に連絡してこない。目の周りが黒ずんで蛆《うじ》が湧いている死体の相手なんて誰もやりたがらないから、結局おれにお呼びが掛かることになる。このときもそうだった。

「だから、いまのオズヴァルドは治療が優先でしょう」マウリツィオがピエルマルコに言い返す。「少なくとも義足は直さないと動けない。今夜は帰らせて何日か休みをやるべきです」

この時点で、マウリツィオがいつになく熱くなっていることに気付かないといけなかった。なのに、反応が遅れてしまったのは、おれの落ち度だ。

「うるさい。おまえたちはとっとと客席を片付けろ。明日は昼から営業だからな」ピエルマルコが甲高い声でマウリツィオとソニアに叫ぶ。「オズヴァルドもだ。脚がなくても腕が使えれば仕事はできるだろう。ぐずぐずするな、行け！」

いつものおれたちなら肩を竦《すく》めて散り散りになるところだったんだけれど、その日は違った。

「お断りします」というマウリツィオの小さな声。

「何だと？」

「支配人がオズヴァルドを工場に行かせると言うなら、俺はこの後の仕事を放棄します。明日も、その先も、もう二度とこの店には来ない」

目を吊り上げたピエルマルコを前にして、マウリツィオが今度ははっきりと口にした。

壁に寄り掛かって傍観を決め込んでいたエヴェリスも、これには厳しい視線を向ける。

「正気だな？　自分の言っていることの意味を理解しているのか」

「俺はこんなことをするために料理人になったわけではありません」

マウリツィオは頑《かたく》なだった。もうこの青二才を相手には一歩も退《ひ》かないと決めているみたいだ。

おれは、どうして皆やりたくもないことをやっているの、という前の日のルカの言葉を思い出す。

ピエルマルコは短く笑うと、好きにしろ、と口元を歪めた。「だが忘れるな。このぼくの命令に背くということは、〈ザイオン〉への反逆に他ならない。おまえの女の所に人をやって点滴の管を引き抜い――」

「私も帰ろうかな」と遮ったのはソニアだった。どうやら彼女もここでストライキに乗るつもりらしい。「エヴェリス、これからジェラート屋に行かない？　遅くまでやっている素敵なお店があるんだ」

あどけなく見上げるソニアに、エヴェリスは心臓を奪われたみたいになっていた。「行く。すぐに出よう」と応えてピエルマルコを静かに睨む。

おれはといえば、ただぼうっとして四人のことを見ているのが限界だった。脳味噌がまだ解凍されきっていない。それにおれが処理しなきゃいけない死体の数をかぞえる度に魂が腐って身体から流れ出るようだった。死んだ人間が一人、二人、三、四、五……と、ルカを真似て唱えてみる。辛うじてピエルマルコに「おれも帰らせてもらいますよ」とだけは言ってやったが。

それが合図になって、おれたちはすっかり決別したわけだ。

「おい！」とピエルマルコが客席の方に向かって怒鳴ると、どこに待機していたのか、例の正装した兵隊たちがすっ飛んできた。服の上からでもわかる膨張した筋肉を付けた、浅黒い肌の二人組だ。「こいつらをなんとかしろ！」

おれはほんの少しだけピエルマルコを可哀想にも思った。
二八、九の年齢でおれたちみたいなごろつきに言うことを聞かせなきゃならないとなったら、そりゃあ苦労もするだろう。元よりこの若造は統括役には向いていない。こいつ自身も自分がそういう役回りは得意でないとわかっていたはずだし、人喰い料理店の支配人なんてやりたくもなかっただろうに、不幸な奴だ、と。
「顔と腕は折るなよ」

ピエルマルコは兵隊共をけしかけると、腕を組んで数歩後ろに下がった。ソニアがエヴェリスのお気に入りだというのを知っているから、彼女には絶対に手を出したりしない。エヴェリスもエヴェリスでソニアさえ無事なら我関せずの態度を取ってくるし、マウリツィオは喧嘩なんて慣れていないものだから、もう腹を決めて滅多打ちにされるのを待つだけだ。

おれは怠《だる》い身体をなんとか起こしているので精一杯だったんだが、どうにか制服の衣嚢《いのう》に手を突っ込んだ。店に届く食材の梱包を解くのに使うんで、折り畳み式のナイフを入れていたんだ。これはあまり人を刺したりなんかするのには適していないんだけれど。

長椅子でぐったりしているおれの元に大男が歩み寄ってくる。マウリツィオのほうにも、もう一人。物騒な店の警備に相応しい出《い》で立《た》ちだった。ショットガンの持ち込みは見逃しちまう男たちだが――。

そうだ。忘れるところだったが、おれはその件でちょっと腹を立てていたんだ。こいつらがちゃんと入口で取り締まっていればおれの脚は壊されなかったわけだし、無駄な出費もしなくて済んだはずだった。義肢っていうのは既製品でもやたらに高い。

男はおれの胸倉をぐいっと摑んだ。椅子から腰が浮く。多分、そのまま腹でも殴るつもりだったんだと思う。

だけど、それより先におれはナイフを出した。制服の前襟を摑んでいるその腕の手首に刃先を刺して、そのまま肘《ひじ》まで縦に切り裂いてやった。

水っぽい血が跳ね飛んで腿《もも》に掛かる。

男は汚い悲鳴を上げておれから手を放したが、おれはそれ以上間合いを取らせなかった。ナイフの届かない距離で銃でも使われたら堪らない。左腕を男の首に回して、右手に握ったナイフの刃をその首筋に押し当てた。

男を抱え込んだ体勢のまま、マウリツィオに拳を振り上げているもう一人の兵隊に対して「あんたも下がりな」と牽制する。

——何を驚いているんだ。黙って大人しく殴られるとでも思ったか？　さっきは不意打ちだったんでやられちまったが、予《あらかじ》め振るわれるのがわかっている暴力に対しては、おれはめっぽう強いんだ。

ただ、この場でこの二人をどうにか蹴散らしても、ピエルマルコが帰って告げ口をすればおれたちは国中にいるマフィアとその手下共に追い掛け回されることになる。そんなのは御免だった。

顔を上げれば、ピエルマルコが驚愕の表情で凍りついていた。自分の立場が危うくなるなんて考えもしなかったんだろう。もう少しで腰を抜かして逃げだすところに見えた。

ソニアは呆れたように無表情で、エヴェリスは審判みたいにおれたちを眺めていた。

「べつに殺しやしませんよ」と、おれは刃物に意識を集中させたまま言った。「でも、お嬢さん方の前で袋叩きに遭うのも面白くないもんでね」

「何が望みだ！」ほとんど絶叫に近い声で、ピエルマルコがおれに指を向けてくる。「わかっているのか。このことを〈ザイオン〉に報告したら――」

「おれは〈ザイオン〉に逆らうつもりはない。ただ支配人の指示には従えないって言っているんです。あんただって従業員に謀反《むほん》を起こされたと知られるのは都合が悪いでしょう。幹部からの評価が下がっちまう」

マフィアっていうのは血統も大事にするが、案外実力主義なところもあるものだ。おれはここで成り上がろうだなんて微塵《みじん》も思わないけれど、下剋上に成功すれば出世だって夢ではないかもしれない。

おれは、馬鹿みたいに青褪《あおざ》めながら呼吸を乱している男を放してやった。途端に血の滴る腕を押さえてピエルマルコの後ろに駆けていく。もう一人も同じだった。

「店は数日の間臨時休業。工場での仕事には脚を直したら行きます。それで手打ちにしてくれませんかね」

〈オンブレッロ〉の仕事がなくなればルカとアンナを捜しにいける。本当は一〇年だって休んでいたいところだが、ここは最大限の譲歩だ。

おれの提案にピエルマルコは硬直した。それからぐっと間を空けて「三日だ」と吐き捨てる。

「三日間だけ休みをくれてやる。その後は黙ってこれまで通りに働くんだ。反論は許さない。いいな」

返事も待たず、ピエルマルコはおれに切られた男の頭を引《ひ》っ叩《ぱた》くと、踵《きびす》を返して楽屋を出ていった。

兵隊たちは恨めしそうにこちらを睨んで、主人を足早に追う。

「――死人が出るかと思った」支配人たちが去っていった後、長い溜息を吐いて、マウリツィオが床にしゃがみ込んだ。この一日で随分老け込んでしまったように見える。「早くその恐ろしいナイフを仕舞ってくれ、オズヴァルド」

「誰のために出したと思っているんだ？　おまえ、ちょっとは自重しなきゃあいけないぜ。病院の彼女が悲しむだろう」

「昔、三六人も殺したという話は本当？」とソニア。「〈ザイオン〉の人たちが言っていた。男も女も構わずナイフで手足から肉を削いで嬲《なぶ》り殺して、挙句に遺体を沼地に捨てて腐らせたとか、弱った患者の振りをして忍び込んだ病院で油断した医者の腹を引き裂いたとか」

「……本当だったら軽蔑するか？　その顔は何なんだよ。疑いたけりゃ好きにしてくれ」

「噂通りならオズヴァルドは残忍な大量殺人鬼だ。いまので我慢できるとは思えない」

「ピエルマルコの護衛なんか打ち取ってどうするってんだ。第一、そんな真似したらおれが殺されちまう。そうでしょう、シニョリーナ？」

「おまえが何をしようがわたしは関知しない」エヴェリスは冷たく言い放った。「〈ザイオン〉の利益を害さない限りはな」

おれはナイフを折り畳んで衣嚢に戻した。右手に男の血がべったりと付着しているのを見て、ルカが「ドットーレ・フーが輸血用の血液製剤を用意してくれる」と話していたことを思い出す。

ちょうどまたマウリツィオが「店のことはいいから怪我の具合を診てもらってこい」と言ってくれたんで、おれは診療所に行くことにした。

幸いだったのは、店の倉庫に松葉杖があったことと、ドットーレ・フーがまだ家に帰っていなかったことだ。

ドットーレ・フーの診療所は古ぼけた雑居建家《たてや》の二階にあるんだが、その上の貸部屋の一角に彼は住んでいた。荒稼ぎしている闇医者のくせに金のない学生みたいな暮らしをしていたんだ。

だけど、おれが訪ねていったときには既に二三時を回っていたというのに、彼はまだ仕事場にいた。つい一日半前に吸血鬼に咬《か》まれて担ぎ込まれてきた男が、今度は片脚を吹っ飛ばして松葉杖をついてやって来たんだから、あの爺さんも驚いただろう。助手も看護師も既に帰してしまったのか、あるいは最初から雇ってなんかいないのか、とにかくたった一人で診療所に残っていたドットーレ・フーだったが、おれの姿を一目見ると、仰天しながら診察室の中に入れてくれた。

結果だけ言えば、おれの怪我は大したことなかった。打撲も凍傷も比較的軽度で、数日塗り薬を使っておけば大丈夫だという。埃《ほこり》っぽい小部屋に押し込められて頭部と左脚のX線写真も撮られたが、どこも骨折はしていなかった。

一通りの診察を終えると「どうしてこんなことになったんですか」とドットーレ・フーは訝《いぶか》しがって追及してきた。独特な東洋訛《なま》りで、それでいて言葉は流暢《りゅうちょう》だ。「この義肢の壊れ方は普通ではありませんよ。まるで巨大な鰐に咬み千切られたようだ。これで骨にひびが入らなかったのは運が良かったとしか言いようがありません」

「詮索は止してください。おれがどこの人間か知っているでしょう。あの店に関わると碌なことにならない」

「あなたが何者かは知っていますよ。その義足の消えかけの刻印は陸軍病院のものだ。つまりあなたは軍人でしょう」

「もう違いますよ、先生」おれは軽く笑って質問を躱《かわ》す。あまりその話題には触れてほしくなかった。「そんなことより、あの金髪の吸血鬼が今夜ここへ来ませんでしたか。たとえば、輸血用の血液製剤を横流ししてほしいだとか言って」

「彼が？　来ていませんが、どうかしたんですか。あなたと一緒にいると思っていました」

「それが店の営業中にどこかに消えちまって、行方知れずなんです。

行き先は五番街の裏手の航空機整備場くらいだろうか。こうなったらもういっそ明日の日の出まで待つのもありかもしれない、と思った。奴は陽の当らない夜間ならどこへでも行けるだろうから、逆に日中に潜伏していそうな建物を重点的に回ればいい。

とはいえ、そんな場所は星の数ほどあって、この街の中だけに限って虱潰《しらみつぶ》しに捜すにしても一日や二日ではどうにもならなそうだった。

「それは困りましたね」ドットーレ・フーはおれ以上に深刻そうな顔をしてふさふさの白髪頭を掻いた。「ときに、昨日出した薬は飲んでいますか」

「ちゃんと飲んでいますよ。今夜の分もね。だけど頭は痛いし目は翳《かす》むし、おまけに嗅覚なんかが機能しなくなってきています。あんたは昨日『一週間』と言ったが、この調子だとあと三日もすれば起き上がれなくなりそうな具合だ」

「どうしたってあの吸血鬼と双子の妹を捜しだすしかありませんよ。他に道はない。見つけたらすぐにここへ連れてきなさい」

眼鏡の奥でおれを見つめるドットーレ・フーの瞳は明るい茶色だった。鼻筋もすっと通っていて、年に似合わず口元は引き締まっている。おれは、この爺さんも若いときは二枚目だったに違いない、と思った。

「そうしたいところですがね、全く当てというものが――」

そのとき、背後で気配がした。

片足で床を蹴って背凭《せもた》れのない回転椅子ごと振り返ると、音もなく診察室の扉が開く。殺し屋のような躊躇《ちゅうちょ》のなさで入ってきたのは、背の高い長髪の女と小柄な短髪の女の二人組だった。

勝手を言うようだが、彼女たちは本当にお似合いなんだ。

「シニョリーナ・エヴェリス！」ドットーレ・フーが目を丸める。椅子から転げ落ちるみたいに立ち上がって、よろけながら胸に手を当てて跪《ひざまず》いた。

「邪魔するぞ」とエヴェリス。「良い知らせだ、オズヴァルド」

「いったいどうしたんですか？　それにソニアも。ジェラート屋は」

「行ったよ。ヘーゼルナッツと苺味のを食べた」とソニア。もこもこした白い人工毛皮の上着を着ていて、雪の妖精みたいで可愛らしい。

彼女はドットーレ・フーに手を貸して半ば強引に座らせると、「多くの人にとっては悪い知らせだ」と、エヴェリスの言葉を訂正した。

「また血を抜かれた死体が確認されたと、宿直の憲兵から連絡があった。今度は〈ファルファッラ航空〉の本社がある七番街だ」

「死体は一体だけですか」

おれは訊き返す。

吸血鬼は一日に一ガロンの血を必要とする、とルカは話していた。意外に少ないと思うかもしれないが、人間の血液量は体重の約一三分の一だ。そして大抵の人間には二ガロンもの血液は流れていない。つまり吸血鬼二人分、二ガロンの血を賄うには死体も二体要る。もし双子が落ち合っているなら、そう遠くない所でもう一人の人間の死体が作られているはずだった。

「いまのところはな。まだ見つかっていないだけの可能性もあるが、これまでに発見された失血死体は一日につき一体以下だ」

「ルカの仕業《しわざ》でしょうか」おれはほとんど独り言のように呟いた。「とにかく、現場は七番街の〈ファルファッラ航空〉本社ですね？」

「乗り込む気か？　いまから行ってもどうせ警察や憲兵隊がいて近付けないだろう。それに逃げる犯人をどうやってその脚で追い掛ける」

「しかしですね、おれはあいつを見つけないと――」

「今夜くらいは安静にしていたほうがいい」とドットーレ・フー。エヴェリスの前で恐縮しているみたいだったが、それでも年長者らしい威厳を忘れていなかった。「脳震盪を起こした後は特に危険なんです。脳に衝撃を与えるようなことは絶対に避けないといけない」

「どうしてあんたがそんな心配をするんです」

「医師は普通、患者を気に掛けるものですから」

「でもあんたは医師じゃないでしょう。無免許の闇医者だ」

言うべきじゃないことだったが、おれは口走ってしまった。医者が嫌いなあまり、ついやっちまったんだ。

ソニアが視線でおれを責めてくる。世話になっておいてそれはないだろう、と。

おれはちょっとだけ後悔して顔を顰めた。黙り込んだドットーレ・フーの黄ばんだ白衣が虚しく見えた。

　事務机の上に置かれた革表紙の古本に、彼はふっと視線を逃がす。やがて、二、三度小さく頷くと、何かを決めたみたいにおれを正面から見据えてきた。

　おれは似たような切れ長の目元を最近どこかで見掛けたような気がしたが、記憶に靄《もや》が掛かったみたいに思い出せなかった。

「この老いぼれにも、若く、崇高な目的のために医師を志していた時代があったのですよ。一度は大義のために生きる覚悟をしたのです」ドットーレ・フーは目を伏せた。「戦争によって全ては変わり、私は道を逸《そ》れてしまったが、それでも神はやり直しの機会をくださった。……いいですか、誰にでも使命は与えられています。生きていなければ果たせない。不貞腐《ふてくさ》れずに前を見ることです。諦めないで足掻《あが》くこと。自棄《やけ》になってはいけません。できることをできるだけやって、できないことも無理をしてやって、何者であっても、あなたは生きるために最大限の力を尽くしてください」

　おれは、なかなか困惑した。いい年になって説教をされたことについても、それが案外的を射たものだったことにも、ドットーレ・フーが信心深い質の人間だということにも、昔まともに医師を目指していた時期があったということに対しても。この爺さんがなぜ潜りの診療所をやっているのかなんて、それまで考えたこともなかったわけだけど、他人にも一人ひとりの人生があると思うと気が遠くなってくる。だとしても、いつでもそのことを胸に留めておかないといけないんだろうが。

　正直なところ、とおれは慎重に切り出した。空気を重くしてしまわないように気を付けながら、できる限り平坦な声を作って、けれど神父に相談するみたいに切実に。「実を言いますが、正直なところ、いまが死に時なんじゃないかとも思っているんです、ドットーレ・フー。おれはもうそういう正しい目的みたいなものを失くしてしまった。特に思い残すこともなければ、失って惜しいものもない。いまになって『呪い』で死ぬっていうのなら、それが定めなんじゃありませんか」

「運命に逆らうのが医者の務めです」ドットーレ・フーは迷わずはっきりとそう言った。屁理屈のようでもその通りだった。凛々《りり》しい眼差しでおれを刺し貫く。「あなたは吸血鬼を見つけなければならない。そのためにまず身体を大切にすること。死んではいけませんよ。生きて使命を果たすのです」

「オズヴァルド」と、ソニアが小さくおれの名を呼ぶ。「時間がないのはわかっているけれど、今日はドットーレ・フーの言うことを聞いて。義足を直してから明日またルカを捜そう。私も手伝うし、エヴェリスも協力してくれるでしょう?」

彼女に黒い外套の袖を引っ張られると、エヴェリスは渋々という風に頷いた。「この件が片付いたら、わたしの家に犬を見にきてくれるな?」

「いいよ。約束する」ソニアは赤毛を揺らして微《かす》かに笑った。「お菓子も焼いて持っていこう」

おれは妙にもやもやとした気分のまま「恩に着ます」と頭を下げた。

もしかしたらもうビアンカが吸血鬼を捕まえてしまっているかもしれない。警察を出し抜き、憲兵隊に先を越されないようにしてルカを、その妹を見つけだすことなんてできるんだろうか。

無意味なことを繰り返しているようにしか見えない、というルカの言葉が、がらんどうの胸の中にただ一つ残っていた。このまま借り物の野暮な家に帰って、それで明日はどうするつもりなのか。否応なしに考えさせられる。おれに殺された大勢の人間に、「報いを受ける番だ」と迫られているような気がする。なぜおれだけがのうのうと生きているのかわからない。

わからない？　違う、死ぬのが怖かったからだ。殺されることより殺すことを選んだからだ。それで、力ずくでもぎ取ったこの命に意味はあったか？　もしかするとおれじゃない奴の手に渡ったほうが有効に使えたんじゃないか。おれはとうの昔に使命を放棄した。やり直すことができるとして、今度は何をどう変えるべきなんだろうか。

残り時間のことが気になって胃が浮くような焦りがあったが、一人でじたばたしていても仕方がないのも理解している。待っていたところで助けが来ないということも。

おれにできるのは、いままでと変わらず、できるだけ死を先延ばしにする方法を考えて、他人を踏みつけにしながら生きることだけだ。

断章 Ⅰ

PRIMA DEL TRAMONTO

魔女たちの茶会

ねえお姉さま。こうしてお茶をしていると昔を思い出さない？　もう何十年も前のことだけれど、あの孤児院で青い花模様の陶磁の茶器を出すのはお客さまが来たときだけだったのよ。お姉さまが子供の頃は違ったでしょうね。復活祭のときじゃなくても甘い焼き菓子が配られていたなんて、四〇年前の私が聞いたら、一晩中そのことを考えて眠れなくなってしまうと思うの。

冬になるとお姉さまのビスコッティが懐かしくなるわ。刻んだ松の実と黒すぐりが沢山《たくさん》入った糖蜜掛けのビスコッティよ、憶えているでしょう。ねえ、いつまでも秘密にするのはやめて、そろそろレシピを教えてくださらないかしら。私もお姉さまがしていたみたいに、キャンディとテディにお菓子を作ってあげたいの。あの子たちにだって、いつか思い出すための幸福な記憶が必要でしょう。そうお思いにならない？

――ああ、やっぱり我が家が一番ね。

街中のお店で会うのもいいけれど、私がフランチェスカお姉さまのことを「お姉さま」なんて呼んだら、周りの給仕たちがおかしな顔をするんですもの。ほら、私の顔をよく見て、染みも皺《しわ》もこんなに。それなのにお姉さまはなんて綺麗なのかしら。本当に妬《や》けちゃうわ。

あら、今日はキャンディとテディはいないのよ。会いたかっただなんて、もっと早く言ってくだされればよかったのに。

二人には街に買い物に行かせているのよ。来月は新型の飛行船のお披露目会があるから、新しいスーツを仕立てるように言ったの。子供ってどうしてずっと小さいままでいてくれないのかしらね。寂しいわ。背なんかはずっと前に追い抜かれてしまったし、声だって院長先生――憶えているかしら。お姉さまは先生たちのお葬式には来なかったけれど――彼らよりもずっと低くて格好良いのよ。でも、もうあの頃の院の大人たちを懐かしんだって意味がないわね。私が皆殺してしまったんだから。

ご覧になって、この温室の植物。どれもよく手入れされているでしょう。晴れていれば天井の硝子《ガラス》の光を反射してもっときらきらして見えるの。夕陽が差し込む時間帯なんて目が眩《くら》むくらいなのだけれど……お姉さまにとっては今日くらい陰っているほうが都合が良いわね。それにしても、私の一番好きな景色を見せてさしあげられなくて残念だわ。

キャンディはこの温室にある植物の図鑑を作っているのよ。この間まで私が絵本を読んであげていたのに、もう一人で難しい小説だって読めるようになったの。あの子は特別に賢いから、望むなら大学にでもどこにでも通わせてあげたいと思っているわ。

お姉さまの後ろで咲いている紫色の百合と蘭はテディが世話をしているのよ。毎日水と栄養剤をやって、剪定《せんてい》で切り落とした蕾《つぼみ》は私の部屋に飾ってくれるの。優しいあの子にぴったりの仕事でしょう。この間なんか「来年は庭師と一緒に新しい花壇を作って水仙を植えるんだ」って、お小遣いで球根を買い込んでいたのよ。

あの二人もすっかり元気になって安心したわ。腕の怪我のことも——海の向こうの兵士がしたこととはいえ、手を繋《つな》いで逃げる子供を銃撃するなんて、到底人間の所業とは思えない——だけれど、いまは性能の良い義手があるのが救いかしらね。あの子たちが訓練を頑張ったおかげで、重いものだって持てるし、お料理やお裁縫もできるのよ。

一〇年前に引き取ったばかりの頃は言葉もあまり通じなかったし、毎晩悪夢を見て泣いているものだから、やっぱり他の子供たちと引き離してしまったのは良くなかったんじゃないかしらって、私、ずっと悩んでいたの。いくら本人たちが「新しい孤児院には行きたくない」って言うからって、私の所に連れてきたのは失敗だったんじゃないかって、そう思っていたのよ。

でもね、いまは一つも間違っていなかったと言いきれる。あの子たちがどう感じているかはわからないけれど、私が三人で暮らせて幸せなの。きっと寂しかったのね、私。自分の子供を持てないことをどれだけ恨んだか知れないわ。だけどあの子たちはその代わりなんかじゃないのよ。どこの誰にも負けない自慢の弟なんだから。そう、ルカとアンナとだって交換してあげないわ。

ねえお姉さま、訊《き》いてもいいかしら。どうして一度も私にルカとアンナを会わせてくださらないの。いいえ、わかっているのよ。私が怖いんでしょう。彼らを見たら私が気分を害すると思っていらして？　私が二人に何かをするつもりだと疑っていらっしゃるのね。

それはどうして？

駄目よ、誤魔化さないで。お姉さまには罪の自覚があるって、教会で神父さまにも見抜かれていたじゃない。お姉さまは私にどんなに残酷なことをしたか自分でわかっているの。だからこうして私に会って確かめたいのよ。私がもうとっくに昔のことを忘れて、怒ってなんかいなくて、いま正に満たされて過ごしているってことを――。

私も大人になって随分経つけれど、いまならあの頃のお姉さまの気持ちがわかるわ。血は繋がっていなくても、幼い妹や弟の、子供たちのために何かをしてあげたい。不思議だけれど、ごく自然に、本心からそう思うの。お姉さまのことが記憶にあるからかしらね。

だからこそ理解できないわ。どうしてお姉さまが私たちを見捨てたのか。

事情を訊いても納得できない。私が仕方なかったと言えばお姉さまは救われると思うわ。でもできないの。私はお姉さまのことが大好きよ。だけど赦《ゆる》せない。どんなに謝られても、お姉さまが死んでも、そんなことでは慰めにも償いにもならないわ。

ご存じでしょう？　私はお姉さまのことを崇拝しているのよ。だからお姉さまは、あの孤児院から子供を全員攫《さら》って、暖かい家に住まわせて、ちゃんとした教育を受けさせることができたはずだと思ってしまうの。私にできたんだから、お姉さまにできないわけがなかったのよ。

――言い訳はしないで。謙遜が聞きたいわけじゃないの。お姉さまは素晴らしい方なんだから、私はただ事実を話しているだけ。お姉さまは私たちを助けられたのに助けなかった。そうなのよ。

理不尽だとお思いになる？　自分ばかり責められて不公平だと？　不愉快な言い掛かりだって？　私たちはお姉さまがいなくなった後、もっと理不尽で不公平で不愉快な目に遭わせられたのよ。

聞いてほしいの、お姉さま。私の親友のウィニフレッドはね、将軍の家に売られていって、一四のときにお屋敷の礼拝室から飛び降りたのよ。鳶色《とびいろ》の髪に可愛いえくぼがあって、気は弱いけれど、あの孤児院で一番器量の良い子だったわ。南部の農家の生まれで、飢饉のときに両親に連れられて行った先の教会で置き去りにされたの。私と同じね。

将軍は他に女の子ばかり六人も引き取っていたわ。六人全員が死ぬか病気になって、将軍は七番目に迎え入れた子供と結婚したの。家から一歩も出さず、誰のことも養子に入れずに育てたそうよ。ウィニフレッドが死んだときもお葬式を挙げなかった。自殺じゃ世間体が悪いと言って、お墓も作らずにマフィアを呼んで処理させたの。

お姉さまは最後の王女さまのことを憶えている？　いまではあまり話題にならないけれど……そう、私よりずっと年下の、エヴェリスという名前の女の子よ。彼女が国王を殺したときに、私は怒ってそこら中の家具や食器に当たり散らした。遅すぎると思ったの。「あと一五年早くやってくれていたら、私たちも無事でいられたかもしれないのに」って。でも、エヴェリスのおかげで酷《ひど》い扱いを受けてきた子供たちの魂は救われたと思うわ。だから、この国の権力者たちは皆嫌いだけれど、エヴェリスだけは赦してあげるの。天国は王族のものだから、そんな所に連れていかれたくなんてない。ウィニフレッドはどこか違うもっと良い場所で眠れていたらと思うわ。

――私にも、何か強くて大きなものが全てを奪っていったと思っていた時期があった。

でもね、悪いのは時代だとか、戦争だとか、大人だとか、そんなぼんやりしたものじゃないはずよ。私たちを売り飛ばした院長先生の顔を、私たちを買った汚らわしい客の名前を、私たちを捨てて逃げたお姉さまのことを忘れないわ。永久に。

お姉さま。フランチェスカお姉さま。私は間違ったことを言っているかしら。

もしも死後の裁きというのがあるのなら、お姉さまは無罪の判を押されると思うわ。だけど無実ではないでしょう？　恨み言を言うつもりはないけれど、最後まで責任を持てないのなら、中途半端に関わらないでほしかったわ。

結局、自分がしたことの結末から逃げずに受け止める覚悟があるかどうかということなのよ。何も犠牲にしない優しさは欺瞞《ぎまん》だわ。誰かに憎まれても立ち止まらないくらいの果敢さがなければ、たった一人のことも救えはしないのよ。

その点エヴェリスは本当に立派だったと思うわ。自分の約束された未来を手放して、上の世代の人間が犯した罪を負うことを選んだんだから。結果的にいまは何でも許される立場に収まったようだけれど、王を殺した時点でそうなる保証はどこにもなかったんですもの。一度に全部を失う可能性だってあったのに……、実際、皆からおかしくなったと思われても、彼女は黙って批判を受け入れてきた。変な噂は立っているけれど、エヴェリスには自分のことを無責任に崇《あが》めたり畏《おそ》れたりしてくる国民をどうにかしようなんていう気はないのよ。

どうして知ったようなことを言えるのかって？　あのね、私、彼女とは名前で呼び合う仲なの。

お姉さまに仕事の話をすることはあまりなかったわね。航空業界は利権絡みの問題が山積みなのよ。どこもかしこも敵だらけ。会社を大きくするためにはマフィアの手を借りなければいけないこともあった。そこで〈ファルファッラ航空〉に協力してくれたのが〈ザイオン〉という組織で、驚くでしょうけれど、エヴェリスも実はその構成員なのよ。

どうなさったの？　私とマフィアとの付き合いはいまに始まったことじゃないわ。私だって彼らのことは好きではないけれど、狡賢《ずるがしこ》い政治家たちに勝つためには協力者が要るでしょう。

どうか怖がらないで。これは仕方がないことなのよ、お姉さま。善いことをするためにはお金が必要で、お金を得るためには悪いことをしなければいけなかったんだから。田舎生まれの孤児だと後ろ指を指されても、成り上がりの娼婦だと馬鹿にされても、強欲な魔女だと詰《なじ》られて嫌われ者になっても、私は笑顔を作って耐え凌いできた。心に決めたものを守るためなら、私は悪魔にだって魂を売るつもりだわ。

——そうね、お姉さま。私には選べるほどの道がなかったの。理想だって誰よりも強く持っているつもりだけれど、実際は、明日貰える金貨よりもいま目の前の銀貨を取らなければいけないような場面ばかりよ。

ああ、本当に魅惑的な香り。この紅茶、わざわざセルビアから取り寄せた価値があったわ。もう一杯いかが？

戦争が終わってようやく落ち着いてきたと思ったら、最近はどこにでも憲兵隊がうろついているわね。西の街の方なんて厳重警戒らしいわよ。連続吸血殺人鬼がついに国境を越えてやってきたんだって、新聞の見出しはどんどん大きくなっているわ。もう三人も死ねば一面を飾ることになるでしょうね。

私がしているのは真面目な話よ。

お姉さまの存在が見つかるのも時間の問題だわ。ここは安全だけれど、ベオグラードにいたときのお仲間がどうなったか忘れたの？　流れ者の吸血鬼が捕まったとき、市民の人権すら守ろうとしない政府に人道的な扱いを求めるのは難しいんじゃないかしら。

白状するとね、お姉さま。私、何度お姉さまを売ろうと思ったか知れないわ。お姉さまがこの国に来てくださる度、私は「不老不死の吸血鬼がいる」って軍の研究所に言いつけようか迷っていたのよ。どうしてかしら。こんなにもお姉さまのことを愛しているのに。

なのにお姉さまは、私にお姉さまを殺せと仰《おっしゃ》るのね。

第三章

銀貨

PREZZO DEL SANGUE

翌日、おれは調子の悪い身体《からだ》を引き摺《ず》ってがらくた屋に出向いた。電車で二時間も掛けて陸軍病院のある旧フィレンツェ——いまは吸収されてこの名前は残っていないが、ヴェッキオ橋の見えるあの辺りだ。わかるだろう——そこまでは行っていられないし、近場で払い下げの軍放出品を扱っているのはここだけだったんだ。

店では有名企業の製品を模造した紛い物の迷彩装備や、どうやって税関を通したのかもわからないような輸入物の通信機なんかが投げ売りされていた。大人用の義肢の在庫も豊富にあり、嵌《は》め込むだけで使える合成樹脂製の単純なものから、取り付けに外科手術が必要な機械制御式のものまで各種取り揃えられている。どれも型落ちで動作保証なんて付きはしないが、おれの目当てのアルミ製の義足もちゃんとあって、知らない土地で馴染みの顔を見つけたときみたいに安心した。

ねじを締めて無事だった膝上の接合部から繋《つな》ぎ直せば、少しの調整で病院の世話にならなくてもまた歩けるだろう。実際、違和感がないわけではなかったけれど、おれの貯金の半額で買えるものにしては上等な部類だった。脚を失《な》くしてから一年ほどの間、車椅子なんかで生活していた期間もあったが、あれほど不便なことはない。

ようやくまともに歩けるようになると、そのまま工場に行ってピエルマルコに言いつけられていた仕事を片付け、おれは邪魔な松葉杖を返しに〈オンブレッロ〉に寄った。ぼろのねぐらに帰るよりそのほうが近かったからだ。べつに捨ててしまってもよかったんだけれど、不法投棄なんてちんけな罪でおまわりに見咎《みとが》められたら嫌だろう。

店に着いたのは正午前だった。

裏口を開けようとして、施錠されていないことに気付く。おれは食材の搬入なんかをするために店の鍵を持っていたんだが、使うまでもなく扉は開いていた。

前の夜にあんなことがあったから、おれはマウリツィオが鍵を閉め忘れたんだと思った。責任感のある男だってたまには間抜けな失敗をするものだろう。そうでなければ、金勘定のためにピエルマルコが出勤しているかのどちらかだ。

倉庫に松葉杖を片付けて通路に出たところで、客席の方から何か音が聞こえてきた。視線を向ければ、明かりの点いていない薄闇の中に、幽霊みたいにぼうっと白く発光する影が見えた。

おれは咄嗟《とっさ》に横の厨房に入って、包丁立てから手近なナイフを抜いた。キャンディとテディのことが頭を過《よぎ》る。ルカを見つけられなかった奴らが店に戻ってきておれを待ち伏せているんじゃないか、と。おれが調理器具に触ったと聞けばマウリツィオは怒るだろうが、そんなのは知ったことではない。こちらは緊急事態だ。

だが、客席の影の正体を確かめる前に、おれはナイフを取り落として転倒した。身体が浮くような気持ち悪さと、船酔いみたいな吐き気。急にまた眩暈《めまい》がして目の前が暗くなった。脚を付け替えたばかりで感覚が摑めていなかったというのもあるが、倒れ込んだ床の木目がぐにゃりと曲がって上下もわからず、しばらくの間蹲《うずくま》っていることしかできなかった。

立ち上がれないでいるうちに、体重の軽そうな足音が近付いてきて、カウンターの向こうから「オズヴァルド？」と声が降ってくる。

「ああ？　おまえ……！」

ルカの姿を認識した途端、全身から力が抜けるようだった。

「そこで何やってるのさ。顔色が真っ青だ」

「鍵は――、どうやって店の中に」

「吸血鬼は招かれていない屋敷に入れないってやつ？　あれは迷信だよ」

「違う、はぐらかすな」おれはまだ気分が悪かったんだが、調理台の縁《へり》に摑まってなんとか身を起こした。「どうしてここにいる。いつから潜んでいやがった」

「今日〈オンブレッロ〉は休業日らしいね。知らなかった。昼まで待って会えなければ家に行こうと思っていたんだけど、どこに住んでいるのか教えてもらうのを忘れていたからさ。あなたのほうから来てくれて助かったよ」

　厨房を覗き込むように客席側からカウンターに寄り掛かると、ルカは優雅に肘《ひじ》をついた。タートルネックのセーターの上に医者か研究者みたいな白い外衣を羽織っていたんだが、それが様になっているのにもむかついた。

「今度こそ説明してもらうぞ、吸血鬼。おまえはシニョーラ・ビアンカとどういう関係だ。なぜ奴らから逃げている」

「彼らに会ったならあなたにもその理由がわかるはずだ、オズヴァルド。もう察しが付いているだろうから言うけど、僕たちを商人の所の冷凍室に閉じ込めたのはあの双子だよ」

「キャンディとテディが？　何のために」

「そうでもしないと捕まえておけないからだ。ねえ、考えてみてよ。自分だったら不死身の相手の動きをどうやって封じるか」

　そこでおれはもう我慢がならなくなった。具合の悪いとき、その原因を作った金髪のガキにこんな態度を取られてみろ。あんただって耐えられはしないだろう。

　調理台に片手を掛けて床を蹴り、素早く肘に腰を引き寄せてカウンターを乗り越える。

　そのまま驚いているルカに足払いを掛け、馬乗りになった。突然の痛みに顔を歪めている奴に摑み掛かって「こうやってだよ！」と恫喝する。「——おまえ、昨日の夜、七番街へ行ったか？」

「行ったかもね」ルカは早々におれを退《の》かすのを諦め、そう答えた。「あそこには〈ファルファッラ航空〉の本社社屋がある」

「また人間を襲ったのか。いや、やったのは妹のほうか？　おい、アンナはどうしたんだ。会ったのかよ」

「落ち着いてよ。アンナに会えていたらここへ一人では戻ってきていない」

「落ち着けだ？　ふざけるな、こっちはおまえのせいで死にかけているんだ。おれに協力させたければ知っていることを全部話せ、いまここで！」

一発ぐらい殴っても許されるような気がしたが、拳を握ったまま深呼吸して耐えた。手まで怪我なんかしたくない。

おれは蹴り飛ばすようにしてルカから離れ、わざと大きな音を立てて一番近くの席に座った。服を手で払いながら起き上がったルカが、何事もなかったかのように「薬は飲んだ？」と訊《き》いてくる。全く悪びれていなかった。「一日三回でしょ。死なないために時間は守って」

「言われなくてもちゃんと飲む」

「どうだか」

ルカはカウンターの裏に回り込み、勝手に店のグラスを取って水を汲んだ。

それから戻ってきておれの前にグラスを置くと、自分は行儀の悪い学生のように隣のテーブルの天板に腰を掛ける。

おれは革のジャケットの衣嚢《いのう》から例の薬の入った紙袋を取り出した。不気味に青い錠剤を一錠だけ摘まみ、口に放り込んで水で飲み下す。「それで？」

「まず、アンナの行方については本当に知らないんだ」

吸血鬼が語った話はこうだ。

三日前、ビアンカの命令で吸血鬼を追っていたキャンディとテディに発見され、ルカとアンナは拘束されることになった。だが、その時点でビアンカはエクアドル出張で不在にしていて、付き人の二人は彼女がこの街に戻るまでの間、捕らえた吸血鬼たちを安全に管理しておくために冷凍保存しようと商人の元で冷凍倉庫を借り受けた。

ところが、そこで商人が本来〈オンブレッロ〉に卸《おろ》されるはずの人間の死体と取違えを起こし、ルカを店に引き渡してしまった。もっとも、〈オンブレッロ〉は丸ごと一体の死体すら注文しておらず、あの取引自体が発注票の読み間違えによる事故のようなものだったんだが。

事態を知って激高したビアンカは元から親交のあった〈ザイオン〉に苦情を申し立てて、組織は不始末を起こした商人への制裁を決定。〈ザイオン〉から依頼を受けたエヴェリスは事情を知らずして商人を殺害した。

「――肝心なところが抜けている。なぜおまえらはシニョーラ・ビアンカに追われているんだ。やっぱり、彼女も吸血鬼になろうとしているのか。どうやって」

おれが尋ねると「その推測は外れ」と逡巡のない返事が返ってくる。「彼女は多分、僕らの母さんみたいになりたいんだ。吸血鬼じゃなくてね」

「はあ？　なんでそうなるんだよ。おまえらの母親は死んだんだろう」

「殺したのはビアンカだ」

「吸血鬼は不死身だとおまえが言った」

「完全に、じゃない。陽に当たるか、一度に一ガロンの血を失えば人間と同じように死ぬ。反対に、吸血鬼の血を大量に飲んだ人間は吸血鬼になれるんだ」

どこまで信じるべきなのか、おれは迷ってしばらく無言でいた。けれど信じなければ話が進まないともわかっていたから、「どうしてそのことを黙っていた」と先を促す。「というか、『呪い』を解くためにおれがおまえの妹の血を飲んだら、おれも吸血鬼になっちまうってことか？」

「ならないよ。『吸血鬼の呪い』を解くにはごく少量の血液で足りるんだ。言わなかったのは自分の弱点を晒《さら》す理由がないから。吸血鬼になる方法を知れば、あなただって不老不死になりたくて僕を殺すかもしれないし」

「そんなもののために誰が吸血鬼になるかよ。おれは嫌だね。いくら金を積まれたって御免だ」

実際のところ、あんたはどう思う？　老いを知らず死なない肉体が欲しいと思うか？　だけど生きている限り終わりは来ないし、永久に恥ずかしい思い出も辛い記憶も手放せないんだぞ。無意識に蘇《よみがえ》ってくる強烈な過去の体験を、いつか忘れて消えることを頼りに無視することもできない。おれは他人に言えないようなことをしてまで生に執着して戦場から逃げ帰ってきたわけだが、未だにあの頃のことを夢に見る。それでも当時の自分がどうしてそんなに必死だったのか思い出せないんだ。ただ、もし憶えていたらどこかでとっくに首を括《くく》っていただろうから、告解はこの辺りでやめておこう。

「オズヴァルドがそうでも、ビアンカは吸血鬼になりたかったんだ」

ルカは脚をぶらつかせて天井を見上げる。

おれは妙に喉が渇く感じがして、グラスの水を飲み干した。「シニョーラ・ビアンカは自分が吸血鬼になるためにおまえたちの母親を殺したんだろう。なのに彼女は未だにおまえら双子を狙っている。母親の血を奪うだけじゃ目的が果たせなかったわけか」

「だって、僕たちがその血を横取りして吸血鬼になっちゃったからね」

「……なるほどな」

合点がいった。ルカとアンナが吸血鬼となったのは遺伝ではなく、母親の血を飲んだからだと、そのときになっておれは気付いたんだ。だから二人はビアンカに追われることになったのか、と。

「先月の初めのことだ。僕たちが仕事先から宿に帰ったら、母さんはもう血を抜かれて死んでいた」ルカは軽薄な笑みを浮かべた。自分たちの母親の悲劇的な死について、あえて軽く聞こえるように話しているみたいだった。「周りを見て強盗や暴漢の仕業《しわざ》じゃないってすぐにわかったね。近くに血の付いた長い管や採血用の針なんかが落ちていたから。遺体の首や脇や腿《もも》には深く刃物で切られたような痕があった」

「だけど、それだけの証拠じゃシニョーラ・ビアンカが犯人だとは決まらないだろう」

「僕たち以外に母さんが吸血鬼だって知っている人は限られている。たとえば、母さんが若い頃の知り合いとか」

「歳を取らないならそうだろうな。昔の馴染みにはどうしたって不老だってのがバレちまう」

その通り、とルカはテーブルから飛び降りた。「母さんは生きていたら六五歳だ。でも、見た目は二五歳のときのまま変わらない」

「シニョーラ・ビアンカはおまえたちの母親と知り合いだったわけか」

「母さんはパレルモの孤児院で育ったんだ。いまはもうなくなったって聞いたけど、ビアンカも同じ施設の出身らしい。でも、彼女が院で過ごしたのは母さんが大人になってからだよ。時期が重なっていたわけじゃない。まあ、母さんは働くようになってからもしばらくの間は施設に顔を出していたみたいだから、そのときに親しくなったのかもしれないけれど」

「ああ、それでシニョーラ・ビアンカは慈善活動なんかに手を出していたんだな」

子供の頃の生活を含め、彼女が出自を全く公表していない理由がわかった気がした。べつに孤児院育ちは恥じるようなことじゃあないが、貴族の生まれが多い業界だ。世間に対しては戦略として、印象通り強大な後ろ盾が付いているかのように思わせておきたいんだろう。

「母さんは一〇年くらい前からビアンカと会っていたんだ。昔の知り合いと会うのは避けていたから、どこかで偶然彼女に見つかってしまったんだと思うけどね。でも、母さんは彼女との再会を本当に喜んで、いつも会いにいくのを楽しみにしていたよ。その間も住まいは転々としていたし、僕たちを連れていくこともなかったけど、ビアンカのことは妹みたいに大事にしていて、よく話を聞かせてくれた。国外で暮らしていたときでさえ、母さんはわざわざ飛行機に乗って彼女に会いにこの国へ来ていたらしいんだ」

「そんなに仲良しの二人がどうして殺し合う結果になるんだよ」

「さっきも言ったでしょ。ビアンカは母さんに憧れていたんだって。だから母さんを真似て僕らと同じ年頃の双子を施設から引き取った。自分には子供ができなかったから」

「キャンディとテディのことか？」

おれはぐるぐると客席を歩き回る吸血鬼を眺めていた。いまの話を纏《まと》めて考えるに、ルカは母親の血を飲んだのだろう。もう助からない状況だったとはいえ、自分の肉親の血液を口にするというのはどんな気分だったのか。喉を流れる赤色の液体のことを想像する。人間が多量の血を経口摂取しようとすれば嘔吐反射で苦しむことになる、という知識だけがおれの中にあった。

「ビアンカは彼らを使って母さんの血を抜いて殺したに違いない」

「おまえがそう思っているだけだろう。いくら憧れてそうなりたいからって、昔馴染みの知り合いを殺すかよ。シニョーラ・ビアンカは仮にも〈ファルファッラ〉の代表なんだぜ？」

「だからだよ。財力も権力も持っているから、彼女はいくらでも罪を揉み消せる。エヴェリスと似たような種類の人間だ」

ルカが軽率にその名前を出すものだから、おれは冷や冷やした。「そう言うおまえはどうなんだ。血を手に入れるために何十人も殺しているだろう」

「オズヴァルドだって戦争に行ったんでしょ。そこで殺した敵の数をかぞえていたわけ？」

「敵兵は殺していない。一人もな」

あっそう、とルカは興味もなさそうな顔をした。「とにかく、母さんの遺体を見つけた僕たちは、絶対にビアンカの仕業だと思ったんだよ。それで前に母さんから聞いていた彼女の屋敷に――いつも母さんたちが会うのはその屋敷でだったんだ。その家に忍び込んだら、案の定、あの双子が血液の入った硝子《ガラス》瓶を何本も運び込んでいるところに出くわした。ビアンカはそのとき不在にしていたみたいだから、僕が囮《おとり》になって双子を引きつけている隙《すき》にアンナが瓶を盗み出すことにして、――その作戦は成功したよ」

おれは色々と言いたいことがあったが、一つを選んで「よくあの二人を撒《ま》けたな」とだけ言った。

「こっちも二人いるから。それにそのときは逃げきれたけど、結局三日前には捕まったわけだし」

「おまえたちも吸血鬼になりたかったのか」

「まさか。でも母さんを殺したビアンカに奪われるくらいならって思ったんだ。アンナもきっとそう」

気持ちはわからないでもない。

だけど、親の仇《かたき》の計略を阻止するために自分自身を怪物にしてしまうという判断を下すなんて、とんでもない精神力の持ち主だと思った。相当の覚悟があったというか、どういう思考でそれを行動に移したのか、おれにはちょっと想像がつかなかった。

それに、この軟弱な若い金髪の姿は、赤い血を一滴残らず奪い取っていく恐ろしい化け物とはどうしても結び付かないような気がして、おれは未だに釈然としない気持ちでいる。さっきこいつを床に引き倒したときの、あまりにも軽い手応え。不死身だということを忘れて「このまま首をへし折れそうだ」と考えてしまうほどの――。

吸血鬼に咬まれた当の本人だというのに、おれはその事実自体を確かめ直すべきなんじゃないかと思いはじめていた。アンナがいなくなったのだって、本当にただはぐれたというだけなのか。ルカは「商人の冷凍倉庫から〈オンブレッロ〉に卸される際に妹を見失った」と話すが、それならば彼女の側では兄の居所を摑んでいる可能性が高く、無事でさえいるのなら既にこちらのことを嗅ぎつけていてもおかしくはない。いまになっても二人が合流できていないのには、実はもっと違う理由があったりはしないだろうか。

「その日のうちにアンナと街を出ることを決めたんだ」とルカは続ける。「母さんのことは現場の部屋に置いて出てきた。そのうち宿の主人が異変に気付いて、遺体は警察に発見されたよ。連続吸血殺人事件の被害者としてね」

「それでこの街にやって来たのか。そういえば、吸血殺人鬼のことが話題になり始めたのはちょうど一月前辺りからだったな」

「知っていることはこれでお終《しま》いだ。ビアンカは吸血鬼の血を取り返すために僕たちを追っている。それが全部。それ以上はない」ルカはようやくおれの前に戻ってくると、椅子を引いてゆっくりと座った。「ここから先は単なる僕の予想だけど、アンナはビアンカを殺そうとしているんだと思う。母さんを殺したっていっても、決め手になるような証拠は残っていないし、どう考えてもいまの法律じゃビアンカを裁けない。だから自分で復讐しようとしているんだ」

「おまえはどうするつもりだ」

「どうって？」

「母親の仇を討つ気はあるのか」

「僕にその資格があると思う？」

　ルカは青い瞳で金色の前髪を透かしておれをじっと見た。

「なあ、おまえはおれを呪い殺す気だったんじゃないのかよ」

　おれにそう問い返されると、ルカはびっくりしたようにぽかんと口を開けた。いままで一度もそんなことは考えたことがない、という顔だ。「僕がオズヴァルドを殺すだって？」

「いまのままなら結果的にそうなるだろう。それにおまえは――おまえとアンナは、食糧確保のために既に人間を大勢殺している。そこにもう一人、シニョーラ・ビアンカが加えられるだけだ。何をそんなに悩むことがある」

「僕はね、オズヴァルド。僕は母さんを殺した犯人——ビアンカのことを赦《ゆる》さないけど、べつに彼女のことを殺したいと、死んで償ってほしいとは思わないんだ。……これって薄情なのかな？」

「自覚があったとは意外なことだ」

片手で空になったグラスを弄《いじ》る。その縁から一筋の水滴が流れ落ちた。

被害者が生涯被害者であり続けなくてはならないということはなく、加害者がいつまでも加害するだけの側でいられるとも限らない。この世は不確定なもので溢れていて、そんな中でおれが知っているのは、情に厚い奴から順に死んでいくという残酷な決まりについてと、なおもおれが生き残っているという忌まわしい現実に関してだけだった。

「母さんとビアンカの間に何かあったんだろうとも思うし、危ない橋だってわかっているから、渡りたくないっていう気持ちもあるかもしれない。というより、そのものだ」どこか決まりが悪そうに吸血鬼は語る。「僕には危険に立ち向かうだけの勇気がないんだよ。でもアンナは逆。彼女は絶対に復讐を望んでいる。誰の賛成がなくてもやる気だ。だったら妹を一人にはさせられない。何が間違っていても、それだけは確かでしょ」

「止められないのか」

「無理だよ。僕と違って責任感や使命感のある人だから」

おれはルカと同じ金髪と青い瞳、作り物のように整った顔立ちで、勇敢で、確固たる意志を持った吸血鬼の娘のことを考えた。彼女は母親の仇を追い求めているのか、と。

昔からさ、とルカは脈略なく切り出した。「『他人が払う犠牲に無自覚だから弱虫でいられるんでしょ』って、妹と喧嘩する度によく言われたよ。学校に通っていた頃も、同級生に悪戯《いたずら》で教科書を捨てられたんだけど、僕はその犯人と対峙《たいじ》するのが嫌だったから諦めて母さんに新しい教科書を買ってもらったんだ。それで僕は万事解決だと思ったわけ。でもアンナは『兄さんは自分が意気地なしでもいいと思っているかもしれないけど、どこかにそのツケを払っている人がいるんだよ』って怒るのさ。母さんが苦労して働いて稼いだお金を、僕の足りない甲斐性《かいしょう》を埋めるために使わせるなって」

「正しいな、おまえの妹は」

「でしょ。いつもそうだから、彼女の考えを変えさせることはできない」

ルカは割りきったように微笑《ほほえ》む。どこか自虐的で、人殺しの共犯者にしてはあっさりとしすぎている身構えだった。

もうちょっと根性やしぶとさを見せたらどうなんだと、おれは励ましてやりたくもなる。かつてのおれの同僚は「どうせすぐに死ぬのだから怪我の手当ての方法なんて学ぶだけ無駄だ」と開き直る前線派遣の新兵に「人は効率的に一生を過ごすために生まれてきたわけではない」「人生には茶番や建前を大事にしなければいけないときがある」とか何とか懇々と説いていたが、あのときの話をもっとちゃんと聞いておくべきだった。そうしたらもう少し気の利いたことが言えたかもしれない。

テーブルの上に頬杖をついて、おれは冷めきった態度の若者に忠告を与える。「シニョーラ・ビアンカに復讐しても、まだキャンディとテディがいるだろう。奴らはどうするんだ。もしおまえたちがあの魔女に手を出したら、彼女を慕う二人は黙っていないと思うぞ」

「あの義手の双子ね。この辺りは貴族だらけなんだから、選り好みしなければ新しい主人なんてすぐ見つかるよ」

「おまえの話が本当なら、キャンディとテディにとってビアンカは家族も同然なはずだろう」

「だから？」

だから？　だから何だっていうんだ。家族の有無で命の重さは変わらない。確かにな。

でもおれは言葉を失ってしばらく考え込んでしまった。こいつには想像力がないというか、根本的に何か欠けているように思ったんだ。それでいて邪悪さも足りない。「おまえ、いままで友達や恋人がいたことはあるか？　嘘でもいいから『遺された人間が気の毒だ』って言ってみろよ」

「じゃあオズヴァルドは僕のことを気の毒に思うわけ」

「思うね。大切な人を亡くして辛かっただろう」

おれがそう言葉を掛けてやると、ルカは反射的に何かを言おうとした後、ごく短い間だけ目を瞑《つぶ》って「勝手に過去形にしないで」と返してきた。「僕にはもうアンナしかいないんだ。そのことがどれだけ僕の判断を狂わせているかわかる？」

「妹が大事ならなおさらだ。復讐はやめて田舎にでも引越せ。南部辺りの地方にならまだ摘発を逃れている売血屋がいるかもしれない。永遠とまではいかなくても時間稼ぎにはなる」

「『愛を示すときには迷ってはいけない』ってね」

「……愛だと？」

「前に母さんが言っていたんだ。僕の記憶にはないけれど、母さんの恋人——父さんは穏やかな性格で、だけど何でも母さんのために即決できる人だったんだって。同じ結論を出すにしても、躊躇《ためら》った瞬間にそれはきっと相手にも伝わるものでしょ。母さん自身がそうやって一度大きな失敗をしたみたいで、当時のことをずっと後悔していた。いまの僕くらいの年の頃の話でさ、何か……とても大変なことが起きて、そのとき咄嗟に保身に走って逃げたせいで、大切な人たちを裏切るような格好になってしまったんだって」

ルカはおれにどこまで話すか考えているようで、慎重に一言ずつ発音した。

あからさまに手札を隠されているようで良い気はしなかったが、おれはこいつが言葉を濁してまで何を言おうとしているのかを探って、「要するに、安全な場所で長生きしても、妹に幻滅されたら意味がないってことか？」と尋ねた。

「僕はいま試されているんだと思うんだよ、オズヴァルド。示さなきゃいけないときなんだ。だから僕は迷わずにアンナの味方をする」

「おまえがそう思うのと同じように、キャンディとテディもビアンカへの忠誠を示そうとするだろうよ。家族を失いたくないと思っているのは、おまえだけじゃないんだぜ」

「……危ない、他人にも心があるのを忘れていた」吸血鬼は声を出さずに笑う。「まあ、そうじゃなくても妹だけに罪を背負わせるわけにはいかないよね」

後になって思い知らされることになるんだが、おれはこのとき勘違いしていたんだ。

奴の言う「罪」っていうのは、血のために無関係な人間を襲って殺したことでも、これから母親を殺したビアンカの命を奪おうとしていることでもなかったんだよ。

まったく、とんだイカサマ野郎だったぜ、この男は。


店を出ると、空はどんよりとしていて傘が必要なくらいの雨が降っていた。

朝は小雨だったのに、酷《ひど》い天気だと思う。太陽が隠れているせいでルカが外を出歩けるのは都合が良かったが、おれの体調はますます悪くなる一方だ。前の晩もさっぱり眠れなかったし、鉛のように身体は重い。

　おれたちは電車に乗り込んで七番街に向かった。昨夜死体が発見された〈ファルファッラ航空〉の本社の近くで、エヴェリスと落ち合う約束をしていたからだ。

　マウリツィオとソニアからも電話があって、若い金髪の女を見なかったか、知り合いを当ってくれるという。殺害現場に一緒に来るとも言っていたが、その申し出は断った。派手に動くとビアンカたちに目を付けられないとも限らない。二人を巻き添えにしないだけの瀬戸際の判断力と良心が、おれにはまだ残っていた。

　ところが、待ち合わせ場所に到着したおれたちは、すぐさまエヴェリスに別の所へ連れていかれることになった。行き先は郊外に建つビアンカの本邸――正確にはその側にある彼女の家の使用人たちの集合住宅だ。

「犯人はついにビアンカの居所を摑んだらしい」

　エヴェリスは傘もささず雨に打たれていた。寒かろうに、おれが駅で買った安物の傘を渡そうとしても「必要ない」と言う。

　傍らでルカも雨具を持たずにずぶ濡れになっている。おまけに奴の上着は薄っぺらい白衣一枚で、袖や裾からはしっかりと水が滴っていた。

　どちらがより滑稽かという話は置いておくが、おれ一人で雨を気にしているのも馬鹿に映ると思って、仕方なく新品の傘は畳んで手に持った。じきに雪に変わるだろうし、それまでの辛抱だ。

「こんな高級住宅街に吸血鬼が出たんです？　この真っ昼間から？」

　おれは改めて辺りを見渡した。

道路脇の植栽は不吉な深緑色に茂っていたけれど、背の高い街路樹は葉が落ち、枝だけになっていて寒々しい。でも、淡黄色の壁が建ち並ぶその一帯には柔らかい雰囲気が漂っていて、とても不死の怪物がうろついているようには思えなかった。

　エヴェリスはおれの隣の吸血鬼を横目で見て「この真っ昼間から」と繰り返した。「被害者はビアンカの運転手をしていた女だ。憲兵隊にもついさっき連絡が入ったばかりで、警察はまだ現場の建物を封鎖しきれていない」

「言った通りでしょ、オズヴァルド。アンナはビアンカを捜しているんだ」

「だからって周りの連中から殺していくことはないだろう」

「誘《おび》き出しているのさ。向こうも僕たちを捜しているわけだから、手掛かりを残し続ければいつか会うことになる。ついでに食糧も確保できるから一石二鳥だ」

「シニョーラ・ビアンカの家は？」とおれが訊くと、エヴェリスは黙って遠くに見える建物に視線を向けた。

　伝統的な煉瓦造りの屋敷だ。維持費や税金分だけでもおれの稼ぎを優に超えているのがわかる。通りからも見えるその庭園は、周囲にあるどの公園よりも広かった。立派な硝子の温室まで建っているのが見える。

「自分が狙われているってわかっているだろうに、警備が手薄じゃないか」

　屋敷の前に人影はない。門は閉ざされており、人の出入りもないようだった。ここを本邸にしているとはいえビアンカは多忙な経営者だ。ずっと在宅しているわけでもないだろう。

　おれが離れてビアンカの邸宅の様子を窺っている間、ルカは一人で歩いていって集合住宅の前に規制線を張っているおまわりに声を掛けていた。そんなことをして大丈夫なのかと思うが、またあの魔術を使ったらしく、何やら大袈裟《おおげさ》な身振りを交えて長く話し込んでいる。

「あれはいつ眠るんだ」とエヴェリス。強い風に濡れた白い髪が靡《なび》いていた。

「ルカですか？　さあ……、でも確かにあいつ、夜行性の吸血鬼のくせに昼前から〈オンブレッロ〉に来ていましたね。死なないから眠る必要もないんじゃありませんか」

「おまえもだな、オズヴァルド。酷い顔色をしている」

「心配してくださるんですか」おれは苦笑した。傘の柄を握る手が震えていて、それが寒さのせいではないことには自分でも気付いている。「正直なところ、かなり症状が悪化してきています。目が翳《かす》んであそこにいる吸血鬼の顔も碌《ろく》に見えやしない」

しっかりしろ、と無表情のまま彼女は短く言った。命令に近かったかもしれない。「自分を見捨てるな。おまえが死んだら、おまえに殺された連中が報われない」

「あなたもそんなことをお考えになるんですね」

言ってしまってから、失礼だったか、と後悔する。でもエヴェリスは怒りはしなかった。

思い返せばいつだってそうだった。びくびくしながらエヴェリスの機嫌を気にしているのは周りの人間だけで、何か言われたからって彼女が凶器を持ち出すことなんて実際はないに等しい。誰にでもそういう印象を与えているっていう面では、彼女にも多少の非はあるんだろうけれど。

「わたしが考えるのはソニアのことだけだ」と彼女は言った。「あとは家中を駆け回っている黒い犬たちのことも」

「失礼のついでに伺いますが、あなたなら彼女を故郷へ戻れるようにしてやれるのでは？　ソニアが何のために働いているかご存知でしょう。それとも、やはり彼女が帰ってしまうのはお寂しいですか」

　調子に乗ったおれのことを、エヴェリスはぎろりと睨んでみせた。

　おれは思わず後退《あとずさ》る。でも、前からどうしても訊いてみたかったんだ。

「帰りたい、とあの子が言ったのか？」

「だって、いつもそう話しているじゃありませんか。ソニアは金を貯めてメナグラ行きの密航船を探し回っている」

「密航船を探すことと、それに乗るかどうかということは、全く別の問題だ」

「何を仰《おっしゃ》っているんです」エヴェリスが哲学じみたことを言いはじめたものだから、おれはちょっと困惑した。「乗らない船を探す意味はどこに？」

「見つければ、乗れることを確かめられるだろう。あの子は帰れないのではなく、自分で決めて帰らないという風にしたいのだと思う」

　まったく、反論していいものかと悩まされた。故郷を追いやられることと、望んで離れることを一緒にはできないというのはわかる。だが、そんなのは見掛け上の違いでしかないとも思った。結果が同じならば過程がどうであっても変わりないいんじゃないかって、おれはそう捉える癖がある。帰らないのなら帰り道を探す必要もないだろう。

　だけどエヴェリスの言葉を聞いて、少し昔のことを考えたりもした。

　自分の母親が癌の診断書を持ち帰ってきたとき、深刻な顔をした大人たちが集まって話し合う中、一二歳のおれは蚊帳《かや》の外だった。「心配は要らない」「大丈夫だから外へ遊びに行きなさい」と部屋から追い出されて、詳しいことを何も教えてもらえない。おれはいても立ってもいられず、図書館で医学事典を読み漁って癌と名の付く病の生存率を何度も調べては確かめた。

結局それから間もなくして母親は死んでしまったけれど、あのとき感じた胸騒ぎや無力さを、おれはいまでも苦しくなるくらい克明に憶えている。もう助からないだろうことに気付いていて、自分には彼女を救えないだろうことを知っていて、それでも本を貪《むさぼ》るようにして治療法を探した。いわば無駄な抵抗だったわけだが、当時の感情や行動が間違っていたかといえば、そんなことは決してないように思う。

だから漠然とだけれど、将来後悔しないように最善を尽くしたいという、自分を納得させられる手段をできるだけ多く試してみたいと望むソニアの気持ちも理解できる。

あの子がなぜ一人でこの国にいるか考えたことがあるか、とエヴェリスは何千マイルも先にあるであろうメナグラまでを見通すようにして言った。

「大戦中に親兄弟と避難してきて、はぐれて迷子になってしまったからだと聞きましたが」

「本当にそうだと思うか」

「……違うんですね」

「ビアンカもだ。ビアンカも幼い頃、口減らしのために教会の前に捨てられたのだと〈ザイオン〉の人間が噂していた」淀んだ空の下、エヴェリスはまだ遥か遠くを見つめていた。彼女は他人の不幸を語るときでさえも毅然としていて、格好が良い。「ソニアはわたしが身内を殺《あや》めたと知って『天国には行けない』と言った。あの子の国では、人は死ねば鳥に生まれ変わるそうだ。わたしは母からも父からも――祖父からも、死ねば天に迎え入れられるのだと言い聞かされてきた。代々の王たちも楽園に眠っているのだと。だが、わたしはそこには加われない」

「あなたは天国には行かず、空高く飛ぶ自由な生き物になる」

そのほうがいいじゃありませんか、とおれが言えば、エヴェリスは曖昧に同意した。

「ソニアはわたしの羅針盤だ。あの子が行かないのなら、わたしが楽天地を羨《うらや》む理由もなくなる」

腐りきった大王を葬って、約束された未来を手放し、彼女は全身全霊を捧げてこのどうしようもない国を変えようと挑んできた。身を削って世の中を正そうとした人間にどんな結末が用意されているのか、それはわからないが、天国や地獄の他に行く先があればいいと、おれは思う。たとえば、魂が安らいで癒されるような場所がどこかにあれば、その存在自体が救いとなるだろう。

「メナグラは良い所だとソニアが教えてくれた。夜空は灰色ではなく深い紺で、一面に砂糖菓子を鏤《ちりば》めたような星が見えると。……あの子は家族が死んだら家に帰るそうだ。わたしもいつかこの国から出て――」

そこで、こちらへ戻ってくる吸血鬼の姿を捉えて、エヴェリスは言葉を切った。

「警察はアンナの情報を少しも持ってない。死んだ運転手のことは、今朝までは普通に生活しているところを隣の部屋の住人が目撃している」ルカは小走りに横に並ぶと、濁った水溜まりを踏みながらおれたちをビアンカの家の方へ誘導した。「ビアンカは午前中は会社にいたらしいけど、いまは中央署に移って事情聴取中みたいだ」

「よくもまあ、おまわりはおまえにべらべらと喋《しゃべ》ってくれたな」

「簡単さ。初対面だったからね」

「関係あるのか？」

むしろ、初対面の相手だからこそ警戒されて情報を開示してもらえないものだろう。もしかしたらビアンカたちの元から血を盗んだときも、何か魔術を使ってキャンディとテディを上手く撒いたんじゃないか、と思う。

ルカはおれの質問には答えず、ビアンカの屋敷の正門前を通り過ぎ、高い外壁に沿って裏へと回った。

「アンナが死んだ運転手から今日のビアンカの予定を聞き出したんだとしたら、彼女のいるはずだった会社に向かった可能性もあるけど、それより帰宅時間のほうを――」

突然、ルカが立ち止まった。

「どうした」と尋ねかけて、おれも息を呑んだ。

エヴェリスだけが、一直線に走りだす。一瞬で塀の角に行き当たると、革の手袋を嵌めた右手で、そこにいた金髪の華奢《きゃしゃ》な女の腕を摑んだ。

驚いて振り返ったその女の顔は、正にルカと瓜二つだった。

「アンナ!」

「……兄さん?」

ルカもアンナも呆然として、しばらく全員が立ち尽くしていた。

大きな青い目を見開いたアンナは、丈の短いダウンジャケットを着ていた。足元の運動靴は泥で黒く汚れている。あちこち歩き回ってきたんだろう。ルカとは違い、彼女の金色の髪は長くて真っ直ぐだった。

「おまえが吸血鬼――いや、連続吸血殺人事件の犯人で間違いないな」やがて厳《おごそ》かに、エヴェリスが口を開いた。「おまえたち、と言うべきか」

エヴェリスはアンナから手を放さなかった。それどころかじわじわと力を加えて彼女の腕を折ろうとしているようにも見える。

吸血鬼はエヴェリスから逃れようと身を捩《よじ》るが、その程度の抵抗では当然どうにもならない。

「エヴェリス、やめて」

ルカは駆け寄って彼女たちを引き離そうとした。しかし、逆に腕を捻《ひね》られてエヴェリスに制圧される始末だ。

彼女はあっという間に背後を取って膝の裏を靴先で蹴り、双子を濡れた道路に跪《ひざまず》かせてしまう。

「どういうことです、シニョリーナ」

おれは極力この争い事に関わりたくなかった。彼女の間合いに踏み入らないように気を付けながら、幾ばくかだけ前に進んで説得を試みる。

「〈ザイオン〉が国家憲兵隊に手を貸す契約をしたと初めに言っただろう。わたしが組織のために吸血殺人鬼を追っていることは、おまえたちも承知していたはずだが」

「ソニアとの約束は」

「『呪い』とやらの心配をしているのか？　オズヴァルド。おまえはこの吸血鬼の血さえあれば事足りるのだろう。憲兵隊に引き渡してから採血の手配をさせる」

おれはただエヴェリスの目を見て次に言うべきことを考えていた。

この後の面倒事を彼女が引き受けてくれるという。有難いことであって、何も不満はないはずだ。

おれもそう思ったんだが、エヴェリスの手を振り解《ほど》こうと必死なアンナを見ているうちに、どういう訳か彼女に双子を渡すのは納得がいかないような気がしてきてしまう。

お尋ね者確保の手柄なんて全く欲しくはなかったし、べつに母親を亡くしたという吸血鬼たちに情が移ったわけでもない。ただ、これでいいんだったか？　と迷いが生じていた。

いま背を向ければまた変わらない日常に戻れる。それは知っている。ところがおれは前の生活を愛していたわけじゃない。なんで暮らしをおざなりにしていたかといえば、全部どうでもよかったからで、何もかもを適当にやり過ごしていたのは、人を殺したり喰わせたりしなきゃならない環境に放り込まれて、どんな努力も無駄だと悟ったからだ。

おれは白い雨の中でドットーレ・フーの言葉を思い出していた。

不貞腐《ふてくさ》れずに前を見ること。

無根拠な上に無責任だ。あの爺さんがそんな風に希望を強く持って生きてきたようには思えない。懸命に生きていれば報われるという確約もなかった。でも、もしおれより若い奴が悲嘆に暮れているところを見たなら、おれもきっとそいつに似たような言葉を掛けるんだろうと思う。……いや、どうだろうか。この世は確かに生きるに値しないが、おまえを励まそうとする人間も同じ地獄の中にいるんだと、単にそれだけを伝えるかもしれない。

とにかく、おれはあの闇医者の助言をまるきり無視しちまうことができなかった。

医者といえば――。

『汝《なんじ》は良き星の下に生まれ、精と火と露より創られた』

この詩を朗読していたあいつもまた同じ職業的使命を持つ者だった。奴の最期を思い出すと本当に胸が張り裂けそうになる。だから嫌なんだって言っているのに。

苦い記憶を押し返しながら、なんとか辛うじて「待ってください」とエヴェリスに呼び掛ける。「おれはアンナを診療所に連れていくよう、ドットーレ・フーに言われているんです。憲兵隊への連絡はその後にしていただくわけにはいきませんか」

アンナは酷く混乱しているようだった。エヴェリスのことはどうだかわからないが、おれが誰かは確実に知らないだろうし、当たり前だ。けれど、本当に可哀想になるくらいに綺麗な娘でもあった。髪が揺れると星が散るみたいに周りの光が混ざる。彼女が人間を喰らう吸血鬼だなんて言われたって、誰も信じやしないだろう。

エヴェリスは仮面のように表情を変えず「〈ザイオン〉には規則がある」と言った。「犯人を捕らえたら即刻憲兵隊に引き渡す決まりだ」

「いまだけ目を瞑ってくださいシニョリーナ。〈ザイオン〉に、憲兵隊に身柄を渡せばこいつらの人生は終わりも同然です。法で裁かれるにしても、そうでないにしても、ここで捕まったら吸血鬼は最悪の結末から逃れられない」

「なぜ吸血鬼たちの肩を持つ。規則を覆すほどの理由があるのか」

「いいえ。だけど〈ザイオン〉に従う理由もないんじゃありませんか？　……昔の王たちが支配していたのとは違う国を目指すというなら、あなたはいまご自分の意思でお決めになるべきだ。組織を正義としてルカとアンナを無理矢理に連れていくのか、それともこの場はおれに任せて猶予をくださるのか」

「……おまえは変わったな、オズヴァルド」

エヴェリスが何を考えていたのかはわからない。ただ、彼女は俯《うつむ》くように白い睫毛《まつげ》を伏せた。

おれは意を決して「あなたがそうであってもいいんですよ」と言い返す。「おわかりでしょう。自分の存在意義は下した決断の数でしか量れない」

ところが、事態はエヴェリスが答えを出す前に、修復不可能なほうに流れた。

人気《ひとけ》のないその裏道に、一台の車が凄まじい速度で突っ込んできたんだ。

咄嗟にエヴェリスはアンナの腕を引いて脇に退避する。ぎりぎりのところでおれとルカも転がるように避けた。

勢いよく扉を開けてその車から降りてきたのは、あの凶悪なビアンカの双子——キャンディとテディだった。

おれたちを見ると、キャンディが「ご機嫌よう、シニョリーナ・エヴェリス」と胸に手を当てて大仰な礼をする。「それからオズヴァルドだったか？　元気そうだな。脚の調子はどうだ」とテディが不敵に笑った。

「絶好調だよ。知っているだろう？」おれは古くて新しい義足の付け根を叩く。黒い傘の柄を強く握った。「今日は散弾銃なんて持っていないだろうな。近くには警官や憲兵の野郎が大勢来ているんだ。銃声なんか鳴らした日には戦車がやって来ちまうぞ」

双子は顔を見合わせると、キャンディはへらへらと、テディはけらけらと笑った。そうして二人して懐から消音器付きの拳銃を出しやがる。

おれはエヴェリスをちらりと見た。彼女のほうもどう動くか考えているようで、ただしっかりとアンナの左手首を捕まえていた。

「その吸血鬼を渡していただけますね？」

キャンディは拳銃を下ろしたまま、紳士ぶった態度でエヴェリスに丁寧に呼び掛けた。

テディは何の躊躇《ちゅうちょ》もなくおれに銃口を向けている。

「ビアンカの命令か」とエヴェリス。彼女は青褪《あおざ》めているアンナを自分の背に隠すみたいにして前に出た。

「命令？　お姉さまの願いこそがこの世の全てです。あなたの言うところの『天啓』でしょうか。だけど、俺たちもあなたの大切な女の子を傷付けたくない。彼女、何て言ったか、ええと――」

ソニアのことだ、と瞬時に理解する。おれの瞼《まぶた》の裏にはあの赤毛が浮かんでいた。

この双子は、晩餐《ばんさん》会でのエヴェリスの様子を見てソニアを人質に取ったらしい。

エヴェリスは見たことがないくらい恐い顔をして「ソニアに手を出してみろ」と鋭くキャンディに声を飛ばす。「おまえには相応の報いが待っている」

「脅しても無駄ですよ、シニョリーナ。もう彼女のところには人を遣《や》っている。俺たちが定時連絡に出なければ連中は動きだすでしょう。そしてそれはあなたが彼女の元に辿《たど》り着くよりずっと早く行われる」

唇を噛み締めると口の中に血の味が広がった。違う、本当はもう味なんかわからなかったが、唾液とは別の液体の感覚がしていた。卑劣な脅しに屈するのはかなり間抜けで癪《しゃく》だったけれど、こうなった以上は二人に吸血鬼を渡す他ないだろう。しかし――。

振り返れば、ルカはアンナの方をずっと気にしていた。

こいつだけなら逃がせるかもしれない、とおれは思う。

そのとき、ルカが呟くように唱えた。

「〇《ゼロ》は始まりの合図だ。だから夜起きるときに数える。一、二、三、四、五。朝眠るときには反対に――」

誰に対してというわけでもなく、広くおれたち全員の意識を奪うように、ルカは「五、四、三、二」と秒読みする。その唇が「一」と動くと同時に、瞼が重くなった。身体に力が入らない。ここだけ重力が何倍にもなったかのように感じる。

マウリツィオのときのように急に倒れるなんてことは起こらなかった。その代わりに少し長い間、その場にいた吸血鬼たち以外の四人の集中は明らかに途切れていて、眠る直前くらいぼんやりとしていたように思う。緊張を忘れ、遠くの方にある焦りを感じつつも、おれはなぜだか自分の魂の色について考えていた。空を流れる彗星の尾みたいに、青白い光。

けれど魔法を解くかのように、奴はいきなり「逃げろ！」と大声を張り上げた。「行って、必ずまた見つける！」

ほとんど同時に、アンナが右手をエヴェリスの上着の衣嚢に突っ込むのが見えた。

次の瞬間には、エヴェリスに摑まれていた左手を、肘から刃物でぶった切っていた。

蛇口を捻ったみたいな勢いでアンナの腕から血が噴き出る。ジャケットに詰まっていた羽毛がぶわっと舞って、すぐさま降ってくる雨に叩き落される。

唖然とするおれたちを振りきって、彼女は腕を押さえながら駆けだした。足元に滴った血液が雨水ですぐに薄まっていく。

慄《おのの》いたおれは、彼女に対して抱きかけていた疑念をすっかり忘れてしまった。「あんたはルカから逃げて兄貴を復讐から遠ざけようとしているんじゃないか」だとか「いまキャンディとテディをどうにかすることもできたはずだ」だとか「全部一人で片付ける気でいるんだろう」だとか、本当は確かめるべきことが色々とあったのに、何一つ訊けずじまいで、撒き散らかされた赤い血と白い羽を眺めることしかできずにいる。いくら不死身だといっても、自分で自分の腕を引き千切《ちぎ》れるものなのか、と。

確かにエヴェリスのナイフはよく切れるが、一撃で骨ごと断つには相当な力が必要だ。大した根性をしていると、おれは畏怖にも近い感情を抱いていた。義肢でだってそんな真似はしたくないのに、彼女は生身でそれをやってのけたんだ。

キャンディは舌打ちをすると、テディに「兄貴のほうを捕まえておけ！」と怒鳴ってアンナを追い掛けて走りだす。

「あなたはソニアの所に！」なんとか正気を取り戻し、おれはエヴェリスに叫んだ。彼女は、切り離されたアンナの腕を前に突っ立っている。「キャンディの奴のはったりかもしれませんが、ソニアの身に万が一のことがあったらいけない」

エヴェリスはほんの一瞬だけ迷う素振りを見せたが、すぐに頷《うなず》いて表の方へ走っていった。競走馬みたいに足が速いものだから、ほんの数秒で姿は見えなくなった。

残されたおれとルカは、銃を持っているテディと対峙しないといけなかった。

ルカは自分の左腕に目をやると、白衣の上から摩《さす》るようにして「大丈夫」と呟く。まじないの文句を唱えるように「大丈夫だ」ともう一度。呼吸は浅く、動きは鈍い。怯《おび》えが細かく瞳を揺らしていた。

テディは銃を構えたまま、ゆっくりとおれたちに近付いてくる。

「また脚を壊されたいのか、オズヴァルド。早いところそいつを渡せよ」

「得意の魔法は使えないのかよ」と言ってみたが、ルカは「無理」とにべもない。

できなくてもやれ、とおれは地面を蹴った。作戦を練っている暇はない。

機械の腕を伸ばしてテディが引き金を引く。布を引き裂くようなその発砲音よりも、弾が地面に当たって跳ねる音のほうが大きかった。つまり、奴には動いている的に当てられるだけの銃の腕がなかったということだ。

数歩で距離を詰めると、おれは畳んだままの傘を素早く振り被ってテディの手首に当てる。

機械式の義肢っていうのは、構造的に関節部分が弱い。

消音器の分だけ銃身が長くなった拳銃が奴の手から弾き飛ばされた。察し良くルカがそれを拾う。

だが、テディはジャケットの下から例の改造ショットガンを持ち出して、いきなりおれたちに正面からぶっ放してきた。

閑静な住宅街にとんでもない発砲音が響き渡る。

ただ、おれの攻撃のせいで腕の調子が悪くなっていたみたいで、銃口は大きく横にぶれた。それでも拡散される何十発もの弾の全ては避けきれない。背後でルカの悲鳴が上がるのと同時に、おれの腕にも熱湯を掛けられたみたいな激痛が走った。

だけど、ここで倒れたら後はやられる一方だとわかっていた。

おれは怪我の状態を確認するより先にテディに摑み掛かる。ぬるぬるした液体が手首を伝って指先を染めた。もう一発、銃口から明後日《あさって》の方向に弾が発射される。この種類のショットガンは装弾数が二発しかないということを、おれは知っている。

血だらけの手で、おれはテディの顔面を思いきり殴打した。怯《ひる》んだ隙に、金属製の左脚で鳩尾《みぞおち》を目掛けて蹴りを入れる。

情けない声を上げて蹲ったテディだったが、おれがさらに蹴り飛ばそうとしたところを、奴は散弾銃の太い銃把《じゅうは》で殴ってきやがった。すぐさま重心を引いて距離を取る。義足のほうだったから、衝撃はあれど痛みはない。だが、その頃になってようやくおれは腕の出血がまずいことになっているのに気付いた。人間の身体は不思議なもので、傷が視界に入ると途端に「もう駄目だ」と弱気になってしまう。止める術もなく赤い血が失われていく。

病院ではドットーレ・フーと違って若くて熱意と医師免許を持っている外科医が傷を縫ってくれたんだが、「もう二度と喧嘩はするな」だとか「マフィアからは足を洗え」だとか散々な小言を言われた。おれたちの街に欲しいくらいの素晴らしい医者だったよ。

会計を待つ待合室でルカに出くわしたけれど、あいつは切れた頬に絆創膏を貼られただけだった。その傷も吸血鬼からしたら手当ての必要もない程度のはずだ。でも、奴はごく普通の人間に成り済まして診察を受けていた。本当に訳のわからない奴だ。

訳がわからないといえば、あいつはその日も左腕の内側に文字を書きつけていた。袖を捲《まく》ったときに見えただけだから確かなことは言えないが、『*Faccio attenzione al sole.*（日向に注意すること）』『*Non scappo da Candy e Teddy.*（キャンディとテディから逃げない）』と書いてあったと思う。

おかしいだろう？　もう一ヶ月も吸血鬼をやっている男が、未だに『日向に注意』だなんて。それに『キャンディとテディから逃げない』に関しては、もはやもう覚書きですらなくただの決意表明だ。

そうやって病院から出たときにはもうとっくに日が暮れていて、自分の家に帰り着いたのは真夜中だった。前日にほとんど眠れなかったこともあって、おれは上着を脱ぐなり寝床に倒れ込んで、気絶するみたいに眠りについた。

ドットーレ・フーに処方されたあの青い薬を飲むのを忘れて、だ。

いよいよ死ぬとなっても日常の生活をすっかり諦めるってのは難しかった。

次の朝、行きつけのバールに行ってカプチーノを飲んでいるときに気付いたんだが、珈琲豆の匂いや味がちゃんと感じられたんだ。嗅覚が戻っている。おれはそのときになって初めて、夜に薬を飲み損ねたことを思い出した。それから薬をねぐらに置き忘れてきたことも。

おれは前の日に身に着けていた黒い革のジャケットじゃなくて、別の茶色い羊革の外套を羽織って出てきていた。テディがぶっ放した散弾銃の弾のせいで左の二の腕辺りには穴があいていたし、血もべっとり染み込んで落ちそうになかったから、あれはもう捨てるしかなくて、それでそのジャケットの衣嚢に入れていた青い薬も袋ごと置いてきてしまったんだ。

自暴自棄になっていたわけじゃない。でも、まあいいかと思って取りには戻らなかった。久し振りに長く寝たせいか、少し体調もましになっている。縫ったばかりの腕やら首やらはそれなりに重く痛むが、耳鳴りや眩暈なんかも治まっていた。元から薬なんか気休めだと思っていたし、一、二度飲み飛ばしたところで影響はたかが知れている。真面目に服用したってどれほどの延命になるというのか。

そのまま「いるだろう」と思って〈オンブレッロ〉を覗きに行くと、やっぱり吸血鬼は店でおれを待っていた。つい一日前にそこを出ていくときには、おれが確かに施錠を確認したはずだ。なのにあいつはまた勝手に入り込んでいやがった。

どこか別に宿を構えているのか、奴の服や髪は清潔に整えられていた。だが、頰の絆創膏は貼ったままだ。綿紗《めんしゃ》の部分が赤黒く染まっていて痛々しい。

吸血鬼の治癒能力というのは、人間のそれより遥かに優れているものだと思い込んでいたものだから、おれは意外に思った。昨日負った掠《かす》り傷がまだ治らないというなら、刃物で腕を断ち切ったアンナはどうなってしまうのだろうかと、不安にもなる。失ったはずの左脚が鈍く疼《うず》いた。

「今朝、あの屋敷を訪ねていって使用人たちにビアンカの居場所を訊いてみたんだけど」とルカ。

「今朝？」おれにこいつを窘《たしな》める義理はないが、あまりにも無鉄砲だと思う。「それで、使用人たちはシニョーラ・ビアンカの居所を素直に教えてくれたのかよ」

「まあね。新しい運転手の振りをして『面接に来た』って言ったら、すんなり応接間に通してもらえたよ。でも、彼らもビアンカたちがいまどこにいるかを把握していないみたいだった。昨日の夜も屋敷には戻っていないって」

「はっきり言って、どうなんだ。おまえは妹があの双子に捕まったと思うか」

「その可能性は高いだろうね。吸血鬼っていっても、普通の人間より力が強いのと、少し俊敏に動けて丈夫なだけだ。よほどのことがなければ死にはしないし、アンナは機転も利くほうだけど、あの二人を相手にどこまでも逃げきれるとは思えない」

ルカは冷静にそう分析した。ただチェスに挑むみたいに次の一手を考えている風で、このまこの一件からは手を引くって言いだすかと思うほど、極端に思い詰めているようだった。

「アンナのことが心配じゃないのか？」

厨房前のカウンターに寄り掛かって、おれは吸血鬼へ言ってやった。

ルカはこちらに背を向けて「心配だよ」と答える。「でもときどき考えるんだ。僕じゃなくてアンナが先に産まれていれば、僕はこんなに後ろめたく思うこともなかったのに、って」

「ああ？　いったいどういう意味――」

そのとき、店の正面入口で音がした。鍵が開けられて、ベルが鳴る。

「オズヴァルド、ここにいたんだ」

扉を開けて入ってきたのは、可憐な赤毛の女の子だった。

「ソニア。今日はまだ店は休みだぞ」

「知っている。でもあちこち捜したんだ。電話だってしたのに」

「おれに？　何の用事だ」

「昨日、シニョーラ・ビアンカの付き人——キャンディとテディが私を人質に取ったって聞いた——思い当たる節はないけれど、それでエヴェリスが私の所へ来てくれたんだ。エヴェリス以外には他の誰もやって来ていないし、怪我もしていないのに、……ほら、これは一昨日《おととい》仕事中にできたほんの擦り傷なんだけれど、これを見て『医者に診てもらえ』『病院に行くまで帰らない』って大騒ぎするから、仕方なくドットーレ・フーの診療所に行ったの」

とんだとばっちりだったな、とおれが笑うと、ソニアは「過保護もいいところだ」とうんざりした顔を作ってみせた。「それから、ドットーレ・フーには事情を話してエヴェリスと一緒に手当てをしてもらって——、帰り際に彼が『オズヴァルドに会ったら渡してほしい』って、これを」

ソニアがテーブルに白い封筒を置く。がしゃりと金属がぶつかる音がした。

「中身は？」

「知らない。何かの破片が沢山《たくさん》入っているようだけれど」

警戒しながら、おれは慎重に封筒の端を破った。処方薬を入れるのに使うようなあまり大きくはない紙袋だ。封筒を傾けると、中からじゃらじゃらと大量に出てくる——銀貨だった。しかも現役から遡《さかのぼ》って何代か前、ドットーレ・フーが若い頃に使われていた戦前の貨幣で、いまはほとんど流通していないものだ。

銀、というと吸血鬼が怖れるものの代名詞だろうが、ルカは気にせず手に取ってその両面に刻まれた模様を眺めていた。これもただの迷信か、と少しおれは落胆する。

テーブルに並べて数えてみると、それはちょうど三〇枚あった。

「銀貨が三〇枚……」

間違いであってほしいと、おれは何度も数え直した。

だがいくら確かめても三〇枚だ。嫌な予感がする。

「『私は罪のない人の血を売り渡し、罪を犯しました』」

ソニアが冷ややかに告げた。

「何それ」とルカ。

「聖書を読んだことがないのか？　イエスを裏切ったユダの台詞だよ。銀貨三〇枚はその代価だ」

イエスの使徒だったユダは、最後の晩餐の前に祭司長のところへ行き、三〇枚の銀貨と引き換えにイエスの身柄を引き渡す約束をした。祭司たちがイエスを十字架に磔《はりつけ》にしようとしているのを知っての上で、だ。けれど己の裏切りによりイエスが捕縛された後、ユダは後悔の念に苛《さいな》まれて祭司長に銀貨を返そうとし、拒まれた後に首を吊ったという。

あんたがどこのどんな神を信じているかは知らないが、おれたちの福音書にはそう書いてあるんだよ。

「身に覚えは？」

「待ってくれよ、ソニア。おれが裏切者だって言いたいのか？」

「他にドットーレ・フーがオズヴァルドに銀貨を渡す理由がない」

「おれが誰をどう裏切ると思っているんだ」おれは途方に暮れるような気持ちであの爺さんの魂胆を推測した。「いままで過剰請求していた診療代の返金かもな」

ルカは一人だけ早々に銀貨への興味を途切れさせ、そわそわと落ち着きなく手を組んだり離したりしていた。「エヴェリスも一緒に行ったってことは、ドットーレ・フーはアンナがビアンカの双子に襲われたことも聞いているのかな」

「そうだけれど」

「ドットーレ・フーに聞かれてまずいことでもあるのか？　あの爺さんは無免許の闇医者なんだ。シニョリーナ・エヴェリスにも口止めされているだろうし、おまえや妹の居場所を知っていても警察や憲兵に突き出したりなんかしねえよ」

「違う、駄目だ」とルカは言った。表情から焦りが滲《にじ》み出ていて、飄々《ひょうひょう》とした憎たらしい余裕もどこかに消えてしまっている。「駄目なんだよ、オズヴァルド。診療所へ行かなきゃ、いますぐに」

何が悲しくて連日病院に行かないといけないのかとは思ったが、ルカの顔を見ておれはただ頷くことにした。愚痴や冗談を言えるような空気ではない。

ソニアと別れ、おれたちが診療所に着いたときには、太陽がかなり高く昇っていた。タクシーを降りて建物の影に入ろうとしたとき、昼の光に照らされた道路が一番に目に映る。だが吸血鬼は、短く息を止めるように日差しの中を突っ切って進んだ。

奴が横着を選ぶほどに慌てている訳を、おれはあえて考えないようにしていたのかもしれない。

『*Fuori orario*《診療時間外》』の札が掛かった闇医者の職場の扉を開けると、風に乗って嫌な臭いが漂ってきた。鼻の奥に絡みつくような錆っぽい臭いだ。

おれたちは顔を見合わせて診察室に踏み込んだ。

そこに広がっていた光景を見て、あんただったらどう思ったかな。おれは心の底からソニアを帰しておいて正解だったと思ったよ。

ドットーレ・フーの遺体は、事務机と患者を寝かせる診察台との間に横たわっていた。右手首の周りには強く圧迫して擦《こす》ったような創傷ができていて、椅子の下には片方だけ内側に血の付いた手錠が落ちている。両手の爪は全部剝がされていた。靴の脱げた足首から先も溶かされたようにぐしゃぐしゃに爛《ただ》れていて、原形を留めていない。

近くの床には小さな円形の染みと、刺激臭のする薬液が僅《わず》かに残った瓶が転がっていた。

「どうして――」

明らかに痛めつけられた手足に気を取られている様子で、ルカは子供みたいにおろおろとおれを見上げてきた。

「失血死だろうな」と答えながら、頭の芯が冷えていくのを感じる。おれは死因の特定が得意だと言ったが、こんな形で証明してみせることになるとは思っていなかった。「致命傷になったのはこっちの首の刺し傷だ。見ろ、傷が深くて頸動脈に達している。方向から考えて……」

絶命したドットーレ・フーの左手の近くには、血の付着したメスが落ちていた。襟から腹にかけて赤く染まった白衣の衣嚢に手を入れれば、刃先を保護するための樹脂製の覆いが出てくる。ドットーレ・フー自身がメスを取り出して、手錠をされたまま片手で保護具を外したのだろう。

「自殺ってこと？」

「拷問に耐えかねたんだろう。指の関節まで硬直しているからまだ死後一二時間くらいか」

自分でも、そんな風に冷静にいられるのが不思議だった。ただ、過去に繰り返して染みついた動作をなぞるように、おれは見開かれていたドットーレ・フーの目を手で覆って、瞼を閉じてやった。

どうしてこんな爺さんが死ななきゃならないんだと不条理に思う。放っておいてもあと何年かでくたばるような老人だったたっていうのに。

「晩餐会の夜、もしかすると尾《つ》けられていたのかもな。おれが終業後にここへ来たせいで、あの魔女たちに関係があると疑われた」

おれは奥歯を噛んだ。どう悔いるべきかわからない。

「……でも、ドットーレ・フーは僕の居場所を言わなかったんだ。その証拠に僕はいまもまだ捕まっていない」

ルカは診察台に浅く腰掛けて目を伏せた。金色の睫毛が落とす影を、少しだけ乾いている唇を、おれはじっと見つめていた。

こんなに綺麗な男に悼まれるなら死ぬのも悪くないかもしれないと、一瞬惑わされかける。ちゃんと誘惑を払って考えてみれば、そんなことでは到底割に合わないとわかるはずなんだが。

おれはなんとなくいたたまれなくなって、ドットーレ・フーがいつも座っていた椅子に腰を下ろした。

そして机の上に、おれに送りつけてきたのと同じ古い銀貨を見つけた。その下に敷かれている診療録の枠外には『*Prezzo del sangue.*（血の代価）』とみみずが這うような汚い文字で書きつけられている。

ぴんときて、おれは椅子を引いて机全体を観察した。天板の下、右手側に木目調の棚が取り付けてあった。目当てのものはその上から二段目だ。溝に硬貨を嵌め込んで回転させると施解錠できる、簡易的な鍵付きの引き出し。

取手を引いてみれば施錠されているのがわかる。机に置かれていた銀貨は錠の溝にぴたりと嵌り、回せば簡単に鍵を開けられた。

開いた引き出しの中に入っていたのは、一冊のくたびれた革表紙の手記だった。

第四章

手記

Ciarlatano

下宿の、私の部屋の扉は固く閉ざされていた。

この国の冬は厳しい。北方の凍土よりは遥かにましだろうが、それでも雪は降るし路面は凍る。千切《ちぎ》れるような風が吹きつける深夜に、私は下宿の廊下で立ち尽くしていた。

施錠されている。

鍵はない。ついさっきまでは白衣のポケットに入っていたのだが、実習が終わった後、教授に呼ばれて席を外した隙《すき》に盗まれた。一昨日は財布を掏《す》られ、昨日は課題のレポートを破られたばかりであるから用心していたというのに、もう帰るばかりと気を抜いたのが甘かった。きっと同期の薬学部生の仕業《しわざ》だ。

連中は私の顔を見る度に指で自分の目の周りの皮膚を吊り上げてみせたり、わざと片言の発音で「どぶ臭い国に帰れ」と囃《はや》したてたり、古い映画俳優を真似てカンフーの技を掛けてきたりする。私を東洋人と知っての、幼稚な嫌がらせだ。

今夜は氷点下の冷え込みだと、ラジオで気象予報士が言っていた。真鍮製の取手を回そうとするが、手ごたえは固く扉はびくともしない。指先は痺《しび》れて、耳の奥が痛む。

寮の管理人はもうとっくに退勤してしまっていた。校舎に戻って電話を掛けてみてもいいが、繋《つな》がらないことはわかりきっている。

街まで行けばこの時間でも開いている鍵屋があるだろうか。ただ生憎《あいにく》、私はそこまで辿《たど》り着けるだけのタクシー代を所持していなかった。二日前に財布を盗まれたばかりで、来月の奨学金支給日まではほとんど手持ちがない。しかし、ここから市街地までは一五マイルも離れている。短く見積っても、歩けば片道で六時間は掛かるだろう。

私は途方に暮れた。今晩泊めてくれるような友人もいない。だからといって、この雪の中、外で夜を明かすのも現実的ではなかった。

いま頃、私の鍵を奪った学生は暖かい部屋で毛布に包《くる》まっているのだろう。行って奴の家を燃やして暖を取ろうかとも思う。だが、ここまで辛抱してきたのだ。あと四年耐えれば医者になれる。その展望だけが私を励まし、いつも正しい道へと導いた。

一縷《いちる》の望みを掛けて、私は来た道と反対方向へ歩きだした。向かうは近辺で唯一の駅だ。

この片田舎には繁華街というものが存在せず、西の外れに古びた駅舎があるだけだった。ただ、既に最終列車は出てしまっているが、駅の裏手の方に小さなバーがあったはずだ。そこでならいくらかの小銭で朝までの滞在を許してもらえるだろうと思った。

月が眩《まばゆ》く輝き、やけに星が目に付く夜だった。

バーの店主は特別な笑顔で迎え入れてはくれなかったが、侮蔑の言葉を吐いて私を追い出すこともしなかった。客は疎《まば》らで、薄暗い店内には煤《すす》けた臭いが充満している。

このとき私は二〇歳になったばかりで、まだ酒場での正しい振る舞いというものを知らなかった。カウンター席に座り、隣の客のグラスの中身を盗み見て、同じようにラム酒を頼む。喉を灼《や》く琥珀色の液体は、この血を巡らせ、冷えきった身体《からだ》を温めるのに十分だった。

気付けばグラスは空になって、酷《ひど》く意識が朦朧《もうろう》としてくる。その頃になると薬学部の連中への怒りも消えて、代わりに悔しさや惨《みじ》めさが私の目を滲《にじ》ませた。こういうとき、母国のことが恋しくなってしまって、いけない。

店の奥からがたがたと音が聞こえてきたのは、二杯目の酒と共に出されたチョコレートを齧《かじ》っていたときだった。誰かが裏口を開けようとしているらしい。

そのうちカウンターに立っていた店主までもが姿を消し、扉を揺らすのに加わった。

しばらくして戻ってきた店主から「悪いが、お若いの《ラガッツォ》」と声を掛けられる。周りを見渡しても他の男性客は皆「旦那《シニョーレ》」と呼ばれる年齢だったから、どうやら私に言っているらしい。「ラガッツォ、少し手を貸してくれないか。店の勝手口が開かないんだ」

求められるがままに私は店主の後を付いていき、酒瓶の並ぶ備蓄庫に入った。屋外とを隔てているのであろう鉄の扉が、部屋の奥にある。向こう側にも他の従業員がいるのか、下がらないドアレバーががちゃがちゃと乱暴に鳴らされていた。

「鍵は？」と私は隣の店主に訊《たず》ねる。

「当然あるさ。だが回らないんだ。いま、外側からも試してもらっているけど駄目みたいだな。挿し込めはするんだが、右にも左にも回らない。無理に捻《ひね》ったら折れちまいそうだよ」

扉の反対側から叫ぶ声が聞こえる。「親爺！　さっぱりですよ、こりゃあ業者を呼んで錠ごと交換しなきゃいけませんって！」

店主は溜息を吐《つ》いて「もういいから戻ってこい」と応じた。

一日に二度も開かない扉に悩ませられるとは、思いもしなかった。

私は店主から鍵を借りて鍵穴に挿し込んでみる。確かに回らない。ドアレバーを押したり手前に引いたりしながらも試しはしたけれど、結果は同じだった。

「建付けが悪いのかもしれませんね」と往生際悪く扉の下部を蹴ってみるが、鍵は固く僅《わず》かも回転しない。革靴の爪先に擦り傷が付いただけだった。

「まったく、困ったな。朝一番に酒屋が一ヶ月分の樽と瓶を回収しにくるっていうのに。表から出すんじゃあえらく苦労するぞ」

見える範囲だけでも、部屋には大きな木樽や細々《こまごま》した何百本もの空瓶が置かれている。酔いが回った頭でもそれが大変な作業であるのは理解できた。

面倒に思いながらも、客だからと知らぬ顔はできないだろう。店主も初めから若い私の体力に期待して声を掛けてきたのかもしれず、こちらは朝まで行く当てがなく店の中に留まらせてほしいのだ。事情を聞いてしまった以上はこのまま放って席に戻るのも気まずい。

腹を決めて「私も運ぶのを手伝いますから」と言いかけたそのとき、背後から女性の声がした。

「鍵が開かないの？」

振り返った店主が、ぱっと顔を輝かせる。

「おや、フランチェスカ！　この上ない幸運だ。いま正にきみの力を必要としていたところなんだよ」

フランチェスカと呼ばれたその女性は、氷河の如く青い目をしていた。三つ編みにした金色の髪は豊かで、大きな鹿のように凛とした雰囲気を漂わせている。二〇代半ばくらいだろうか。私より少し年上に見えた。

「いま裏を通り掛かったらお弟子さんに会って、扉のことで何か困っているみたいだったから」

「それでわざわざ来てくれたのかい」

「ええ、ちょうど出張帰りで道具も揃っているの。見せて」

その場で彼女は茶色い旅行鞄《かばん》を床に広げて、中から折り畳み式の道具箱を取り出す。見掛けは手術用のメスや鉗子《かんし》類を仕舞っておく医療用具入れのようだった。

私たちが場所を空けると、彼女はドアの前にやって来てしゃがみ込み、手に持った細い懐中電灯で鍵穴を照らした。無造作に道具箱から小型のスプレー缶を取り出し、躊躇《ちゅうちょ》なく吹き掛ける。そのままピンセットのような器具を握ると、カメラのファインダーを覗くように片目を閉じ、鍵穴に浅く挿し込んで上下に細かく揺らした。

持ち物や店主の言葉からして、フランチェスカ嬢はこのような状況を得意としているのだろう。鍵屋か、工具屋か、金物屋か。出張先から戻る途中だと言っていたが、作業着などではなく、上等な外套の下に深い青色のスーツを着込んでいて、それがとても似合っていた。

いずれにしても、彼女は迷いなく作業を続けていて、半端者の医学生などよりずっと頼もしい助っ人であることは間違いない。

程なくして高い金属音がした。見ると、床に非常に小さな銀色の破片が落ちている。

フランチェスカ嬢はそれを拾い上げると、「内部が腐食して剝がれたみたい」と言って店主に渡した。

鍵は、再び彼女が挿し入れると滑らかに回り、かちりと小気味良い音が鳴る。

錠は外れ、扉が開いた。闇夜から冷たい雪混じりの風が吹き込んでくる。

「流石《さすが》だ、フランチェスカ！　きみほどの鍵師はどこを探してもいないよ」

店主は心から感心したように褒め讃えた。

「当たり前でしょう。この町で鍵師はわたし一人だけなんだから」彼女は謙遜するでもなく上品に微笑《ほほえ》んで、「でも、このシリンダーはもう交換したほうがいい」と助言した。それから傍らの私に視線を向けると「そちらは新しいお弟子さん？」と首を傾げる。

「ああ、違うよ。彼はお客だ」

フランチェスカ嬢にすっかり見惚れていた私は、慌てて姿勢を正す。「イーヴァ・フーといいます」

名乗らずとも、顔立ちからして余所者《よそもの》であることはわかるだろう。ただでさえ世界の情勢が不安定ないま、異邦人と積極的に関わろうとする者は少ない。

私の故郷は独裁国家としてあまりにも有名だ。次に世界大戦を引き起こす国とまで言われている。もはや友好国を探すほうが難しいくらいだし、この国とも政治的に対立していた。相容れない二国の血が混ざっている私は、未だどちらの国にも馴染めずにいる。

けれど彼女はそれを気にする素振りも見せず、「そう、よろしくね」とだけ言って、ほっそりとした手で握手をしてくれた。

柔らかく、繊細なその指先の感触を、私は生涯忘れないだろう。

「助かったよ。どうもありがとう」店主は改めてフランチェスカ嬢に礼を述べた。作業代金を支払おうとして呆気《あっけ》なく断られると、じゃあ代わりに、と提案する。「何か飲んでいくだろう？　今夜は店の奢《おご》りだ。それにきみも、イーヴァ？　お代は要らないよ」

「いえ、私は何の役にも立てなかったのに、そんな……」

「いいんだよ。若者の善意には報いなければいけないと、法典にも書いてある」

そこで、私がこのバーに来た理由を話してもよかった。意地悪で寮の部屋の鍵を盗まれ、自室から締め出されたのだ、と。私は困り果てて寒さを凌ぐために酒場で夜を明かそうとしているだけの負け犬に過ぎない。

だから酒などを飲む前に、一緒に私の寮に行って、扉が開くように、あるいはなんとか合鍵を作ってくれないかと彼女に頼むべきだった。そうすればものの数十分で私の家のドアは開き、翌日の午前の講義まで少しは眠ることができただろう。

しかし、フランチェスカ嬢がこの手を引いてテーブル席に着くよう言うのだ。私には断れるはずがないし、断りたくなどなかった。

彼女は私の出身を知るなり、興味津々に話をせがんだ。店主は気前よくチーズや菓子を振舞い、隙さえあれば酒を注いでくる。彼女は旅が好きで、当時としては珍しいことに、何ヶ国語をも扱えるのだという。東洋の国々の言葉もいくらかわかるらしい。

私は祖国での思い出やそこで暮らす家族のことを語って聞かせた。彼女がきらきらした目で嵐のように質問を浴びせてくるものだから、拙《つたな》いこの国の言葉では返しきれず、久々に母国語まで使って答えた。意気投合というのとも違う。彼女が平凡な私を冒険者に変えてくれたのだ。話は尽きなかった。

朝になり、私たちは閉店と共にバーを後にした。あれほど名残惜しく思ったことなどないだろう。別れに際しても連絡先を交換することはなかったけれど、「またいつか」と言って抱擁を交わした。かなり酩酊状態だったはずだが、不思議と頭は冴えていて、息の白さを忘れるほどの充実感に満たされていた。

寮に戻ってから管理人に事の次第を伝えれば、迷惑そうな顔をされたものの、その日のうちに鍵の交換を手配してくれるという。鍵を盗んだ連中がいつ勝手に部屋に入ってくるともわからないので、スペアキーの受け渡しでなく取り換えとなったのは有難い。工賃は私持ちだから痛い出費にはなるが、ほっとして大学に向かう。一睡もしていない割に身体は軽かった。

その日の講義を終えて帰ってくると、部屋の前にフランチェスカ嬢の姿があった。

私は飛び上がらんばかりに驚いたが、考えてみれば当然のことだ。

なぜなら、彼女はその町で唯一の鍵師だったのだから。

それから私たちは度々あのバーで会い、互いの身の上話をする仲になった。私より五つ年上のフランチェスカ嬢は、産まれたばかりのときに流行り病で両親を亡くし、パレルモにある孤児院で育ったのだという。血縁者がおらずともそこでできた兄妹をとても大切にしていて、大人になったいまは彼らを支援するために鍵師として独立して働いているということだった。

一目見たときから惚れていたようなものだが、聡明でひたむきな彼女に惹かれた私は、あるとき「次に会ったら好意を告げよう」と決めた。知り合って半年が経った頃のことだ。

けれど、ついにその日は来なかった。

フランチェスカ嬢が突然いなくなったからだ。仕事部屋ももぬけの殻で、置手紙の一枚もなく、まるで夜逃げをしたかのような姿の晦《くら》ませ方だった。

そこからの長い間、私は心配と疑問で気が狂いそうだった。もう会うことができないとしても、せめて無事でいるかどうかだけ教えてほしいと、誰へともなく乞い願った。

バーの店主や得意先、彼女から聞いていた孤児院にも問い確かめたが、誰も彼女の行方を知らず、全く手掛かりは得られなかった。

フランチェスカ嬢の姿を再び目にしたのは、それから一〇年、つまり銀翼戦争の開戦から五年が経過した年だ。

医師免許を取得した私は研修医の身分となり、市中の大学病院に勤めていた。どんな時代であってもミラノは都会で、学生の頃を過ごしたあの田舎と比べるとあまりにも眩《まぶ》しい。

戦地に行かない私を周囲は腑《ふぬ》抜け呼ばわりし、「混血は言葉が通じない振りをしていれば召集令状も届かないのか」などと嫌味を言う者もいた。だが、それ以上に耳に届いたのは野戦病院に回された同期たちの訃報だった。

戦場ではどんな旗も十字架も無視され、救護テントさえも標的となって患者も医師も看護師も皆死んだ。本部に見捨てられ補給が来なくなった現場は地獄の様相で、医療用具や食糧が尽きてからは自死する者も相次いだという。

私も医者の端くれだ。志はあった。国や思想は関係ない。この手で一つでも多くの命を救いたいと思っていたし、そのために自らの魂を捧げる覚悟もあった。けれど、これは言い訳に聞こえるかもしれないが、時の情勢や法が私の入隊を許さなかったのだ。

夜勤担当の私はそのとき、医局から仮眠室に向かうところだった。

前方から背の高い警備員がやって来るのが見えた。ゴムの靴音を鳴らし、静かな廊下を歩きながら左右の検査室や処置室の扉の施錠を一つひとつ確認している。

ちょうど私が輸血管理室の前を通り掛かったとき、警備員はそのドアに手を掛けた。すると、扉が横にスライドする。誰かが鍵を掛け忘れたのだろうか。これには警備員も足を止め、私も気になって立ち止まった。

覗き込んだ部屋の中は暗く、人の気配がない。

警備員は腰に括《くく》りつけたホルダーからマスターキーと思《おぼ》しき鍵を取り出したが、ふと思い立ったように懐中電灯を手にし、輸血管理室の奥を照らした。

闇の中に一人、佇《たたず》む影があったのだ。

「誰ですか、そこで何をしている」

警備員は警戒した様子で一歩前に出る。

ライトの光を嫌がるように、肩までの短い金髪が揺れた。その女性の顔に、私は見覚えがあった。

「フランチェスカ――？」

声が上擦《うわず》ってしまう。

見間違いかと思った。だが、あの青い目は確実に彼女のものだ。

警備員が私の方を振り返って「先生のお知り合いですか」と問う。

「あ、ああ。先月入ったばかりの看護師だよ」咄嗟《とっさ》に私は嘘を吐く。そうしなければならないような、妙に強力な使命感に駆られていた。「どうしたんだ。こんな所で」

「……血液内科の先生に頼まれて、探し物を」

彼女は極めて白に近い水色の、ここの看護師の制服姿だった。

私が把握していなかっただけで、本当に院内で働いていたという可能性もある。いや、しかし鍵師の彼女がなぜ――。

「灯りも点けないで、大丈夫かい。随分疲れているみたいじゃないか。いまは休憩中なんだ。私も一緒に探そう」

私は興奮からくる震えを隠しながら、「問題ないよ、ここは任せてほしい」と警備員の肩に手を置いた。出ていくときにはちゃんと鍵を掛けておく、とも言うと、釈然としない顔をしながらも、警備員は頷《うなず》いて巡回に戻っていった。

「イーヴァ……、ああ、イーヴァね」

照明のスイッチを点けて近付くと、彼女はがばりと私に抱きついてきた。暖房の入っていない部屋で凍えていたのか、やけに体温が低いような気がする。

だが、見紛うことなく、ここにいるのはあのフランチェスカ嬢だ。

「会いたかった」と彼女は涙声で言う。

「私もだよ！　いままでいったいどうしていたんだ」

私はまじまじとフランチェスカ嬢の顔を見た。一〇年前に見失った彼女が、いま目の前にいる。そう認識できたのは、ずっと想い続けていたからだけではない。

フランチェスカ嬢の容姿が、最後に会ったときから全く変わっていなかったからだ。

再会を喜ぶときの正しい作法のように、私は両手で彼女の右手を取った。白い肌には張りがあり、皺《しわ》や染みは見当たらない。爪にも潤いがあって、金色の髪は長さこそ短く切られていたが、一〇代の少女のように量があった。若々しい、という表現では足りないくらいに、彼女は少しも歳を取っていないようだ。

そのときになって、フランチェスカ嬢は足元を気にした。正確には、彼女の足元に置かれた、布製の大きな鞄――そこから覗き見える赤い液体の入ったビニルパッケージを、だ。

私はある一つの噂を思い出した。

当時、街中の病院で持ちきりになっていた話題があったのだ。

それは輸血用血液製剤、つまり血液バッグ、しかも赤血球や血小板ではなく全血のバッグだけが、その血液型を問わず相次いで失《な》くなっているというものだった。

初めは数え間違いか記録漏れで実在庫との間にずれが生じたのだと、病院の管理体制の甘さが原因であるかのように報告された。けれども問題はその一度で片付かず、不定期に、しかし継続して発生した。聞くところによると、この大学病院だけでなく、市民病院や個人病院に至るまで、あちこちで同じように血液バッグの数が合わなくなっているのだという。

いまや法律は改正され、整形外科手術のような生死に直結しない施術の実施は禁止に近い規制までされている。それほどに医療資源は枯渇していた。血液だって例外ではない。善意の市民からの無償献血だけでは賄いきれなくなり、数年前からは提供者に対価を支払って量を確保しているような状態だった。だから現場でも厳重に管理されているにもかかわらず、こうも頻繁に在庫数の不足が指摘されるようでは、やはり誰もが疑わずにはいられなかった。

高値で取引される血液バッグを何者かが盗み、秘密裏に闇業者に売り払っている、と。

私はフランチェスカ嬢の目を見た。心臓が高鳴る。白衣の袖を捲《まく》り、緊張を誤魔化すように腕時計に視線を逃した。まだ一時間半ほど休憩時間が残っている。

「君は、いまでも鍵師をやっているのかい」

私の問いに、フランチェスカ嬢が頷く。

彼女は医師や看護師ではない。それだけわかれば十分だった。

私は彼女の手を引いて、牢獄から逃げだすように病院の外へ出た。

幸いなことに、私の家は病院のすぐ近くにある。緊急時にいつでも駆けつけられるようにと、徒歩圏内のアパートメントに越してきていたのだ。

玄関を抜けると居室は一つしかなく、その隅にガスコンロと流し台だけの簡易キッチンが組み込まれている。学生時代と変わらない粗末な部屋だったが、広場が見渡せる窓からは外灯の光が入ってきて、その薄明かりだけで生活できるほどだった。

前の住人から譲り受けた古い木のテーブルに、温めた牛乳に蜂蜜を入れたマグカップを二つ置いた。一人掛けのソファーはフランチェスカ嬢に譲り、観葉植物置き場にしていた丸椅子の上から植木鉢を退《の》け、そこに腰掛ける。

私は、フランチェスカ嬢が昔のように沢山の言葉で話してくれることを期待していた。かつて私の前から消えた理由も、この一〇年間のことも、看護師の格好であの病院にいた訳も、何もかも。

けれど、彼女は口を噤《つぐ》んで俯《うつむ》くばかりだ。

本来ならもっと時間を掛けて、順を追って事情を訊《き》くべきだっただろう。だが、私にはほんの一時間ほどしか残されていなかった。休憩時間が終われば彼女を置いて仕事に戻らなければならない。だから、彼女や自分の気持ちを無視して「あれをどうするつもりだった？」と質問をした。

「あれ？」

「隠さないでくれ、フランチェスカ。近頃この辺りの病院で血液製剤の盗難が問題になっている。それは君の仕業だろう。なあ、君なら輸血管理室が施錠されていようと関係なく出入りできるはずだ。頼むから正直に言っておくれよ。どうして……そんなことをしたんだい」

金が必要なのだ、と言ってほしかった。

そうであるのならば、私がどうにか工面することだってできるだろう。戦争が始まってからのこの五年で随分と世情は変わった。もし彼女が経済苦によって泥棒紛いのことをしなくてはならなくなったというなら、私はその罪に目を瞑《つぶ》り、できるだけのことをするつもりだった。

一方で、私の胸は冷静に「違う」と警告している。

彼女は金庫も開ける優秀な鍵師だ。紙幣でも宝石でも軍事機密でも、その気になればもっと換金性の高いものを盗むことができた。医療従事者でもない彼女が、関係者に見つかる危険を冒してまで二四時間体制の病院に侵入し、血液バッグを窃取する理由が、「違法に転売して金を得るため」なわけがない。

フランチェスカ嬢は床の鉢植えを見つめていた。やがて「わたしの言うことを信じてくれる？」と呟く。

その問いが、記憶の中の彼女と全く同じ顔で発せられたものだから、私はたじろいだ。

私の動揺を見透かしたように、フランチェスカ嬢は悲しそうに微笑んで「無理よね」と目を伏せる。

「いや、そうじゃない。私は――、私は、君が話してくれるなら、どんなにくだらない嘘であっても、馬鹿馬鹿しい作り話だって信じてみせるよ」

「嬉しいけれど、意志の問題ではないの」

「じゃあどういう――」

私の疑問を遮るようにフランチェスカ嬢は立ち上がる。そのままキッチンの方へ行くと、流し台の奥に収納していた調理用ナイフを迷いなく抜き取った。

「見て」と言って、彼女はナイフを逆手に構える。「このほうが早い」

「冗談はやめてくれ！」

私は叫んだ。勢いよく立った拍子に椅子が倒れる。

彼女は首を振った。「冗談だったら良かったのに」

そして、刃物の切先を自分の首元に当てると、深く突き立て、躊躇《ためら》いなく真横に引き裂いた。

アケビの口が開くように、一直線状に赤い血が噴き出す。

彼女の腕がだらりと落ち、膝から床に崩れ落ちる。

落下したナイフが高い金属音を立てた。

私は彼女の名前を呼んだ。駆け寄って何度も呼んだ。乾燥した唇の端が切れて血が滲む。ほとんど喚《わめ》くようだった。洗面所まで行く暇さえ惜しく、近くに吊るしていたカーディガンを引き摑み、傷口に強く押しつける。羊毛がぐんぐんと血を吸い込み、重く、赤黒く染まっていく。他にできることはなかった。

どれくらいの時間、そうしていたかわからない。私の手に付着し、爪の間に入り込んだ血液はもう乾いて固まっていた。

彼女の傷口を見た瞬間、私は医師として理解してしまっていたのだ。後からどんな処置を施したとしても、この傷では助からない、と。

やがて雫《しずく》が床の血溜まりに落ち、波紋を作った。

私が涙を流したのは、恐らく、この国に来てから初めてのことだった。瞬きする度に、寮の私の部屋の前に佇む彼女の姿が蘇《よみがえ》る。酒に酔ったときの愛しい軽口を、流暢《りゅうちょう》に読みあげた私の祖国の詩を、開かずの地下室に隠された秘密の財宝の話を、彼女からもう二度と聞くことができない。留める方法も取り戻す術も持たないまま、ただ一切は失われていく。

どうして、とそれだけが頭を占めた。

どうして彼女はこんな真似をしたのか。わざわざ私の前で死ぬために戻ってきたのか？　それとも、私が彼女の行いを見咎《みとが》めなければこうはならなかっただろうか。彼女を死なせたのは、殺したのは、私か。

声が聞こえたのは、突然だった。

「あなたの見立てでも、わたしは死んでいたでしょう」

息を引き取ったはずのフランチェスカ嬢を跪《ひざまず》いたまま見下ろせば、その青い瞳と、目が合う。呆然とする私の前で、彼女はゆっくりと半身を起こした。首に手を当てて何度か咳き込んだが、それだけだ。

見れば、信じられないことに、刃物で切り裂かれてできた傷口がぴったりと塞《ふさ》がっている。酷く血で汚れてはいるが、薄い灰色となった真一文字は、何ヶ月も前に負った怪我の痕のようだった。

何が、と絶句した私の手を、彼女は握った。死人のように冷たい。

「信じられなくても、聞いて」

自分はいわゆる吸血鬼になったのだ、と彼女は言った。だからどんな病に罹《かか》ることも、怪我で死ぬこともない、と。


事の発端は一〇年前に遡る。

二五歳のフランチェスカ嬢は仕事で離島の製鋼所に出向いていた。工場内の事務所に新たに大型金庫を設置してほしいという依頼だ。彼女はそれを難なくこなし、帰りの船に乗った。

その船が荒天によって難破したのだ。

船を損壊させる原因となった落雷によって、船長ら乗組員を含む同乗者の十数名が死亡し、フランチェスカ嬢とベオグラード生まれの一人の老婆だけが残された。さらに不幸なことに、落雷時に発生した火災で操舵機器類や電気通信系統が故障し、使えない状態になっていたのだという。依然として悪天候が続く海を漂流する船の上で、彼女は老婆と共に救助を望んだが、どれだけ待てども助けは来なかった。

三日が経ち、疲労と飢えでフランチェスカ嬢は衰弱していた。船内に食糧や水はなく、若い彼女であっても体力は限界に近い。ところが、老婆のほうは少しもやつれた様子がなく、逆にフランチェスカ嬢を励ましさえした。きっと帰れるから大丈夫だ、と。

その日の夜、彼女は甲板に並べた死体の首筋に咬《か》みつく老婆の姿を見た。人間の肉を喰らい、血を飲み下す。その異様な姿をフランチェスカ嬢に目撃された老婆は、彼女に向かって、全て諦めたように「自分は不老不死の吸血鬼だ」と言ったのだという。

セルビア語を使う老婆の話がどれほど正確に訳されたかはわからない。ただ、フランチェスカ嬢と私はそれを真実として受け入れるに至った。それだけが確かな事実だ。

老婆は告白した。

落雷で皆が死んだとき、実を言えば老婆自身も感電していたのだ、と。そのまま死んだ振りをしていてもよかったが、ただ一人生き延びたフランチェスカ嬢があまりにも不憫《ふびん》で、つい生存者を装って声を掛けてしまったらしい。

自分がどのようにして吸血鬼となったのか、老婆は決して語らなかった。けれど、長く人間として生き、老い、ようやく天に迎え入れられるというときに不死身の肉体を手に入れ回生したのだという。

初めこそ子や孫といつまでも暮らせることを喜んだが、良いことばかりではなかった。生きている限りは生活のために働かなければならず、一日に一ガロンもの人間の血液を必要とし、陽の光を浴びることもできない。

老婆は人間たちに不審がられないように名を変えながら各地を転々とし、他の吸血鬼から血を分け恵んでもらい、なんとか日々を過ごしてきた。そうしているうちに子も孫も寿命で死に、しかし不老であることを見破られる危険性があることからその葬儀にも出られなかった。

人間たちは死にゆき、同胞たちは人間を襲い、喰い殺す。次第に老婆は孤独になっていった。

それでも既に二世紀以上生きた。

疲れ果てた老婆は死を考え、最期に旅をしようとその船に乗ったのだという。

曰く、もう嫌になった、と。

言葉を選びながらも、フランチェスカ嬢は老婆にその具体的な手段を尋ねた。不死身の吸血鬼に死ぬ術があるとは思えなかったからだ。

すると、老婆は二つの方法を示したのだという。

一つは日光を浴びること。太陽の光に晒された吸血鬼は火傷を負うように爛《ただ》れ、焼け死ぬらしい。

もう一つは、一ガロンの血を失うことだった。一ガロンというのは、平均的な成人の体内に流れている血液のほぼ全量だ。

そして、その全てを飲み干した人間は、吸血鬼の力を引き継ぐという。

老婆は、飢えて死ぬ吸血鬼はいない、と断言した。固い意志で餓死を選ぼうにも、本能的な吸血欲求に逆らうことはできず、近くに人間がいる限り衝動的にその人を襲ってしまう。そして、この世に完全に人間のいない場所というのは存在しない。牢に入れられたとしても、看守を殺し、駆けつけてきたまた別の人間を喰らい、人が滅びるまでそれを繰り返すことになるだろう、と。

フランチェスカ嬢に与えられた選択肢も二つだった。

吸血鬼になって生きて帰るか、この船で人間として死ぬか。

老婆は迫った。仮に後者を選ぶのなら、自分は次の日の出と共に太陽の下に出よう。そうすればフランチェスカ嬢は独り船の上で為《な》す術《すべ》なく死ぬことになる、と脅しのように付け加えて。

フランチェスカ嬢はそれ以上のことを話してくれなかった。

しかし、いまここに彼女がいるということが、全ての答えになるだろう。

私はこの目でフランチェスカ嬢の死も、蘇るところも、確かに見届けたのだ。受け入れようと、笑い飛ばそうと、嘆き悲しもうと、現実は揺るがない。

「何てことだ……。それで君は私たちに何も言わず姿を晦ませたのか」

私が捜しにいった先で、誰もが彼女の身を案じていた。特に孤児院の関係者はフランチェスカ嬢の失踪に大いにショックを受け、そんな大人たちの間に漂う不穏な空気を察知したのか、応接室を出た先の談話室は泣きだす子供で溢れ返った。

「次の夜を待ってから、わたしは一人で陸に向かったの。とても泳げるような距離じゃなかったけれど、海に沈んでも死にはしないから、平気だった」疲れや寒さや痛みは感じるものの、動かそうと思えばどれだけでも身体は動いた、と思い出すようにフランチェスカ嬢は目を閉じた。「お婆さんが『ベオグラードには沢山の吸血鬼がいる』と言っていたから、わたしもそこに行くしかないと思った。それで、一度あの町に戻って、すぐにベオグラードに引っ越したわ」

「どうして一言でも相談してくれなかったんだ」

「わたしはお婆さんを殺したのよ。一人で死ぬのが怖くて他人を手に掛けたの。それをどうして医者を目指していたあなたに言えると思うの」

「だけど、しょうがなかったんじゃないか」私の声は掠《かす》れていた。恐れではなく、彼女を可哀想に思う気持ちが大きい。同時に、当時の自分の頼りなさを恨んでいた。「一〇年だぞ。一〇年も、そんな、知らない土地で君は――」

「お婆さんの話は本当だった。ベオグラードでは、夜になると人間を襲うために吸血鬼が街を徘徊していたわ。そこに声を掛けて、わたしも仲間に入れてもらえた」

偽者でないと証明するためにさっきのように死んでみせなければいけなかったけれど、と彼女は冗談を言うように微笑む。

私は少しも笑えなかった。「でも、この国に戻ってきたということは」

「あちらで吸血鬼狩りが始まったの。一ヶ所に大勢が集まりすぎたのね。あまりにも人間の犠牲者が増えたから、セルビアの政府機関がわたしたちの存在に気付いてしまった。五年前、戦争が始まったばかりの頃よ。軍事利用しようと目論《もくろ》む研究者たちに次々捕まって、他の吸血鬼は帰ってこなかった。それから何年も必死に逃げて……最後の一人になったとき、わたしはベオグラードに残る意味を失ったわ。だからミラノまで戻ってきた。皮肉なものね。またわたしだけが助かったの」

「いまは安全なのか？　ここも危ないかもしれない」

「危ない？　危ないのはあなたよ、イーヅァ」青い瞳を隠す金の睫毛《まつげ》が風を起こす。フランチェスカ嬢は、昔と変わらないはっきりとした口調で言った。「わたしはきっと人を殺してしまう」

「違うさ。もし君が人を襲う恐ろしい吸血鬼なら、病院に忍び込んで血を盗むことなんてしないだろう」

彼女はそれを否定せず、祈るように両手を組んだ。

「長くは続かないと思っていた。でも、見つかったのがあなたにで良かったわ」

「どういう意味だい」

「わたしを見逃して」

「初めからそのつもりだ」

私は床の血溜まりに浸かったまま即答する。

フランチェスカ嬢は小さく頷くと、立ち上がって私を見下ろした。

「今夜のうちにミラノから出ていく。盗みを働いたことに対して償いはできないけれど、あなたにももう迷惑は掛けない」

「待ってくれ。どこに行くというんだ。頼れる人はいるのか」それは私では駄目か、と重ねて問う。「何をすればいい？　どうすれば君の力になれる」

わかっていた。まだ医師でありたいのなら、私はそれを訊いてはならなかった。いますぐここを出ていってくれと彼女を追いたてるべきだった。そうでなければ、永遠に医療に関わる者としての資格を失うことになると知っていたはずなのに。

縋《すが》りつく私はさぞかしみっともなく映っただろう。けれど、フランチェスカ嬢は私を抱き締めて優しく口付けをしてくれた。

私が授かった役割は、病院が管理する血液を手に入れ彼女に渡すこと、たったその一つだけだ。

私はカルテを偽造し架空の患者を作り上げ、その患者に輸血するという名目で血液製剤を横領した。人の入れ替わりの激しい病院に私の悪行を咎める者はいなかった。誰にも気付かれず、私たちは密かに逢瀬を重ね、そのまま空襲警報で騒がしい空の下で五年という時をやり過ごした。

転機が訪れたのは私が三五歳になった年だ。

私はすっかりくたびれて髪にも白いものが混じるようになってきていたが、フランチェスカ嬢は時が止まったかのように変わらず二五歳の姿であり続けている。

だから、彼女が懐妊を告げてきたときには何の懸念も抱かず、ただ本当に嬉しくて舞い上がった。

だが、そのときを待っていたかのように、私の罪が病院に露呈してしまったのだ。

崩れかけの警察署で受けた事情聴取で、私は「金のためにやった」と嘘の供述をした。誰に売ったのかは決して口にせず、ひたすらに「高額な報酬と引き換えに違法業者に渡した。相手の名前や連絡先はわからない」と主張を繰り返す。拘束されている間、彼女が食事をどうしているか心配で堪らなかった。

刑事たちは納得していないようだったが、その件以外での真面目な勤務態度や病院への貢献が認められたのか、私は懲戒免職処分の後、医師免許を剥奪されただけで放免された。刑務所に私のような者を収監できるような空間がなかったことも一因かもしれない。

しかし、二週間振りに帰った自宅にはフランチェスカ嬢の姿はなく、それから一度として彼女を目にすることは叶《かな》わなかった。

失意のどん底に落ちた私は、貯金が尽きたその三年後、城の名を冠した隣の街へ移った。ミラノの高額な家賃を支払い続けるだけの余裕がなかったのだ。

それからは日雇いの工場労働をして、日々を磨り潰すようにただ無意味に過ごした。


どんなに長くても一〇年で決着がつく、と言われていた戦争は三一年間も続いた。

三一年というのは、戦下に産まれた赤子が立派な医師になれるだけの時間でもある。実際、特例で卒業が繰り上がった医学生たちは次々と戦場に送られ、散っていった。大戦の下で一つとして無傷でいられた国はなく、世界の四分の一以上の陸地に爆薬の雨が降り注いだという。勤めていたあのミラノの大学病院も、私が辞めてから数年後に無差別空襲によって焼け落ちた。

終戦の混乱に乗じ、私は街の外れで小さな診療所を開くことにした。

許されることでないのは承知していたが、五〇代も後半に差し掛かっていた私には働き口など見つからず、もはや選ぶ手がなかったのだ。負傷したマフィアを患者として受け入れ、巡回の憲兵らにいくらか金を渡しさえすれば、この街で細々と営業する分にはさほど苦労もさせられない。医師を志して朝方まで勉学に励んでいた頃の私の魂は、いまやどこにも残されていなかった。

そうしてまた何年かが過ぎたある日、その双子は突然やって来た。

「昔、母さんが『自分の身に何かあれば』って言ってこの場所を教えてくれた」と、その美しい兄妹は私を頼るのだ。「古い知り合いだったんでしょ？　あなたは全てを知っていて、親切な人だから、きっと力になってくれるって」

彼らはルカとアンナと名乗った。

私が驚いたことは三つだ。

一つはその双子がフランチェスカ嬢のことを「母さん」と呼んだこと。聞けば彼らは今年で二五歳だと言う。彼女が私の前から再び姿を消した時期も——。金色の髪。青い瞳。聡明な物言い。彼らを構成している全てに母親の面影があった。

二つ目は、フランチェスカ嬢がこの診療所の存在を知っていたということ。私は彼女の居場所すらわからずに彷徨《さまよ》っていたというのに、フランチェスカ嬢のほうは私がどこでどんな暮らしをしているかを把握していた。その事実がどれほど私にやりきれない思いをさせただろうか。

知っていて、その上で彼女は私の元へ来ることを一度も選択しなかったのだ。

最後の一つは、フランチェスカ嬢が既に亡くなっているということだった。

「どういうことだね。彼女は吸血鬼だっただろう。私はこの目でその力を見たんだ。彼女が死ぬなんてありえない」

私は自分をも偽れないほど興奮していた。背中に嫌な汗が滲む。

「母さんは吸血鬼の秘密を知った同じ孤児院出身の女に殺されたんだ。だけど、吸血鬼の血までは奪わせなかった。いまはあたしがその力を引き継いでいる」

アンナはそう言うなり、診察台の上の鋏《はさみ》を取って自分の首に突き刺そうとした。

私は慌てて彼女の手を摑んでやめさせる。「信じている。そんなことはしなくていい！」

「僕らも血が必要なんだ。母さんは臓器売買の業者に売ってもらったり……夜に一人でいる人間を襲ったりして手に入れていたみたいだけれど、僕たちにその真似ができるとは思えない。なんとかしてお金は用意するから、輸血用の血液をあなたのところから買わせてもらえない？」

ルカは深刻そうに私の目を見つめて言った。

できるものなら、私もそうしてやりたかった。彼女にしてあげられなかったこと、果たせなかった約束にもう一度向き合う機会を貰えたと思ったのだ。

けれど、医師免許を持たない私には制限があり、正規の病院にしか供給されない輸血液を入手することはとても難しい。

「鎮静剤や筋弛緩剤ならいくらでも手に入るんだ」私は取り縋るように双子に説明した。彼らが失望し、また私の元を去るのではないかと恐れていた。「注射剤を投与すれば誰でも動けなくなる。ここへ来る患者に打って、その間に血液を採取すれば――」

「いいえ。何度もそんなことをしたらあなたが捕まるでしょ。薬だけ用意してもらえれば、あとは自分たちでやれる」とルカが遮る。

他に選択肢があるはずもなく、私が悩んだ末に頷くと、アンナは「感謝します」とこの手を取った。死体のように冷たくて、愛おしい手だった。

私は、ついに自分が彼らの父親であるということを明かせなかった。

二五年もの間、無責任にもフランチェスカ嬢だけに大変な思いをさせていた自分に、いまさらその立場に納まる資格があるとは思えなかったのだ。贖罪《しょくざい》のために別の罪を犯すことを厭《いと》わない私の姿を見て、かつての医学生はいったい何と言って責め立てるだろうか。

それからというもの、街では毎日失血死体が見つかるようになった。

ルカとアンナは数日おきに診療所にやって来る。その度に多量の薬剤を手にして帰っていった。ルカはミラノの大学に勤めながら、母親であるフランチェスカ嬢を殺害した相手――ビアンカという名の女のことを探っているようだった。等しく、その相手も双子の血を狙っているのだという。

危険なことはやめさせたかったが、そんなことを口に出しては彼らから疎《うと》まれてしまう。私は必要とされたかった。役に立ちたかった。フランチェスカ嬢の、彼女の息子たちがしていることが正しいと思いたかった。取り零《こぼ》したものを拾い集めようとすればするほど、手の中をすり抜けていくものがあった。

薬を取りにくるはずの彼らが診療所に姿を現さなかったその夜、私は眠らずに一晩中十字架を握り締めて神に祈った。彼らの無事を、罪が赦《ゆる》されることを、彼らが私の元へ戻ってくることを願った。いつ二人が来てもいいように自宅には帰らず教会にも行かなかった。

だから、翌日の昼過ぎに〈オンブレッロ〉の料理人がオズヴァルドと共にここへルカを連れてきてくれたときには、涙を堪えて平静を装うので精一杯になってしまった。傍《はた》から見ればおかしな言動をしていたかもしれない。あのとき私が取り乱していた理由を、彼らの誰もわからなかっただろう。

どうして〈オンブレッロ〉の店員たちと一緒にいるのか、理由を問おうとした私をルカはレントゲン室の隅に引っ張っていき、「あの人はきっと使える」と言った。「僕の誘導に簡単に引っ掛かった。それに多分、刃物の持ち方からして傭兵か軍人だ。こんなに都合の良い人は探したってそうはいないよ」

「オズヴァルドが？」

「僕一人じゃアンナを捜せない」前の日の夜、ルカはビアンカの手先に捕まって、そこを逃げだす際に妹とはぐれてしまったのだという。迷い込んだ先の人肉提供店でオズヴァルドに危害を加えられそうになり、咄嗟の反撃には成功したものの、自分の身を守るため、集まってきた他の店員には嘘の釈明をするしかなかったのだ、と。「協力者が要る。お願いだ、ドットーレ・フー。僕に話を合わせて」

私は己を恥じた。なんて不甲斐ないのかと嘆いた。

何に代えても守りたかった子供たちが攫《さら》われたというのに、私は何も知らずに安全な部屋で祈りを捧げていただけ。その結果がこれだ。ルカが共犯者に選んだのは、老いて力のないこの父ではなく、悪徳の料理店員のほうだった。

ルカは言葉を失った私に袖を捲らせると、白衣の胸ポケットから銀色の万年筆を抜き取る。そうして彼はこちら側から読めるよう、私の左腕の内側に丁寧な逆さ文字で『*Sono alleato dei vampiri.*（吸血鬼の味方をする）』と書きつけた。

「これは――」

「この先は頷いてくれるだけでいい。忘れないで。あなただけが僕たちの頼りだ」

私にはそれが、天から与えられた唯一の役目のように思えた。

「せめて、私にも君の嘘を本当に変える手伝いをさせてほしい」と懇願する私の声は震えていただろう。「オズヴァルドに薬を出そう。中枢神経系の働きを抑制する薬だ。限度を超えて飲み続ければ身体のあちこちに不調があらわれる。彼は自分が死に近付いていると錯覚するはずだ。君はそれを『吸血鬼の呪い』だと話し、呪いを解くためにアンナの血が必要だと言いなさい。そうすれば彼は妹の捜索に手を貸してくれるだろう」

第五章 とける

Sciogliere

手記は、所々英語や馴染みのない言語を使って書かれてあって、解読に難儀するものだった。字だって医者らしく汚くて読めやしない。だが、最後の頁に走り書きで『*Non sono più un medico.*（もはや私は医師ではない）』とも記してあった。

「どこまでが事実だと思う？」

おれの隣で手記を読み終えると、ルカは眉一つ動かさずにそう訊《き》いてきた。

おれは義足を庇《かば》いながらドットーレ・フーの遺体の傍らにしゃがみ、彼の白衣の裾を捲《まく》る。皺《しわ》だらけのその左腕の内側に、黒い汚れのような洋墨の痕跡――掠《かす》れた文字が残っていた。辛うじて『――鬼の味方を――る』と読める。

ルカは黙ってそれを眺めていた。

「言い訳するならいまのうちだ」

「……勝手に〈オンブレッロ〉の中に入ったことを怒ってる？　鍵の開け方は母さんから教わったんだよ」

「あまり他人を舐めるなよ、吸血鬼。鍵のことなんてどうでもいい」

「なら何」

「おれは昔、軍医だったんだ。『呪い』に似た体調異状を引き起こす薬が存在していることくらい知っている」

軍医？　とルカは硬直した。「医者だったのに、三六人も人を殺してとうとう死体の解体師になったわけ？」

「誰にその話を聞いた？　この野郎、だから言いたくなかったんだ」怒鳴り散らして暴れてやろうかとも思ったんだが、無残な姿で倒れている爺さんが気の毒に思えて、おれは握った拳をそっと解いた。死体の前で騒ぎたてるのは仕事のときだけで十分だ。「錠剤を飲み忘れたここ半日、妙に身体《からだ》が軽くなったと思っていたんだよ。頭痛、眩暈《めまい》に耳鳴りと嗅覚障害……、症状から見て抗てんかん薬か何かだったんだろう。吐き気や物がぶれて見えたのもこれのせいか？　薬の飲み始めや多量に摂取したときの副作用だ。元々発作を防ぐために脳の機能を抑制するような薬だからな。おれも迂闊《うかつ》だった。くそったれのヤブ医者め」

「もっと早く気付くと思ってた」

「うるさいな。……銀貨三〇枚は、おれやこの街の奴らを生贄《いけにえ》にした代償ってところか」

　前日にもずたずたになったおれの検査をしていたわけだし、爺さんはエヴェリスからビアンカの双子の話を聞いてもう秘密を隠し通せないと思ったんだろう。それでソニアを通して種明かしをするほうに踏みきった。良心の呵責もあったのかもしれないが、それ以前に闇医者稼業自体が倫理規定違反だ。

　ただ、あの偽医者は自分がビアンカたちに追い詰められるようになることを想定していたんだろうか、と思う。もしかすると拷問なんかを受けなくても、彼はそう遠くない未来で自裁することを決意していたんじゃないか、って。そしてその上でおれには「生きて使命を果たせ」とか何とか言って寄越しやがった。

「というか、フーの記録が全て事実だとするなら、おまえはまだ重大な秘密を隠していることになるだろう」

　おれはこの場所で死んだ男を、ただの「フー」と呼び捨てることにした。あのヤブが自分でそう書いていたように、私情に溺れて患者を陥れるような詐欺師の爺さんのことを医者先生《ドットーレ》と呼ぶべきではないと思ったからだ。

「それって、僕が吸血鬼なんかじゃないってこと？」ルカの奴は平然と白状してきた。診療台に寄り掛かって笑っている。「どこを見てそう思ったの」

おれはもう誰に怒りを向けたらいいかわからなかった。溜息を吐《つ》いてまた椅子に腰を下ろす。

「ここに、人間が吸血鬼になるためには一ガロン分の吸血鬼の血液を飲む必要がある、と書いてあった。おまえたちの母親がよほど極端な大女でない限り、体内に二ガロンもの血液は流れていない。吸血鬼であることが遺伝しないのなら、つまり、ビアンカたちから母親の血を奪い返したとしても、吸血鬼の力を引き継ぐことができたのは、おまえたち双子のうちどちらか片方だけのはずだ」

ルカは、こちらの神経を逆撫でするかのように長い間を空けて「ご名答」とだけ言う。若くて顔立ちが美しくなければ許されない行為だった。

日向に注意、とおれは当て擦《こす》る。「なぜ吸血鬼の振りなんかしたんだ」

「僕が普通の人間で、『吸血鬼の呪い』なんて存在しなかったとしたら、あなたは冷凍室で生き返った——初めから一度も死んでなんかいないけど——僕を殺さずに見逃してくれた？」

「三日前のおまえを？」

「〈オンブレッロ〉が違法に人肉を提供しているリストランテだと知った一般人を、そのまま無傷で解放してくれたのかって訊いているんだ」

そりゃあ無理だろうな、とおれは素直に予想して返した。「おれにとってはどうでもいいことだが、店の他の連中や〈ザイオン〉がそうは言わないだろう。変に情けを掛けて通報されたり新聞社に売られたりしたら面倒なことになる」

「そうでしょ。まして妹が吸血鬼だっていうことを信じてくれるわけがないし、その妹を捜す手伝いなんて到底望めない。マフィアに囲まれた状況で孤立すれば最悪の事態にだってなりえる。呪われているのはむしろ僕らのほうだ」

おれは腕組みをして首を傾げる。「吸血鬼に咬《か》まれた人間が死ぬという事実はない。おまえが吸血鬼だっていう話もでっち上げ。ただ、昨日千切《ちぎ》れたおまえの妹の片腕は陽に当たって灰になった。吸血鬼にまつわる噂を『迷信』だと言っていたくせに、おまえは半端に『日光には当たらないほうがいい』とだけ明かした。これはまったくどういうつもりだったんだ」

「僕らとアンナが合流できたときのことを考えていたんだよ。日光が弱点だと知らなければ、あなたたちが悪意なく陽の光を浴びせてしまうかもしれない。銀や大蒜《にんにく》や十字架なんかは触ったところで火傷するくらいだけど、日差しだけは浴びたら本当に死んでしまうからね。アンナに会ったときのために、僕はあなたたちにも日光に注意してほしかったんだ」

「つまり、迷信だってのも元から嘘だったんだな。本物の吸血鬼は銀も大蒜も十字架も苦手で、鏡に姿も映らない」

着実に足場を踏み固めようとするおれの前まで来て、ルカは「そういうこと」と机の上の銀貨を拾った。「全てを僕の演技力で補うのは無理があった。〈オンブレッロ〉の冷凍室で目を覚ました時点であの場所が料理店であることは知っていたし、大蒜もあちこちにあって、客席には鏡。食器類にも銀が使われているものがあるはずだ。鏡に映る場所に立たないようにして、銀や大蒜や十字架を見掛ける度に嫌がったり怖がったりする振りをし続けて通すのは、注意しておけば最初のうちくらいはできるかもしれないけど、ずっとオズヴァルドたちの近くにいればいつかぼろがでる。それは僕が吸血鬼なんかでなくて、だから吸血鬼の呪いも存在しないんじゃないかっていう疑念に繋がってしまう。ならもういっそ、そんなのは迷信だと言いきってしまうほうが楽だったんだ。生死に関わらない制約はなかったことにする。そうすれば僕は吸血鬼の振りを随分やり易くなる」

「でまかせなりに筋を通したってわけか。いつから考えていた？」

「僕が言っていたことはほとんどがでたらめ」ルカは恐ろしく冷たい溜息を吐いて、悲しそうな目でおれを見た。「でもオズヴァルドたちは他の吸血鬼を知らなくて、吸血鬼の性質についても詳しくないし、僕の嘘を見破ることができなかった。僕が『僕の言うことが正しい』と言えばそれを信じるしかない」

「おれたちがアンナを見つけて、比べればおまえが吸血鬼でないことはすぐにバレるだろう」

「妹と落ち合えさえすればどうとでもなる。こっちに一人でも本物がいる限り、あなたたちも迂闊に手出しはできないはずだから」

片道切符だ、とおれは思った。こいつは先々のことを考えているようでいて、局面ごとに切り札を出し尽くしてしまっている。きっと自分の身を守るつもりもない。

「……だけど、おれやマウリツィオにかけた魔術のことはどう説明する。シニョリーナ・エヴェリスだって、昨日は警察のおまわりまでもがおまえに操られたんだぞ。あれは確かに人間の力じゃない。いったい何者なんだよ、おまえは」

「僕はただの学者だよ、オズヴァルド。こんなことになる前は大学に通って異常心理学の研究をしていた」

「学者」と鸚鵡《おうむ》返しにして、おれはフーの手記の表紙を撫でた。あの爺さんは自分の子供がそんな大層な職に就いていていたことを知っていたのだろうか。「心理学者がどうして魔法を使える」

「魔法じゃないし、要するに催眠術だ。ひけらかすつもりはないけど、理屈は難しくないよ。

たとえば、ここに白色の背景に黒色の文字で『白』と書いてある紙があるとするでしょ」

ルカは上着から例の筆記具を取り出すと「これは嘘吐きの万年筆」と自嘲し、自分の手の平に黒い洋墨で『*Bianco*《白》』と書きつけてこちらへ向けた。

おれは頭の中でも『白』と思う。文字の意味を反芻《はんすう》したというほうが近いだろうか。

「そこで僕が『すぐに回答して』って急かしながら『文字の色』を訊く。多くの人はどう答えると思う？」

「『白』」とおれは即答した。「いや、違うな。『文字の色』なら『黒』のほうだ」

「その通り。正解は『黒』なのに、見えている多いほうの情報と時間制限に引き摺《ず》られて誤答してしまうんだ。それにあなたは予《あらかじ》め僕の質問にどう答えるか決めていなかったから、黙殺するっていう選択肢も浮かばなかった。正しい答えを選べた人も、これと似たような問いを何回も連続して出題されれば、大抵どこかで引っ掛かる」

「だから何だって言うんだ？」

「脳はあまり複雑な法則に対応できない。集中していればいるほど、咄嗟に一番近いところにある情報を取ってしまうんだ。肉体は怠惰で楽に休めるほうに流れるし、嘘は考えないと作れない。だから、わざと選ぼうとすればその分出遅れる。僕はその反応を見ながら質問を変えていって――」

「見事に欲しい答えを引き出したり、緊張を解いて眠らせたり、思い通りに他人の行動を縛れたりするってことか。心理学っていうのは万能だな。なぜテディ相手には使えなかった」

おれは皮肉のつもりで言ったんだが、ルカは真剣な顔で「彼らに対しては無理なんだ」と首を振る。

「催眠術の基本は圧縮した信頼関係の構築だからね。僕のことを知らないか、ある程度信用してくれているか、もしくは油断しているような人には暗示をかけられるけど、完全に敵だと認識している人間のことは操れない。そもそも彼らには僕の話を聞く気がないんだもの」

「もしかして、おまえが自分の腕に『二枚の皿と五つのワイングラスを運ぶ』だとか『キャンディとテディから逃げない』だとか書いていたのも自己暗示の類《たぐい》か？　精神科の奴にそういう認知療法があると聞いたことがある」

「あれ、バレてたんだ」恥ずかしがるでもなく、ルカは形の良い唇を歪めた。「まあ、簡単な無意識行動の矯正法だよ。自分自身にそうできると思い込ませるんだ。でも、この方法が有効なのは頑張ればできそうなことに対してだけだけどね。全く見聞きしたことのない国の言葉を話したり、何千ポンドもある車を片手で持ち上げたり、そういう意志の力で解決できないことを可能にするものじゃない。それでも目に見える文字の力っていうのは案外侮れないから、試してみる価値はある。オズヴァルドもいつか困ったらやってみるといいよ」

「わざわざ自己暗示をかけないといけないくらい、おまえはビアンカのところの双子が怖かったのかよ」

「そんなの決まってるでしょ」と、ルカは定まらない指先で頬の絆創膏に触れる。「あの二人の顔を思い出すだけでも身体が自分のものじゃないみたいに動かなくなる。民間人の武器所有はもう何十年も前から禁止されているはずなのに……、銃を持っている人なんて軍人以外で初めて見たんだ。僕は羊に生まれて群れの中で平和に一生を暮らしたかったよ」

それを聞いた途端、おれは妙な気分になっちまった。急にルカのことが無力なガキに思えてきて、胸が痛むような気がしてきたんだ。戦場で一緒になった子供みたいな歳の衛生兵たちのことを考える。誰がこの殺し合いにこいつらを引き摺り込んだんだと、怒りすら湧いてくる始末だった。

「街で血を抜かれて見つかった死体のことはどうだ。あれも全部妹の仕業《しわざ》か」

「さあね。三日前、僕がオズヴァルドに初めて会ったときのことを憶えている？」

「忘れるわけがねえだろう」

忌々《いまいま》しい記憶が蘇《よみがえ》る。吸血鬼に首筋を食い破られたときの動悸がまたするようだった。しかも、あれの正体が吸血鬼ですらなかったとなれば、余計に不愉快だ。

「あのとき僕はオズヴァルドに鎮静剤を打ったんだよ。フーがくれた強力な液体薬剤だ。この一ヶ月、アンナのために血を確保するのに使っていたのと同じものだよ。いきなり人間を襲っても、抵抗されて血なんて吸えないからね」

ルカはほっそりとした指で弄《もてあそ》ぶように万年筆をくるくると回した。話に集中できていないのが見て取れる。上面《うわつら》の言葉で生臭さを隠して、頭の中では何も思い出さないように努めている様子だ。

それがわかるのは、初めて人を刺し殺して以来、おれもそういう風にしていたからだった。自分がしでかしたことの惨《むご》たらしさも途切れのない緊張も臓器を蝕むような罪悪感も、誰かに伝えようと口に出した瞬間にどうしようもなく陳腐なものに変わってしまう。だから普段は腹の奥底に沈めておいて、ときどき取り出すときには過剰なくらいに軽く扱ってみせながら「こんなのは大したものじゃない」と言い聞かせていた。取るに足らないものだ、って何度も確かめるように。

ルカは、あの寒さで薬瓶の中身が凍っていなかったのが奇跡だけど、とも言う。「オズヴァルドはまんまと僕の催眠術に掛かって注意散漫になっていた。そうじゃなくても、いきなり人間に咬まれたりしたらそっちにしか意識はいかなくなる。でも、そのせいで反対の首に注射針を刺されたことになんか気付かなかったでしょ。仮に違和感を覚えたとしても、鎮静剤の効果ですぐに眠くなるから対処はできなかったと思うけど」

「知らないだろうが、次の日には派手な痣《あざ》になっていたよ。素人が下手に注射器なんか使いやがって」

おれは外套の襟の上から首筋を押さえた。

こいつの器用さ次第で本当に死ぬところだったと思うと、無性に苛々《いらいら》してくる。一方で、さもなくばおれのほうが握っていた包丁で奴を突き刺していたかもしれず、あの冷凍室の中での出来事についてはあまりルカだけを責められないところもあった。

「一昨日はフーから血液製剤を横流ししてもらえるって言ったけれど、そこに書いてある通り彼は輸血液を入手できる立場にはなかった。だから、自分たちで血を手に入れなきゃいけなかったんだ。薬で意識を失わせてから安全な場所に移動して首を掻《か》き切る。吸血鬼が人間を狩るときの常套手段だよ」

ルカは床のメスを静かに見やる。

鋭利な銀色の刃には乾いた血がこびりついていた。

「何もかも自分がやったみたいな口振りだな」おれは椅子に座ったまま診療台の縁《へり》を蹴っ飛ばし、偽吸血鬼を睨みつけた。この期《ご》に及んでまだ白々しい嘘を吐くのか、と。もう一つだって騙《だま》されてやるつもりはない。「この大法螺《おおぼら》吹きめ、いい加減に正直に話したらどうだ」

「あなたには悪いことをしたと思っている。そこに偽りはないよ」

大声を出されてもルカは動じていない振りをし続けた。そうなるとこっちだけが感情的になっているみたいな気にさせられる。悔しいが、こいつは他人を支配することにおいてはずば抜けて優秀だった。

おれは自分に落ち着くように言い聞かせてから、はっきり言葉にして質問した。

「殺しは全てアンナがやったんだな。違うか？」

「そんなことを確かにしてどうするの」

「おまえは嘘に呑まれている。自分への不信感で頭がおかしくならないかよ。そろそろ本当のことを言わないとまともな精神を見失っちまうぜ」

すると、奴は一瞬だけ何かを言おうとして、手綱を握り直すみたいに首を横に振り、それからわざとらしく軽薄な笑みを浮かべた。

「『吸血鬼というのは二人で一つ。必ず双子で生まれる』──我ながら信憑性《しんぴょう》のある嘘だったと思うね。来年には新しく迷信に加わっていそうだ」

「なんでアンナなんだ」おれは奴の手元で回転し続ける万年筆を見ていた。「どうしておまえでなくアンナが吸血鬼になることになった」

「あなたを納得させられるだけの理由なんてないよ。ただ僕に度胸がなくて、彼女が勇敢だったってだけだ。アンナのほうが母さんの強さを継ぐに相応《ふさわ》しい人だった」

だけどおまえはそれでよかったのかよ、とおれが問うと、ルカは衣嚢《いのう》に両手を入れて立ち上がって、何も聞こえなかったみたいに壁に貼られた暦表を眺めにいった。

返事はない。あまりにも長い沈黙だった。

しばらくして、ようやく奴は「僕たちは正反対の性格でね」と切り出した。「双子なのに不思議でしょ。昔から母さんに連れられて引越しばかりしてきたけど、どこへ行っても妹はすぐ馴染んで皆と仲良くなれた。でも僕は違う。ようやく住み慣れた家を離れるのは何度繰り返したって辛かったし、一人で本を読んだり窓の外を通る人たちのことを観察したりしていた。いつだってアンナが望むのは新しいものや前に進むことで、僕の欲しいものは安定と安全だったんだよ」

おれは「そうか」とだけ言って、孤独で内向的な流民の子供のことを考えていた。この家族に父親がいればどれほど変わっていただろう、フーは十分に息子の味方をしてやれたんじゃないか、と。こいつは高飛車で口さがないが、手先はかなり器用なほうだし、決して頭が悪いというわけでもない。誰かに社交辞令や他人の誑《たぶら》かし方を教わっていれば、いま頃は沢山《たくさん》の人間に囲まれていたはずだ。

「僕たちが一五になったとき、母さんは吸血鬼の秘密を教えてくれたんだ。そんな歳になる前から母さんが他人とは違う何かだってことには気付いていたけれど、話を聞いて色々腑に落ちたさ。それから、アンナはすぐに母さんを抱き締めて『あたしも同じがいい』って言ったんだよ。自分も大人になったら吸血鬼になりたいって。母さんは笑って『いつかね』って僕たちの頭を撫でた。僕は、誤魔化されたってわかった。だけどそうは言えなかった。確かにしないほうがいいと思ったんだ。『いつか、っていつ?』『母さんは僕たちが死ぬまで生きていてくれるの』『僕やアンナが吸血鬼になったら母さんは死んでしまうんでしょ』なんて、訊いたって二人を困らせるだけだ。目を逸《そ》らして耳を塞《ふさ》いで答えを曖昧にしておけば怖いことは何も起こらない。そうでしょ?」

捲《まく》し立てるようにそこまで言うと、ルカは口を閉ざして青い瞳を机の上の手記に向け、また喋《しゃべ》らなくなった。いままでの生意気な振る舞いは全部芝居だったんじゃないかって思うほど、悲愴感でいっぱいだった。

壁掛け時計が秒針を刻む音が響いて、時刻はもう一四時を回ろうとしている。

「母さんが殺されてからだ」やがて、ぽつりとルカがそう零《こぼ》した。ますます妹のことを遠く感じるようになっていった、と小さな声で続ける。「ビアンカが吸血鬼になるために母さんを殺したと知って、アンナは迷いなく自分が母さんの血を飲むと言った。僕には怖くてそんなことはできなかった。僕は普通に生きたかったんだよ、オズヴァルド。こんな生まれなのに人並みの生活への未練を捨てられなかった。わかるかな。その結果がこれだ。僕が果たすべき責任まで妹一人に負わせてしまった。もう取り返しがつかない」

「吸血鬼の血を飲めば人間でなくなるんだ。それにその先ずっと一日に一ガロンも人間の血液が必要になるだなんて、不老不死の代償にしてはでかすぎる。躊躇《ためら》って当然だろう」

「でも一〇年も……、母さんに聞かされてから一〇年も猶予があったのに、僕だけ覚悟が決まらなかったんだよ！」

ルカは掠《かす》れた叫び声を上げた。

おれは、同情を拒絶されたってすぐにわかった。

「——だけど、何もできないでいた僕を妹は見限らなかったんだ。四日前にキャンディとテディに捕まって商人の所の冷凍室に閉じ込められたとき、寒さで動けなくなった僕を助けてくれたのはアンナなんだよ。実際のところ妹が平気だったのかどうかはわからない。でも、彼女は不死身だからね。部屋中に散らばっていた梱包材を掻き集めて僕を包んで、隠し持っていた鎮静剤入りの注射器と一緒に木の棺桶に押し込んだ。あまり憶えていないけれど、多分、伝票に細工して〈オンブレッロ〉に卸《おろ》すはずだった死体と僕とを掏《す》り替えたんだよ。アンナ一人なら逃げだす手段もあっただろうけど、人間の僕は足手纏《まと》いで、二人共外に出るにはそれが一番簡単な方法だったから。ねえ、オズヴァルド。棺の中は案外暖かいって知ってる？」

一息にそう言っておれに問い掛けると、ルカは答えなど求めていないように苦々しく笑う。

そういえばあの日に限って、食材は布袋ではなく妙に頑丈な木製の棺桶に納められて店に運ばれてきていた。どうして気付かなかった、と髪を掻くのと同時に、おれは言葉を取り戻す。

「意気地なしのおまえが、よくその状況から妹を追い掛けるほうに切り替えられたな」

「違うよ。正しくて優しい妹を置いて逃げる勇気がなかっただけだ」そこで、ふと、ルカは視線を落として床で息絶えたフーに向けた。「自分がどうしてこんなに臆病なのか、いまようやく理由がわかった」

フーは臆病じゃなかっただろう、とおれは言わざるをえなかった。それに、本当におれ自身もそう思っていたし、つまるところの事実だ。「金持ちの無法者共にこんなに惨い目に遭わされたってのに、最期まで自分の子供たちの居場所を吐かなかったんだからな。誇り高い勇敢な男だよ」

おれたちは爺さんの遺体を前にして十字を切ったりなんかしなかったし、特別な言葉を掛けたりもしなかった。ただルカは一言「僕もそうでなきゃいけない」と呟く。

ようやく見つけた生き別れの父親がこんな様《ざま》になっちまって、奴はいったいどんな風に思っただろうか。でも、結局ルカは涙を流しはしなかった。

「――多分、ビアンカは僕が人間だってことを知らないままだろうね。それか、どちらが吸血鬼かわからないから両方共捕まえようとしているのか」

部屋の空気が流れ、人の気配を感じたのはそのときだった。表には『診療時間外』の札が掛かっていたと記憶している。それを無視して中に入ってくるような奴が、善良な人間であるはずがない。

かつかつと近付いてくる足音で、おれはそいつが誰かわかっちまった。踵《かかと》の高い靴。質の良い赤紫色の外套。艶やかな茶色い巻き髪。当て付けみたいに場違いな出《い》で立《た》ちで、彼女は再びおれたちの前に現れた。

「急患ですか？　シニョーラ・ビアンカ」

「怪我のお加減はいかが？　オズヴァルド」

診察室に足を踏み入れると、ビアンカはおれたちに向けてにっこりと微笑《ほほえ》んだ。血だらけで倒れているフーのことなんてまるで目に入っていないようだった。

「穏健なお供の二人はどうしたんです」

おれは神経を尖《とが》らせて辺りを警戒していたが、キャンディとテディの姿は見当たらない。他に秘書や護衛なんかも連れていないようだった。

「何しにきたの」とルカが問う。「どうしてここに」

「もしかしたらあなたたちが一緒にいるんじゃないかと思って、少し前には〈オンブレッロ〉にも寄ったのよ」

ビアンカは患者を気取っておれの前の椅子に座った。おれが彼女を診る医者で、ルカがその助手みたいに感じられる位置取りだ。

「あの店に？」

「そうしたらちょうどあのお菓子職人の女の子――、ソニアといったかしら。可愛らしい子ね。

……彼女がお店から出てくるところを見掛けたから」

「彼女におれたちの居場所を訊いた、と」

「なかなか教えてもらえなくて苦労したのよ」

ビアンカは柔らかそうな綿の手袋を嵌《は》めたその手で拳銃を取り出し、上品に揃えた両膝の上に置いておれに見せつける。

隣でルカが息を呑んだのがわかった。

「……ソニアは無事でしょうね」

「そんなに怒らないで、オズヴァルド。あなたがこれ以上私の邪魔をしないのなら、彼女の安全は保障するわ。あの料理長さんのこともね」

「また安い脅しを――」

「今度は本気よ」ビアンカは穏やかな笑みを崩さずに首を傾げた。「吸血鬼たちを逃がしてしまった商人の末路は知っているでしょう？」

「驚きましたよ。魔女ともあろうお方が怒りに任せて人を殺すなんて」

おれがそう言って責めてみれば、彼女は残念そうに眉を下げる。「だって、彼を生かしておいたら足がついてしまうもの。特別な双子のことを政府や軍に勘付かれたら大変だわ」

「あくまでも誰より先に吸血鬼を手に入れたかったってわけですか」

そこでルカが慎重に口を開く。「アンナは？　妹はどこにいるの」

「そのことであなたにお願いがあって来たの」

「お願い？　僕はアンナをどうしたのかって訊いているんだけど」

ルカの視線はビアンカの手元の拳銃に釘付けになっていた。

奴が纏う沈着さが偽物だってことを、彼女のほうは見破っていたみたいだった。

「妹さんに会いたい？　なら私に付いてきて。悪いようにはしないわ。あなたの血は要らないもの」

「どういうことです」おれはビアンカの目を見る。好きなだけ見下せばいいと思った。もうこうなったらおもねってはいられない。「アンナから聞いたんですか」

「そうよ、あの子が言ったの。『吸血鬼は自分一人だ。兄さんには手を出すな』って」

絶句しているルカに代わって「彼女はあなたの所にいるんですね」と念を押す。「そこまで知っていて、どうしてまだルカのことを付け狙うんです。吸血鬼を確保できたならもういいでしょう」

「あの子には私の家に来てもらっている。けれど、不用意に近付いた使用人たちは皆、咬み殺されてしまったわ」

酷いと思わない？　とビアンカは同意を求めてくる。

おれは彼女を自分のことを棚に上げる天才だと思った。

「ルカなら凶暴な吸血鬼も飼い慣らせると踏んだってわけですか。あなたはどうしてそんなに吸血鬼に拘《こだわ》るんです？　シニョーラ、理由くらい教えてもらえませんかね。おれはこの件について腹に据えかねるところがあるんだ」

お宅の双子に散々世話になった礼もしないといけない、と付け加える。冗談で言っているつもりはなかった。

「そうね……」ビアンカは少しだけ考え込む素振りを見せると、おれの左脚に視線を移した。

「あなたも銀翼戦争の被害者ならわかるかしら」

被害者なんかじゃない、と棘《とげ》のある言葉ばかりが浮かぶ。「あなたは自分が武力紛争の犠牲になったと思っているんですか。その恐慌と復興特需にあやかったから事業を発展させられたのに？　いまやこの半球で〈ファルファッラ〉の名前を知らない人はいないでしょう」

「あなたもそんなことを言うのね、オズヴァルド」彼女は悲しむように目を伏せた。濃い紫色の化粧品がよく似合う顔立ちをしている。「戦争が始まった一〇歳のとき、私はパレルモの児童養護施設にいたの。入所したのはそのまた五年前のことだけれど」

「ルカから聞きました。あなたがこいつらの母親——シニョーラ・フランチェスカと同じ孤児院の出身だと」

視界の端で、ルカが力なく診察台に腰掛けるのが見える。

「そう、彼女——フランチェスカお姉さまは、私たちにとって希望だったのよ。政府からの援助を打ち切られて運営が厳しかったあの院に毎月寄付をして、週末には温かい料理を作りにきてくれた。五歳だった私の記憶に残るくらいの思い出だもの。施設の大人は意地悪な人たちばかりだったけれど、お姉さまが来る日だけは皆機嫌が良かった。私たちがそのときを寂しくなく過ごせたのは、全部お姉さまのおかげ」

「じゃあどうして」

「ある日から突然、お姉さまは来なくなってしまった。施設への振込みもされなくなって、連絡もつかない。初めは皆心配していたけれど、段々大人たちは苛立ちを隠さないようになっていって、大好きだったお姉さまを悪く言いはじめたの。『金が惜しくなったのか』『男ができたんだ』『恩知らず』……、他にも口にはできないような汚い言葉でね。それをどんな気持ちで私たちが聞いていたか、あなたに想像ができるかしら」

「それは、彼女が顔を出せるような状況になかったからで……」

おれはフランチェスカの弁護をする。フーの記録の内容を思い返していた。

フランチェスカは海難事故をきっかけに不本意なまま吸血鬼になってしまい、同族を頼って誰にも知られないようにベオグラードに移住した、と。ビアンカはちょうどその時期の話をしているのだろう。

「院はますます貧しくなっていったわ。一日一杯の牛乳さえ配られなくなって、近所のトラットリアから出る残飯を毎日取り合った。暖炉の薪も買えず、雪に埋もれた廃棄物を食べて命を繫いだの。凍った生ごみが私たちの晩餐《ばんさん》だった。いまでは考えられないことよ。だけど、そんな生活ですら長くは続いてくれなかった。そのうちこの国でも戦争が始まって、ついに大人たちは私たちごと施設をマフィア紛いの民間業者に売ったの。養子として外国に連れていかれる子もいたし、薬物売買の受け渡しに利用される子も、爆撃で負傷した要人の子供へ臓器を提供するために殺される子もいた。〈ザイオン〉はいまも似たようなことをやっているらしいじゃない。あなただって知っているわね」

ビアンカは真っ直ぐに厳しい眼差しを向けてくる。

おれは浮かんだ光景を頭から追い払って「そうですね」とだけ答えた。焼けた子供の骨の小ささなんて、たったの一瞬でも思い出したくない。

「生きて大人になれたのはほんの一握りだけだった。それまで私たちがどんな風に働かされてきたか、言わなくてもわかるでしょう。毎晩『次の朝には目が覚めないかもしれない』って涙を流して、同じ年頃の子たちが望みを失《な》くして高い建物から飛び降りていくのを見ながら、ようやくあそこから逃げだせたときにはもう二一になっていた。――だから、それから十何年も経って、出先の空港でお姉さまを見つけたときは驚いたわ。子供の頃に見上げていたあのフランチェスカお姉さまが、私より若い、昔と全く変わらない姿でそこにいたんだから。しかも、中央都市の高校に通う賢そうな双子を連れて」

「要するに、嫉妬でしょ」とルカは吐き捨てた。「自分が大変な思いをしている間に母さんが恵まれた生活を送っていたのが、あなたは羨《うらや》ましかったんだ」

ビアンカは言い返さなかった。まるでルカに当たり散らされると予想していたみたいだ。

「どうして黙って私たちの元を去ったのか、問い詰めてやっと知ることができた。でも納得はできなかったわ。だって勝手じゃない。自分だけ永遠の命を手に入れて、私たちを見捨てるだなんて」

「そんなのは逆恨みだ！」

止《よ》せ、とおれが叫ぶ前に、ルカはばねみたいな勢いでビアンカに摑み掛かろうとした。すぐさま、彼女が拳銃を構える。

ルカは銃口から伸びた見えない腕で小突かれたみたいに、また診察台に押し戻された。

「わかっているわ。私、おかしいの」とビアンカは続ける。引き金には指を掛けたままだった。「……何も持っていない人間からどれだけを奪えば気が済むのかしらね。初めから与えられるものがなければ諦められた。身の程を弁《わきま》えて希望なんて抱かなかった。でもお姉さまは、幸せが手の届くところにあると私たちに勘違いさせた。気紛れに救う振りをして、自分が施したものを取り上げて、なかったことにした――」

ビアンカはそのときになって初めてフーの遺体を一瞥《いちべつ》した。

おれは、この爺さんがルカとアンナの父親であることを、彼女は知っていただろうかと思う。

知っていてもなお、こうしただろうか。あるいは、知っていたからこそ、こうしたのだろうか、と。

「お願いしますよ、シニョーラ」危険信号を発しているビアンカを刺激しないよう、できるだけゆっくりとした身振りで銃を下ろすように頼んだ。おれが両手を下に向けて、「撃つなら左脚にしてください」と言うと、彼女はふっと表情を緩める。

「オズヴァルド。あなたはいまの仕事をしていて、どう?」

「どう、というのは」

お互いに恨みを買う商売よね、とビアンカは自虐的に笑った。「悪いことをしてでもお金を稼いだ。私はお姉さまとは違うから、一度始めたことから手を引いたりはしない。会社を成功させて、あの施設の運営権を買い取って、そこで暮らしていた子供たちの面倒もみると決めた」

「面倒をみる?」言葉尻を捕らえてルカが噛みついてくる。口先だけなのかもしれないが、腰抜けの割になかなか大胆なことを言う奴だった。「引き取ったキャンディやテディに汚い仕事をさせているくせに」

「彼らは望んで私の力になると言ってくれたの」

「そんなわけないね。いまのあなたがやっているのは、かつて子供だったあなたたちを働かせた連中と同じことだ」

それを聞いておれは、どうにかしてこの金髪の若者に、二つの仕打ちの性質の違いをわからせてやる手段はないかと思った。奴は自分の無神経さに少しも気付いていないようだったんだ。その証拠に「母さんを真似て双子を育てるのは楽しかった?」なんてことを言う。知ったような口を叩くときには、真っ先に、自分の想像力が足りないことを疑ってみなきゃあいけないっていうのに。

「どうして私が子供を産めなくなったかわかる？」ビアンカは決して怒鳴ったりしなかった。ただ淡々とした調子で世間知らずを戒める。「一四のとき無理矢理に堕胎させられたからよ。なのに、お姉さまは愛する男性と結ばれて二人も子供を授かった」

「不公平だと思いますよ」

おれが本心からそう声を掛けると、ルカはやっと自分の発言の不用意さを自覚したらしく視線を泳がせた。声を詰まらせてから、誰へともなく短い反省の言葉を口にする。

ビアンカは奴の愚かさと素直さを羨むように目を細めた。

その表情があまりにも慈愛に満ちていたものだから、おれは彼女が純然たる善意で孤児院を買収して、キャンディやテディに対しても本物の愛情を注いでいるんだと信じそうになる。

ところで、彼女はどうして「魔女」だなんて呼ばれているんだったか？

「不公平でも受け入れるしかないって言うんでしょう」と、ビアンカはおれを見た。

「あなたは現実を変える努力をした。何を奪われても這い上がってきた。それも昔の自分と同じような境遇にいる連中を助けるために……。〈ファルファッラ〉の代表だなんて、血筋しか取り柄がないようなその辺のぼんくらに務まるものじゃないってことは知っているでしょう。おれから見れば雲の上の人だ。あなたはよくやっていて、周りの誰もあなたの育ちを疑わない。それで十分じゃないんですか」

「完璧な終わりについて考えたことはある？　オズヴァルド。あなたの言う通り、私はもう十分に使命を果たした。長い呪縛だったわ。……だけどそうね。全てを叶えるには時間はいくらあっても足りなかった。この先、私の在り方は変わるでしょうけれど、せめてあなたは善い大人として生きて、未来ある子供たちを正しく導いて」

ビアンカはそう言って頷《うなず》くと、銃を仕舞って立ち上がった。何か吹っ切れたような、晴れやかな顔をしている。

「今後のことについて話し合いましょう。私と一緒に来てくれるわね？　ルカ」

黙って即座に立ち上がろうとするルカを、おれは「罠《わな》に決まってる」と制止した。ビアンカに聞かれていても関係がなかった。「おまえを人質にしてアンナに血を差し出させる気だぞ」

「そんなことはしないわ。本当よ。だって考えてもみて。血が欲しいだけなら、あなたたちのことを銀で作った檻《おり》にでも閉じ込めておけばよかった。そうしなかったのは優しさだと思って。キャンディとテディは状況をよくわかっていないからあなたたちを保護するために乱暴なことをしてしまったみたいだけれど、私は本当にお姉さまの遺した双子を傷付けたくないと思っているの。たとえ吸血鬼だとしてもね」

「……アンナは僕を待っている。嘘でも罠でも行くしかない」

青い瞳は揺るがなかった。

自分は迷わずに妹の味方をする、と前に言っていた通りだ。こいつは「愛を示すときには迷ってはいけない」という母親の訓《おし》えを、その恋人だった父親と同じように忠実に守るつもりでいる。

ビアンカに続いて部屋を出ていこうとする偽吸血鬼を、その腕を、おれは考えるより先に掴んでしまった。

ビアンカが振り返る。

銃を向けられる、と思った。

だが、彼女は困ったように首を振っただけだった。

「信じてもらえないと思うけれど、私はただ憲兵や警察に見つからない安全な場所に吸血鬼を匿《かくま》ってあげたいだけなのよ。血液だって十分に確保できる」

「お菓子の家の魔女だって、子供を攫《さら》うのにはもう少しましな誘い文句を言ってくるでしょうに」

「どんな矛盾も、破綻も、全てはお姉さまとの約束のためよ」

ビアンカは花のように微笑んだ。

扉が閉まって、二人分の足音が遠ざかっていく。


取り残されたおれは、頭の中で全部を思い起こした。全部っていうのは、三日前に〈オンブレッロ〉の冷凍室で偽者の吸血鬼に出会ってから、そいつが本物の吸血鬼のために身を投げだすと決めるまでの全てだ。

フーもビアンカも、「生きて使命を果たせ」だの「子供たちを正しく導け」だの、おれの手に負えないような滅茶苦茶な訓示ばかりを託して去っていってしまった。それを蔑《ないがし》ろにできないでいる自分にも腹が立つ。

死んだ爺さんの特等席に座って診察室を見回せば、自分が医者を名乗っていた頃のことを思い出せた。とはいえ、こんな風に壁と屋根のある病院で働けたのはたった数ヶ月だけだったけれど。あとは戦地に派遣されて迷彩色の天幕の中に押し込められていた。そこら中に転がる患者の隙間《すきま》を羽虫が飛び回っているような場所に、だ。

戦線の後方に広がるあの湿地帯から戻ってきて半年が過ぎても、おれの脳の状態は極めて悪いままだった。最大量の向精神薬と睡眠導入剤を貪《むさぼ》って、誰とも喋らず、うとうとして何も考えないように、ほとんど一日中を入院先のベッドの上で過ごしていた。

そこに医者がやって来た。

医者といっても、そこの病院に勤めている奴じゃなくて、おれと同時に帰還した生き残りの軍医――つまりは元同僚だ。ああ、憶えているか？　あの文学収集癖のある朗読家気取りの男のことを。

あれは夜中の三時頃だったたと思う。

奴は、面会の手続きもしないでおれの病室に忍び込んで刃物を振り回した。なんでだよ、と辛うじて言えたかどうかもわからない。そのときのおれはすっかり弱っていたものだから、奴から逃げたり、ナイフを下ろすように説得したり、安全に取り押さえたりすることができなかった。「すまない」「だけどぼくはもう駄目なんだ」と奴は涙を流し、でたらめに握った凶器を掻き払う。揉み合いになって白いシーツは引き裂かれ、気付いたときには右腕が血だらけになっていた。

生温かい、赤。それが誰の血液かさえ理解できていなかった。

刃物を奪い取って奴を刺しちまったんだ、おれは――。

おれは自分がしたことが信じられなかった。刺そうと思ってやったわけじゃない。だって奴は戦友で、替えの利かない相棒だったんだから。蒸し暑い湿地の天幕の中にいたとき、軍医はおれとそいつの二人だけだった。内地に帰れるまで励まし合って、ときには冗談を飛ばした仲だ。

だけど、奴にはおれを殺したいと思うだけの真っ当な理由があった。

その元同僚は、腹からだらだらと血を流しながら、居竦《いすく》んじまっていたおれに覆い被さってきた。頬骨が歪《いびつ》に浮き出ていて、亜麻《あま》色の癖毛は見るからに傷んで乾いていた。もうほとんど力が残っていなかったんだと思う。なのにおれは弾き返せなかった。

奴は虚ろな目をして大きく口を開けると、並びの良い歯でおれの左腿《もも》に咬みついてきた。薄い病衣なんかにはそれを防ぐだけの特質はなかった。肉が抉《えぐ》れて、白い骨が見えた。奴は咬み千切った肉をぐちゃぐちゃと咀嚼《そしゃく》して飲み込むと、「ぼくは喰いたくなんてなかったのに……、おまえが言いださなければ……、おまえが……、おまえだって忘れられないはずだ！」と絶叫して倒れ伏し、それきり動かなくなった。

騒ぎに駆けつけてきた看護師たちによって、おれはすぐに処置室に運ばれた。意識が朦朧《もうろう》としていてよく憶えていないんだが、歯形に肉が失われた傷口は、本当に柘榴《ざくろ》みたいな色をしていたよ。

その後どうなったかって話なら、いまさら改めて説明するまでもないはずだ。

あんたには前にも言っただろう？　ヒトの口内は厄介な感染症を引き起こす細菌だらけなんだから、咬傷《こうしょう》ってのは怖いものだ。おれの左脚は急速に壊疽《えそ》が進行して、もうどうやっても感染の抑制ができないっていうんで、切断するしかなくなった。

運が良かったことといえば、死なずに済んだことと、奴を刺し殺したことについて正当防衛が認められて服役を免れたことくらいだ。

退院したおれは、銀行と闇金を回って借りられるだけの金を借りた。〈ザイオン〉の息が掛かった金融屋とも多重契約を結んだ。おれが殺した連中の遺族に、いくらかの償いをするためだ。あの生真面目だった元軍医の両親を除いて、おれが殺人を犯した者だと知る人間はいなかったが、金の受け取りを拒む奴もいなかった。

何の因果でこうなったのかは、おれが一番よくわかっている。

左脚を喰われたあの夜、おれは自分のやってきたことの意味のなさに気付いた。打ちのめされて心が折れた。医者になるために費やした時間と労力も、戦地を駆け回って大勢を手当てしたことも、家に帰りたいと泣く若い衛生兵のために捧げた祈りも、全部が無駄だった。どこで道を間違えたのかもわからない。自軍の兵士共を皆殺してまで救った命も結局自分で奪うことになるなんて、いったい誰が想像できただろうか。

それ以来、おれは何もかもがどうでもよくなってしまって、自分を見放して諦めに徹した。善いものや正しいことを遠ざけながら、腐った魂でもって生活をわざと崩壊させるような選択を続けてきたんだ。

——ビアンカがルカを連れ去った日のことに、話を戻そう。

おれはこれで全部が片付いたと思った。「呪い」が存在しないと判明したいま、おれに吸血鬼を追い掛ける理由はない。むしろ、ビアンカには「邪魔をするな」と脅されているくらいだ。敵前逃亡は軍規違反、その場で銃殺刑だが、あいつらはもう敵じゃないし、おれもとうの昔に退役している。

だけど、あんただったらどうする。もしもあんたがおれだったら、そこで引き返していたか？

『汝《なんじ》は良き星の下に生まれ、精と火と露より創られた』

想像上の万年筆で、おれは自分の左腕の内側にその詩を書きつけてみる。

あいつの朗読は、とても上手いといえたものじゃなかったけれど、発せられる言葉は実体を持って、じめじめと暗い沼地で燦然《さんぜん》と輝くようだった。あんなことが起こるまで、おれは随分この一節を頼りにしてきたはずだ。それこそ自己暗示をかけるみたいに、繰り返し口の中で唱えて確かめた。

おれの同僚だったあの男も、ビアンカも、フーも、初めは崇高な目的——他人や国家や未来のために力を尽くしていたはずだった。誰もが善く生きようと頑張ってきた。だけど人は変わるものだし、何が原因になって悪い方向に狂っていくかわからない。おれ自身がそのきっかけになってしまうことだってある。他人の人生に干渉するというのは恐ろしいことだ。

でも、おれはこの先ずっと吸血鬼の消息を気にしながら生きるのは御免だった。自分より若い奴が死んでいくのも、もう見たくない。あの人喰い料理店に戻ることだって違うと思う。

店で「どうしてやりたくもないことをやっているのか」とルカに訊かれたとき、おれは胸の中でその答えを真剣に捜した。考えても主張に値する理由はなかった。本当は、悔いるだけの過去に囚《とら》われている間もずっと、いつか「人の命を救いたい」と思って医者を志したみたいに、この手で運命を変えたいと願っていたはずだ。だったらいまさら何を迷う?

信じるに相応しい啓示ってものは、いつもそれとわかる形で目の前に現れるものだろう。

頭の中で「〇《ゼロ》は始まりの合図だよ」と奴の声が聞こえる。「数えるんだ。一、二、三、四、五……、ってね」

あの偽者の吸血鬼を捨て置くことはできない、と結論する。

振り出しに戻ったって構わなかった。おれはただ、人間も、化け物も、手が届く限りの全員を助けたいと、思う。

通りに出たところに見覚えのある格好をした女の子の姿があって、おれは思わず足を止めた。灰色の街では見失いようがないくらい赤い髪をしていたんだ。

「ソニア！」

白く息を切らしていた彼女のほうもおれを見つけたらしく、こちらへ駆け寄ってくる。凶悪なほどに陽は照りつけているのに、気温は朝からちっとも上がっていなかった。

「ごめん、オズヴァルド……！」

開口一番、本当にすまなそうにソニアは詫びた。

「謝るなよ。どこも怪我はないか？」おれは彼女の両肩に手を載せ、何度も頷く。「あの魔女め、酷えことしやがる」

「ルカは？　まさか――」

「ソニアのせいじゃない。それにあいつは吸血鬼でもなかった」

「ええ？」

詳しいことは後で話すよ、とおれは切り上げた。「このまま家に帰って鍵を閉めろ。誰が来ても扉を開けるな。それからマウリツィオにも電話して外に出ないように言っておいてくれ。昨日会ったときに聞いたところだと、多分、あいつは恋人の病院へ見舞いに行っているだろうから」

「オズヴァルドは？」

「双子を追う。アンナの――シニョーラ・ビアンカの行き先は目星がついているんだ」あの煉瓦造りの屋敷だろう、と考えていた。違っていたらお手上げだが、ビアンカは「アンナには家に来てもらっている」というようなことを言っていたし、なんとなく、ちゃんと客人を自分の家でもてなすような気質の人間だと思ってもいた。「ああ、それと、シニョリーナ・エヴェリスがどこにいるか知らないか？」

予想通り、ソニアはエヴェリスから彼女の連絡先を聞かされていた。「一度も掛けたことはない」と言うが、電話番号を紙に書きつけて渡してくれる。

夜になれば大抵教会にいるし、エヴェリスが同席する〈ザイオン〉との会合はいつも決まった場所と時間で開かれていたから、誰も彼女の番号なんて持っていない。そうでなくても、あんな気難しい女王様を呼びつけるなんて真似ができる奴は、この国でソニアだけだと思う。

おれは一旦診療所に戻って入口近くにある電話を借り、エヴェリスに連絡を取った。かいつまんで事情を話すと、彼女はビアンカの屋敷に向かうことを了承し、受話口の向こうで親切に「診療所に警察を呼ぶ。おまえは離れておくことだ」と警告して通信を切った。

これで爺さんが違法営業をしていたことは世間に知れ渡っちまうだろうが、腐るまであの場に放置されたり、出入りのマフィアに手荒く葬られたりするよりかは良いだろう。

フーが死んだことを知ったソニアはだいぶ動揺していた。それでも泡を食っているおれの様子を見て「警察に訊かれても店やオズヴァルドは無関係だと言っておく」と先回りしてくれる。不安だろうに、あれこれと口を挟んでこないところが彼女らしかった。

建物の外に出てから、おれは持ち出した手記を保管しておくようソニアに頼んだ。読めば混乱するかもしれないが、じきに警察がやって来るこの場所に残してはおけない。

ソニアを見送り、一人でビアンカの屋敷に向かう。

おれたちは良き星の下に生まれ、精と火と露より創られた。

だからそれに相応しく、いつでも最善を尽くさないといけない。

断章 II DOPO IL TRAMONTO 魔女たちの茶会

酷《ひど》いわ。私の手が汚れているからって、もう何人殺しても一緒だって思っていらっしゃるんでしょう。大勢手に掛けているんだから、一人くらい増えたところで私は構わないだろうって、そう考えているのね。でも、それは大きな間違いよ、お姉さま。そんなに死にたいのなら勝手にすればいいじゃない。拗《す》ねてなんかいないわ。私、本気で言っているんだから！

――ごめんなさいね、急に泣いたりなんかして。私ったら、少しお姉さまに意地悪をしたい気分だったの。

だってお姉さまは……、言わないで、私に当てさせて。お姉さまのお母さまのことに関係がある？　睡眠薬を沢山《たくさん》飲んで亡くなったお母さまのことを考えているんでしょう。遺されたお父さまはお姉さまを一人では育てられないと思って孤児院に預けた。でも、そのおかげで私たちは出会うことができたのだから、神さまとご両親には感謝をしなくてはね。お姉さまにとっても私と知り合えたことは幸いだったはずよ。ねえ？　冗談だとお思いになって？　そんな顔をすることはないわ。私たちはもう十分辛い目に遭ってきたじゃない。これからはずっと二人で笑っていましょうよ。

ルカとアンナに自分と同じ思いをさせたくないのはわかるわ。お姉さまが太陽の下に出て自死したと知ったらあの子たちは酷く心を痛めるでしょうからね。だけど、母親が誰かに殺されたとしたらどうかしら。悲しみの半分くらいは怒りに隠されるかもしれないけれど、やっぱり胸が締めつけられることに変わりはないと思うの。お姉さまはそれでもいいと仰《おっしゃ》って？　要するにそれって、双子のために私に敵役《かたき》をやれという意味よね。

自分勝手なのよ、お姉さまは。

もう人生に悔いがないということ？　それとも子供たちが自分の年齢を追い越してしまうのが恐ろしくなった？　軍に捕まって実験体にされるのが怖い？　どれも正解でしょう。

この機を逃せば望み通りの死を迎えられないからって、自分は満足したから死にたいだなんて卑怯《ひきょう》だと思わない？　騙《だま》し討ちに遭った気分よ。お姉さまに血を飲ませたベオグラードのお婆さんと同じくらい狡《ずる》くて無責任だわ。

たまにね、私、自分がお姉さまだったらって想像してみることがあるの。もしも私が不老不死の吸血鬼になったのなら、逃げたり隠れたりしないで、その力をもっと有効に使うでしょうね。悪い政治家やマフィアや大富豪を皆殺しにして、子供たちのために平和な国を作るわ。

……子供たちのために、というのは恩着せがましい嘘。助けを求めていたずっと昔の私を救うために、とでも言っておきましょうか。とにかく、私なら与えられた特別な才力を無駄にはしない。だけど、お姉さまは望んで吸血鬼になったわけではないんですものね。

私たちはあとどれくらい生きられるのかしら。よく考えてみると、死ぬのってとても怖いわね、お姉さま。お姉さまは違っていて？

外の花は冬になると枯れてしまうけれど、私が花だったらその前に、綺麗に咲いているうちに摘み取られるのがいいと思うの。贅沢を言えば温室の中でいつまでも美しくありたいものよ。でも、叶《かな》わないのならせめて何もわからないうちに終わらせてほしいじゃない。余命を宣告されて、残り時間に怯《おび》えながら身体が動かなくなっていくのを待つなんて恐ろしいもの。お姉さまもそうでしょう。何の心構えもしていないときに、予想もつかない方法で苦しまずに死ぬのがいいわ。遠くから頭を撃ち抜かれるとか、それこそ金髪の吸血鬼にすっかり血を飲み干される、なんていうのもきっと素敵ね。この願い、お姉さまが叶えてくださらないかしら。

お湯がすっかり冷めてしまったみたいね。女中を呼んで茶器を下げさせましょう。

一つだけ心配なのはね、お姉さま。私がいなくなった後、キャンディとテディが道に迷わないでいてくれるかということよ。あの子たちは私のために何でもしてしまうわ。私がお姉さまのために何でもするのと同じようにね。それが悪い方向にも作用するんじゃないかって、私は気掛かりでならないのよ。

せっかく死ぬからには、あの子たちにはうんと泣いてもらいたいわ。それくらいの我儘《わがまま》は許されたっていいでしょう。でもね、いつまでもそんなことに囚われていないで、すぐに立ち直って自分の人生を歩んでほしいの。私のできなかったことを目一杯やって、くだらないことで笑って、気楽に楽しく暮らして、大変な思いをしてきた分を取り戻すのよ。それでもまだ力が余っているのなら、ほんの少しだけ弟や妹たちを助けてあげてほしいわ。でも、できなくても大丈夫。二人に遺すのと同じくらい、私の遺産は孤児院に寄付される手筈になっているから。

それで、お姉さまはどうなさるの。子供たちはもう大人になったけれど、何があってもルカとアンナを吸血鬼にはさせたくないんでしょう。

これを訊《き》くのは今回が最後よ、お姉さま。……前にも言ったように、私の屋敷に住むつもりはない？　いまみたいに遊びにいらっしゃるのではなくて、家族としてずっと一緒にここに住むの。〈ザイオン〉は毎晩どこかで人を殺していて、その死体の処理に手を焼いている。私が横から買いつければ血液なんて簡単に手に入るわ。そうでなければ、まだ市中の医者を買収して血液製剤を卸《おろ》させるのは難しいけれど、規制の緩い国外から密輸入できないか掛け合ってみてもいい。方法ならいくらでもあって、いまの私にはそれを実現させる力もお金もあるの。出し惜しみなんてしないわ。

それでもいけない？　望めばいままで通りに皆で生きられるのよ。お姉さま、どうしても気持ちは変わらないの？

——そう、もうお決めになったのね。

ねえ、お姉さま。フランチェスカお姉さまの願いは私が叶えるわ。たった一度きりの、他でもない敬愛するお姉さまからの頼みですもの。何を差し置いてでも叶えてみせる。

その代わり、お姉さまの血は私に頂戴。

ルカとアンナの手に渡らないようにするには、それが一番よ。

私はまた憎まれ役をやらないといけないらしいけれど、お姉さまとお姉さまの子供たちのためですもの。平気よ。お姉さまが亡くなった後のことだって任せて。あの子たちに悪い人間が近付かないようにちゃんと見張っておく。世界中を旅するお姉さまを見つけだして、こうしてまた同じ場所でお茶ができているんだから、二人を見失わないでいるのなんてきっと簡単。誰を敵に回しても約束を守るわ。

そしてこのことは私たちだけの秘密にするの。誰にも言ってはいけなくてよ。お姉さまが自死を企てていたことを突き止めてしまったら、彼らは自分たちの中に理由を探してしまうでしょう。そこにどんな遺書が残っていたとしても、お姉さまを止められなかったことを悔やまずにはいられないのよ。ウィニフレッドが死んだとき、私がそうだったから。

……私、確実に他殺だとわかるようにお姉さまを殺すわ。お姉さまが怖くないように、前触れなくある日突然、そう遠くないうちに。

だけど何か不思議な予感がするの。

ねえお姉さま。

私、上手くやれるかしら。

第六章

日向へ

Tornare a Casa

あの立派な門から侵入なんてできるわけがないと思っていたんだが、結果だけを言っちまうとできたんだ。

ビアンカの邸宅の高い塀の内側には、乗り捨てたみたいに紫色の高級車が駐められていた。恐らく彼女がルカを乗せてきた車だ。建物の周りはひっそりとしていて、人影がない。おれは彼女が、アンナに近付いた使用人は皆殺されてしまった、と話していたことを思い出していた。この辺りの金持ちの家でありがちなように、一階のどの窓にも防犯用の鉄格子が嵌《は》められている。見上げれば、知らない間に空は灰色の雲に覆われていて、影もできないくらいに陽が隠れていた。細かい雪が風に乗って横に流れていく。

屋敷の正面玄関の扉は開いていた。

中に入ると、歌劇場みたいに壮大な装飾が目に飛び込んでくる。吹き抜けの大広間の壁は、天使の子供やら裸婦やらが描かれた宗教画で埋め尽くされていた。

惨劇の臭いがしたのは、正面の階段に向かって左手側の部屋からだ。微《かす》かに甘い焼き菓子のような香りも混ざっていた。煎《い》った木の実と、たっぷりのバターで煮溶かした糖蜜の匂い。ビスコッティだ、と思う。

足を踏み入れてみると、置かれた家具やその配置から、そこが応接室だとわかる。赤い絨毯の上には革張りの豪奢な長椅子や厳《いか》めしい一枚板のテーブル。大きな陶器の花瓶にはこの街中から集めたみたいに沢山《たくさん》の黄色いミモザが生けられていた。

「ちゃんと『お邪魔します』って言ったか？」

声がして振り向くと、そこには血の付いた手斧を持ったキャンディが立っていたんだが、奴の頬に涙の跡があることに、おれは気付いてしまった。

その隣で、テディが嗚咽《おえつ》を漏らしながらおれを睨みつけている。「遅いんだよ、この愚図。どうしてお姉さまが死ぬ前に来なかった」

「死んだ？」びっくりして、おれはしばらくその言葉の意味を理解しようと眉根を寄せていた。あまりに唐突だったから何かの喩《たと》えかと思う。だが、出入口を塞ぐ二人の表情を見るほどにそうじゃないってことが確かになっていった。「シニョーラ・ビアンカが？」

二人は左右の義手で部屋の奥を指した。その先で窓掛けの布がはためいているが、予想に反して冷たい風が吹き込んでくることはない。送風機の動作音が薄く聞こえる。

おれは近寄っていって赤い布を引いた。辺りが少しだけ明るくなる。開け放たれたこの大窓は外から見えた硝子《ガラス》の温室へと繫《つな》がっているらしかった。〈オンブレッロ〉の冷凍室の十数倍はあろうかという大きな植物用温室だ。

生温い空気に満たされた透明な四角い箱の中いっぱいに緑が生い茂っている。見たことのない種類の花や香草に囲まれたその中央には、洒落た乳白色のテーブルと椅子が置かれていた。

その椅子にたった一人で座っていたのが、長い金髪の吸血鬼だった。指先と口の周りが赤く汚れている。前の日と同じダウンジャケットの左肘《ひじ》から先がなくなっていて、そこから白く細い腕が見えていた。切り落とされて道路上で灰になったはずの彼女の左手は、爪の先まで完璧な形で再生している。

そして、血溜まり。

アンナの足元には、赤黒い液体に浸かるように巻き髪の女がうつ伏せに倒れていた。ぴくりとも動かない。

とうの昔から知っていたはずなのに、おれは一つの命が失われるその軽々しさに愕然とした。

呆気《あっけ》ない、と思う。呆気なく、彼女を殺したのは、誰だ？

「オズヴァルドね」と吸血鬼はおれに目を向ける。綺麗な青色の瞳だった。「あなたのことは兄さんから聞いた。ここへ何しにきたの」

「そこに倒れているのは、シニョーラ・ビアンカで間違いないか？」

おれは一歩前に出た。

すると「来ないで」と声が飛んでくる。彼女はエヴェリスのナイフをまだ持っていた。切っ先が冷たく光り、刀身に吸血鬼の姿は映らない。

「この人があたしに何て言ったかわかる？　この人は、ここで自分に飼われて暮らすか、それとも自分を殺すかどちらかに決めろと言った。選ばなければ兄さんを傷付けると」

アンナは言い訳をするかのように訴えた。

「シニョーラ・ビアンカはいったい何がしたかったんだ」

溜息を吐《つ》くおれの後ろで、「人殺しが」とキャンディが呟く。「お姉さまがそんな自殺みたいな真似をするはずがない！　この吸血鬼はお姉さまを――」

「絶対に赦《ゆる》さない」とテディも同調する。「必ず報いを受けさせてやる」

どちらにも肩入れをする気がなかったおれも、これには流石《さすが》に「先に手を出したのはそっちだろう」と口を挟んだ。「やり返されることも考えずに人を殺したのか？」

「殺していない」とキャンディ。「俺たちは殺していないのに、なぜ俺たちからお姉さまを奪った」

「母さんを殺した」とアンナが叫ぶ。「誰が誰の命令でやったのか、わからないとでも？」

「シニョーラ・フランチェスカを殺したのはお姉さまだ。頼み込んでも、俺たちは血を運ぶことしか任せてもらえなかった。これは自分の役目だから手を出すなと」

フーのことはどう弁解する、とおれが問えば、テディは「俺たちが手に掛けたと思っているのか？　あの爺さんは勝手に死んだんだ」と言い逃れた。

その頃になって、おれは気付く。「ルカはどうした？　おい、あいつをどこにやったんだ」

アンナはおれの背後を示した。

「そこの二人が連れていった。あたしが言うことを聞かなければ兄さんの命はないって」

振り向いたおれの肩に、キャンディがぴたりと斧を突きつける。「さっき、俺たちがそいつの兄貴を引き摺って運んでいる隙《すき》にお姉さまは殺されたんだ」

動けなくなったおれの横に並ぶと、テディは例のショットガンを取り出し、アンナに照準を合わせた。

そして、躊躇《ためら》いなく一気に引き金を引く。

アンナは避ける意志を見せなかった。凄まじい音と共に弾き飛ばされるみたいに椅子から転げ落ちる。

だが、数秒の後、ゆっくりと膝に手をついて立ち上がった。

わかっていても、おれは信じられないような気持ちになる。

散弾銃の弾はアンナの胸から首にかけて広く当たったらしく、遠目に見てもわかるくらい血が流れていた。

彼女は鎖骨の辺りに手の平を当て、すぐに下ろす。

すると、拭われた血の奥で、破れたはずの皮膚が完全に修復されていた。傷口は消えてしまっている。

「無駄だとわかっているでしょ」

アンナは咳き込んでテディに言った。ナイフと挑発的な視線を向けている。

「殺してやる」と息巻くテディを、キャンディが制した。「近付けばお姉さまの二の舞だ」

膠着状態が続いた。

美しい温室の中には限りない憎しみだけが充満していて、もう収拾が付きそうにない。

おれは小さく息を吐いた。

肩口に当てられた斧の刃の鋭さを意識する。キャンディは重心を低く構え、しっかりと柄を握っていた。でも、この状態からでは無理だ。振り被らなければおれに致命傷は与えられない。

そのことがわかった途端、おれは素早く腕を引いて上半身を捻《ひね》った。刃先と接触していた首筋の皮膚が浅く裂ける感覚。噴き出る血に構わず真後ろに立つキャンディの鼻っ面に肘打ちを喰らわせる。小指の先から電流のような痺《しび》れが伝わってきた。

慌てた様子でテディが散弾銃を構えるより先に、おれは踏み込み、その銃身を掴んで思い切り横に振る。手を離すのが間に合わず、薙《な》ぎ倒されるようにテディが転んだ。おれはショットガンを奴から少し離れた床に投げ捨てる。

視界の隅でアンナがナイフを握り直すのが見えた。こちらへ飛び込もうとする気配を感じ、咄嗟《とっさ》におれは外套の衣嚢《いのう》に手を入れる。薄くて冷たい大量の丸型の金属片――銀貨を掴み取って吸血鬼を目掛けてぶちまけた。アンナが短い悲鳴を上げて後退《あとずさ》る。顔を庇《かば》って払い除《の》けた拍子に銀貨と触れたらしい彼女の手から、ほんの僅《わず》かに煙が上がった。左手の甲のごく狭い範囲が、酸液を掛けられたときのように爛《ただ》れている。

「ガキ共が、大人しくしていろ！」

おれは大声で怒鳴るなり応接室の方に引き返す。

お互い決定打を欠いているそのときならその場を離れても死人が増えないと思ってのことだった。一度距離を取ってしまえば、アンナから目を離せない義手の双子は追ってこないはずだ。ルカを捜しにいくならいましかない。腹ならとっくに括《くく》っている。

引き摺って運んだ、とキャンディが言っていたように、応接間の毛足の長い絨毯には表面を撫でたような痕が残っていた。辿《たど》れば目的地のある大体の方向がわかる。大広間の床は大理石だったが、そこにも靴底を擦ったみたいな黒い汚れが続いていた。巨大な吊下げ灯の下を斜めに横断して向かった先——バスルームの扉を開けると、遠くからすすり泣くような声が聞こえてきた。

「ルカ！　返事をしろ、どこにいる？」

おれは虚空に向かって呼び掛けた。

三つ横に並んだ洗面台の前を抜けると、一番奥に浴室が見えてくる。

「……オズヴァルド？」と、弱々しいルカの声。

突き当たりに、曲線的な形をした白い浴槽があった。並ではない豪邸らしく、この家にはシャワーだけでなくバスタブまで設置されている。

そこに寄り掛かるみたいに、ルカは脚を前に投げだしてへたり込んでいた。よく見れば、手摺と繋ぐように右手に手錠を掛けられている。

「おまえ……、その怪我はどうしたんだ」

おれは駆け寄ってルカの右肩に触った。服ごとざっくりと刃物で切られたようで、血は既に固まりかけていたが、それなりに深い傷になっていた。

「キャンディに」といまにも死にそうな調子でルカが細く息を吐く。「彼らに会った？」

おれは奴の持っていた斧に血が付いていていたことを思い出した。「おい、しっかりしろ。こんな傷は縫えば平気だ」

「力が入らないんだけど」

「おれは医者だったと話しただろう。医者が大丈夫だって言っているんだから大丈夫なんだよ。疑うな」

おれは振り返って辺りの様子を窺った。耳を澄ましてもあの双子がやって来るような足音は聞こえない。

「オズヴァルド、なんで怪我してるの。アンナは？」

「まず自分の心配をするんだな。その手錠は外せないのか」

ルカは少しだけ身体《からだ》を起こして右の手首に目をやった。「鍵はキャンディが持っていったんだ。だから……、何か尖《とが》ったものはない？」

「尖ったもの？」

おれはぐるりと浴室を見渡したが、それらしいものは何も目に留まらなかった。

仕方なく、少し離れた所にある壁掛けの時計を取り外し、文字盤を覆っている硝子の風防を下にして床に叩きつけた。裏蓋のねじを外して丁寧に分解するような暇はない。外枠を持って拾い上げて、硝子の縁で手を切らないように気を付けながら、中央の軸から金属製の秒針を引き抜く。時刻は一七時一五分を過ぎたところだった。

近付いて秒針を手渡すと、ルカは礼を述べるどころか「乱暴者」とおれを小さく非難した。

「派手な音を立てると気付かれるよ」などと文句を言いながら針を持ち、器用に手錠の鍵穴に挿し込む。

「どれくらい掛かる」と訊《き》けば「一分あれば」との返事。

「おまえはどうしてまたこんな所で泣いていたんだ？」

おれの渾身《こんしん》の嫌味に、ルカは露骨に嫌そうな顔で応えた。

「……この家に着いてからすぐ、温室でビアンカに『人間の血なら用意できるから、ここで自分たちと暮らさないか』って言われて、まあ、意味がわからなかったよね。僕にそうアンナを説得してほしいって。それで、二人で話し合う振りはしたんだけど、埒《らち》が明かないから僕だけここに連れてこられて閉じ込められたんだ。その後しばらくしてキャンディが駆け込んできて、いきなり斧で切りかかってきた。僕のせいで何かがあったみたいな言い方をしていたけれど、よくわからない。ねえ、アンナは無事だよね？」

「彼女はな。だが、シニョーラ・ビアンカが死んだ」

かしゃりと音がして、手錠の鍵が外れた。

ルカは黙って手首を摩《さす》ると、右手を握ったり広げたりして動きの具合を確かめていた。ややあって、「じゃあ、妹を連れて帰るよ」と呟く。

「そう簡単にはいかなそうだぞ。キャンディとテディは主人を殺されて怒り狂っている。アンナも残りの二人まで殺しそうな勢いだ。今度こそ妹を説得できるか？」

「オズヴァルドは僕に何をさせたいの」

「おまえはシニョーラ・ビアンカの双子についてどう思う。……つまり、妹が彼女を殺しておまえらの母親の仇《かたき》を取ったいま、まだあの二人を恨んでいるのかっていうことだ」

ルカは瞬きをして、おれの顔をまじまじと見た。「恨んでいるさ。わからない？　わからないか、殺人鬼には。オズヴァルドにとっては人が死ぬなんて些細なことかもしれないけど、僕やアンナからすれば人生が台無しになるような出来事だったんだ」

「命は軽い。自明だろう」

「そう思うならどうしてここへ来たわけ？　僕らのことなんて放っておけばいいのに」

ルカは立ち上がった。肩の傷が痛むのか、左手で押さえるようにして顔を歪める。

「キャンディとテディが死ねば満足か」

長い戦争を経て、もはや人命は以前ほど重くなくなった。それにどう抗《あらが》っていけばいい？

完璧な終わりについて考えたことはあるか、とビアンカはおれに向かって言った。「この先、私の在り方は変わるでしょうけれど」と。さっきまでのおれは、彼女が邪悪な望みだと知りながらアンナから血を奪って吸血鬼になるというような未来を想像していた。だけどいま考えてみると、あの言葉はまるで遺言だった。

まったく嫌になる。自分は勝手に死んでおいて、おれには「善い大人であれ」だなんて。でも確かに彼女は大勢の孤児たちのために身を尽くして、既に十分すぎるくらいに自分の使命を全うしきっていたし、もうそういう他人のための人生から解放されてもいい頃だったんだろう。それでおれに次の役割を託した、とは思えないだろうか。

「あのね、オズヴァルド。もう僕が満足する結果にはならない。この先で事態がどう転んでも、僕らの親が死んで、妹が殺人に手を染めてしまった事実は覆らないからだ。初めから、僕たちが生まれる前から、母さんが吸血鬼になった時点でこうなることは確定していた。いまからでも間に合うことがあるとするなら、アンナがあの双子をどうにかする前に僕がその役を引き受けることくらいだよ。本来ならビアンカだって僕が――」

「殺すべきだった？」おれは途中で奴の言葉を奪う。足元に散らばった硝子の破片に映る金髪のことを見ていた。「本来もくそもあったものか。道理を重んじるなら滅多なことを言うなよ、偽吸血鬼め。おれはおまえたちの誰にもこれ以上殺生《せっしょう》をさせたくない。いままでがどうであってもだ」

「譲ったほうに犠牲が出る。全員が助かる道はないよ」

「催眠術でも何でも使って妹にナイフを下ろさせろ。あの吸血鬼は不死身なんだから、武器なんて持たなくてもこの屋敷から立ち去れるはずだ」

「僕もそう言ったさ。こんなことはやめて家に帰ろうって。でもアンナは同意しなかった。復讐に取り憑《つ》かれているんだ」

「それはシニョーラ・ビアンカについての話だろう。あの双子は別だ。きっとおまえの妹も迷っている」

「オズヴァルドはどっちの味方なの」

ルカはそう言うと、おれを退かすように脇を抜けて広間の方に歩いていった。

慌てておれもその背中を追う。

「どうするつもりだよ」と尋ねても答えは返ってこない。どうするつもりだ、ともう一度、言葉にはせず自分に問い掛ける。「くそったれが！」

奴は足早に大理石敷の広間を通り過ぎると、応接室の扉に左手を掛け、体重を乗せるようにして押し開けた。

それと同時に、扉の陰から伸びてきた金属の腕がルカの胸ぐらを摑んだ。奴の身体が大きく横にぶれる。まずい、と思ったときには扉は閉められていた。

すぐさまその丸い取手を回そうとするが、内側から鍵を掛けられたようでびくともしない。重く閉ざされた扉の向こうで「わざわざご苦労だったな」と声がする。「ちょうど迎えにいくところだったんだ」

おれは拳で扉を叩いた。「おい、キャンディ！　……キャンディなんだろう？　ここを開けろ！」

「帰れよ、オズヴァルド。いまなら見逃してやる」

「見逃してくれだなんて頼んだ覚えはない。ルカをどうする気だ」

「あんたには関係のないことさ」

扉越しに呼び掛けても、それ以上、返事はなかった。

数歩下がって部屋を見渡す。こんな代物を蹴破ろうとすれば、また義足がぶっ壊れるだろうことはわかりきっていた。近くの棚の上にあった置き型電灯を手に取る。真鍮製の台座はずしりと重量があった。

おれは支柱を摑んでその電灯を持ち上げ、扉の留め金に向けて思いきり振り落とした。がつんと響くような手応えがあって、僅かに扉が傾く。おれは電灯を放り投げて押戸の下の方を蹴り飛ばした。勢いよく扉が開く。

前方にルカを羽交い締めにしているキャンディの姿。そのさらに先の温室内では、アンナがテディの背後に回って奴の首に刃物を突きつけていた。

四人の視線が一斉におれに注がれた。けれど「なんでこんなことになっているんだよ」というおれの嘆きは無視される。

「警告は最後だ。テディを放せ」キャンディがアンナに叫んだ。

ルカも拘束から逃れようと身を捩《よじ》るが、力ではキャンディに敵《かな》わないようだった。

アンナにナイフを向けられた状態のままのテディが「そいつをやれ、キャンディ」と怒鳴り返す。

次の瞬間、キャンディは赤い絨毯にルカを突き飛ばし、床の手斧を拾い上げて振り被った。

おれは二人の方へ踏み出そうとして、靴に何かが当たる感覚があり、足元に視線を落とした。見れば、ばら撒いた何枚もの銀貨と共にテディの改造ショットガンが落ちている。おれがついさっき投げ捨てた散弾銃だ。

瞬時にそれを拾い、構え――。引き金に掛けた指の感覚が失《う》せる。

全員だ。全員を守らなければいけないと思った。ルカを死なせたくなかったからキャンディを殺した。自分が消えるのが怖かったから同僚だった医者をナイフで突き刺した。そんな風に正当化することはいくらでもできて、だけど、結果的にそうなってしまうことと、初めから諦めて犠牲を計算に入れておくことは、全く違う。

おれは照準を上にずらし、自分の腕と弾丸が込められていることを信じて撃ち抜いた。

空気を引き裂くような破裂音がして、硝煙の臭いが立ち込める。弾かれたようにキャンディが義手を引き、斧を取り落とした。

至近距離で放たれた弾は、それほど散らずに纏《まと》まったままキャンディの右手に命中したらしい。

ほっとする間もなく、おれは狼狽《うろた》えているキャンディに二歩で駆け寄り、そのまま奴の襟首を摑んで投げ飛ばした。想像していたよりもずっと軽い。

床に倒れていたルカの隣に、どさりとキャンディの身体が落ちる。叩きつけられた奴の腕からは、機械の部品がばらばらと零《こぼ》れていった。

「ここで四人で心中する気だったのか？」

おれは起き上がろうとするキャンディにもう一発喰らわせてやろうとして、やめた。代わりに奴の斧を回収する。

「邪魔をするな！」と温室の入口でテディが喚《わめ》く。「あんたも同罪だ。全員死ねばいい！」

アンナはナイフを握り締めたまま一連の騒ぎを眺めていた。いまの隙にテディを刺し殺すことだってできたはずだ。だから多分、まだ葛藤がある。

そいつを放してくれないか、と駄目元で言ってみたが、それに対しても彼女は静かに首を振るだけだ。

「投げ遣《や》りになる気持ちは理解できるさ。でも――」

「何がわかるって？」キャンディはもう何がどうなってもいいというような態度だった。上半身だけを起こし、壊れて動かなくなった義手をもう片方の手で押さえている。鼻血が顎を伝って首元にまで流れていた。「俺たちは、ただ、いつまでもお姉さまの傍《そば》にいたかっただけだ。寝顔を見る度、あとどれくらい一緒に暮らせるのかを逆さに数えてきた。永遠に死なずにいて俺たちを看取ってくれないだろうかと思った。お姉さまがいないなら俺たちはもう生きていても意味がない」

差し出してやったおれの手に摑まって、ルカが立ち上がる。

「……あの人の何がそんなに良かったの」

硝子の温室は、この部屋との境目に立つテディとアンナの姿に隠れている。見えなくなったビアンカの遺体を透視するように、キャンディは目を細めて「恩人だったんだよ」と言った。

「孤児院にしか居場所がないような子供が、戦時中に何をさせられてきたか考えてみろよ。身体が丈夫なら蒸気船に乗せられて火夫にさせられる。汽缶係に回された子供がどんな最期を迎えるか知っているか？　灰だらけになって真冬に熱射病で死ぬんだ。一日中怒鳴られながら石炭を掬《すく》うシャベルで殴られて、死んでも国には帰れない」

「顔のつくりが良ければもっと悲惨だ」とテディが割り込む。「消毒液の臭いがする汚えぼろの長屋で、気色の悪い親爺共を相手に喘いでみせてやらないといけない。魂を売った対価は誰の手に渡ると思う？　あの施設じゃあ、学校にも通わせてもらえないまま、一二歳になったら誰でも同じ目に遭っていた。子供だから安く扱《こ》き使われる。子供だから逃げる場所がない。子供だから屑みたいな大人に従っちまう。お姉さまだけだ。お姉さまだけが、俺たちを院長から買い取ってくれた。金の払われる仕事をくれた。腐っていない飯をくれた。住む場所をくれた。夜寝ていても誰も入ってこない部屋なんて初めてだった。お姉さまは人買いの院長が付けた汚らわしい名前も捨てればいいと言ったんだ。誇りを持って生きろと、見返りも求めずに特注で丈夫な腕を作ってくれた。読み書きを知らない俺たちに絵本を読んでくれた。誕生日と花束を贈ってくれた。どんな貴族や為政者よりも長く生き続けるべき人だったのに――」

「その『お姉さま』が人を殺すところを、あなたたちは黙って見ていたわけ」とアンナが冷たくテディを見下ろす。「母さんのことも、そうやって」

「いいや、あんたも吸血鬼ならわかるはずだ。誰も吸血鬼を殺せない。大人しく血を全て抜かれるまで待っている頓馬《とんま》がどこにいる？　あんたらの母親は俺たちに、お姉さまに殺されるのを望んでいたんだ」

「そんなわけがない。どうせあたしたちのことを人質に取って脅したんでしょ」

「シニョーラ・フランチェスカに対してそんな真似はしていない」

誓ってもいい、とキャンディは強く言いきった。

「……二人は嘘を言っていないよ」

ルカはそう呼び掛けてアンナの方へ歩み寄った。

アンナはびくりと身体を震わせる。「だけど――」

「母さんが死ぬはずないって、僕もずっと前から気付いていたんだ。……だっておかしいじゃないか。その気になればどんな傷でも治せる吸血鬼なのに、遺体に外傷が残っていただなんて。アンナだって本当はわかっていたんじゃないの。僕らはわかっていて他の理由を探した。母さんが望んで死んだとは認めたくなかったから」

奴は手を伸ばせば届くくらいの距離にまで近付くと「テディを放して」と頷《うなず》き掛ける。

おれはこのとき、初めて金髪の二人のことを本当に双子だと思った。きっと二人にとっては言葉なんて合図に過ぎなくて、喋《しゃべ》るそのずっと前から意思の疎通は取れていたんだろう。

もう一度ルカが「放して」と繰り返すと、アンナは長い逡巡の末、諦めたようにテディに絡みつけていた腕を力なく下ろした。

けれど、そのときを待っていたかのように、テディが素早く身を屈めた。

一瞬でアンナの手からナイフを奪い取ると、猛然と金属の左手で彼女の胸を殴り、床を蹴ってルカに切りかかる。

意識するより早くおれは怒鳴っていた。「止《よ》せ」だとか何だとか、そんなことを言ったような気がする。

ほんの少しだけ動揺してテディはおれの方を見た。迷子になった子供みたいに不安そうな黒い目が、二つ。

その隙に、今度はルカがテディに体当たりをした。テディを下敷きにして、そのまま絨毯の上に倒れ込む。床に落ちたナイフを、ルカは即座に拾って逆手に握った。

そこで奮われた勇気を、おれはどんな風に受け止めるべきだったんだろうか。

妹だけに母親の血を飲ませたことを、ビアンカを殺させたことを悔いている奴が、次に何をしようとするかくらい予想できるだろう。

「結局こうなるんだ」テディの腹を膝で押さえつけたまま、ルカは震え声で呟いた。「どうせ後戻りできないなら、初めから全部僕が——」

「いい加減にしろ」とおれは言った。戦意を失った様子のキャンディと、頭を振って起き上がろうとしているアンナに対しても「動くんじゃないぞ」とそれぞれ念を押す。「聞け、ルカ。おまえはこいつを殺した後どうするつもりだ。吸血鬼の妹と一緒に警察や憲兵隊から逃げ回るのか？　それとも自首か。べつにおれに話さなくてもいい。でも正直に考えてみろよ」

「どのみちもう終わりでしょ」

「終わりじゃない。いいか、おまえらもだ、キャンディ、テディ、それに吸血鬼も。終わりっていうのはそう都合よく迎えにきてくれるものじゃあないんだよ」

「オズヴァルドは運が良かったんだ」しぶとく暴れるテディを潰すようにして、ルカはナイフを持った腕で押し返す。「人を殺しても雇ってくれる店があって、仕事があって、何でもない顔をして暮らしていけている。でも僕らはそうじゃない。道を踏み外したらもう元には戻れない」

奴はもう笑うようにテディを刺す寸前だった。刀尖《とうせん》が見開いたテディの目に突き立てられようとしているのを、義手が必死に食い止めている。

　力比べでは負けると思ったのか、一度ルカがナイフを引いた。

　息を整えるような、ごく短いその間に、おれは「頼むから」と力を込めて声を発する。

「聞いてくれ。……おれはだな、ルカ」

　懺悔なら飽きるほどしてきた。おれは自分の犯した最大の過ちを、悔恨を、この話を、神以外には誰にも打ち明けず墓場まで持っていくつもりだったから、自分の心変わりに戸惑いもする。だが、いま言っておかないともう二度と話す機会がないかもしれないだろう。それはあんたに対しても同じことだ。

　深呼吸をして、おれは、おまえらくらいの年の頃、と言い直す。「医者になってすぐ軍に召集されたんだ。負傷兵の救護と治療をするために戦地に送られたのさ。あの頃は純粋に『自分なら人の命を助けられる』って信じていた。こんな世の中で全てを懸ける値打ちのある仕事はそれだけだと思っていたよ」

　ルカはおれをじっと見上げた。

　おれは奴のすぐ傍まで行くと、そこにしゃがんで目線を合わせた。昔、小児科の知り合いがそうしろって言っていたからだ。アルミ製の左脚の関節は軋《きし》むようだったが、痛みはどこにも感じられない。

「――同じ拠点にはもう一人の医者と、五人の衛生兵がいた。おれだってまだ若かったのに、周りはもっと青臭い奴らばかりだった。担ぎ込まれてくる患者もだ。おれたちはなんとかそいつらを後方の野戦病院に送ろうと走り回った。だけど、戦況が劣勢になってきて、あるときついに本隊から切り捨てられたんだ。補給は途絶えて沼地の真ん中でおれたちは孤立した。自力で歩けないような怪我人が何人もいたから撤退も容易でなかったんだ。そのうちに重傷者は衰弱して力尽きていった。辺りはどこもぬかるんでいて埋める場所もない。医療物資も食糧も足りなくて誰もが飢えていた。おれは、もう一人の医者と相談して死体を解体することにしたんだ。そうしておれが救えずに死んだ九人の肉を二六人の兵士に喰わせた。いや、おれたちも含めれば二八人か。……九人の死体は腐りかけていたが、それが人肉だとわからないように刻んで塩水で茹でたんだ。煮えた灰色の肉のことを想像できるか？　その場所にそんな食材があるはずがないことはわかりきっていたから、皆知っていて気付かない振りをしていたんだと思う。追及したところで状況は変わらないしな。食べるか死ぬかの二択だったんだよ」

おまえが言いださなければ、という同僚の医者の叫びが蘇《よみがえ》る。そうだ。死んだ人間を喰らおうだなんておれが言いださなければ、おれたちはこんな思いをせずに全員で同じ場所に迎え入れられていただろう。

濡れた靴の重さと嫌な感触。軍服に付着して体温で乾かされた泥が皮膚を擦る痛み。充満する膿と消毒液の臭い。ふとしたときに過《よぎ》る死の誘惑。身を任せずに踏み止《とど》まった理由。医者になろうと決めた日の歯痒さと高揚感。

ルカは何も言わなかった。ナイフはテディの喉元を狙い続けている。

一呼吸だけ置いて、おれは続ける。

「それから兵士たちは食糧を一切口にできなくなっちまったんだ。腸内細菌叢《そう》が異常に偏った結果だよ。体質に合わないのに変に負荷を掛けて慣らしたせいで、普通の食物を分解も吸収もできなくなった。はぐれの敵兵が放置していった僅かな携帯保存食も、缶詰も、水すら吐き戻す始末さ。全員がそんなだから、点滴の栄養剤の在庫もすぐに底をついた。電解質輸液が足りなくなると、酷《ひど》い脱水状態になって、臓器不全で次々倒れて死んでいく。もう物資も空だし手の施しようがなかったんだ。……三七人いた味方のうち、残ったのはおれともう一人の軍医だけ。そいつだって帰還してから自分のやったことに耐えられなくなって破滅した。それでもおれは死ねなかった」

ルカは唇を噛んで黙り込む。テディはもう抵抗をやめていた。

「後悔しているの」と、訊いてきたのはアンナだ。「たった一人になっても生き続けるってどんな気分？」

「最悪だよ。いまでもときどき早く終わらせたいと思う。でも、おれの前で死んでいった奴の一人が、生きていれば良い方向に変わるっていう前提に立っていたんだ。……茶番でも建前でも大事なことだよ。実際、あれから今日までの間に悪くないと思える日はあったしな」

そう思うだけの権利がおれにあるかどうかはわからないが、確かにそうだった。それを縁《よすが》に生きていけるだけの鮮烈で幸福な思い出など持ち合わせていないけれど、絶望的な日々の中でも冷徹だと思っていた女の子から故郷の美しい星の話が聞けたり、義理堅い男が自分のために上司に立ち向かってくれたりすることがある。

あんたにだって、必ずそういう幸運は起こるはずだ。

「どうして本当のことを周りに言わないの」ルカは睨むようにおれを見た。「殺人鬼なんかじゃないじゃないか」

その指摘を、おれは肯定も否定もしなかった。ただ「自棄《やけ》になっていたんだよ」とだけ言う。「みっともない話さ。戦場で見捨てられてからいままでずっと、誰も助けてくれないから拗《す》ねていたんだ。政府のお偉方とも戦争成金共とも相容れないで、自分を憐れんで、この惨《みじ》めな暮らしがお似合いだと思っていた」

立ち上がって、おれは服の下に隠した義足のことを考える。

他人から奪ったものを安く見積るために、露悪的に振る舞って命を軽んじてみせた。そのことは認めないわけにはいかないだろう。

「僕らも同じだって言いたいわけ？」

「このままじゃおれと同じ道を辿ることになるだろうが、いまならまだ軌道修正が利く。おまえがいつか言った通りだよ、ルカ。無意味なことを繰り返しているってさ。まともに生きようと思えばやり直す機会は何度もあったのに、おれは掃き溜めから抜け出す努力を惜しんだんだ。変に将来に期待をして裏切られるのが嫌だったんだよ」

だけど、いまはそんな心配に意味はなかったとはっきりいえる。塞ぎ込んでいる限り助けが来ることはなく、嘘でも希望に溢れた未来があると信じて進む他ないのだと理解したからだ。そして一年後や五年後、一〇年後の自分を救いたければ、いま現在の自分が頑張っていくしかない、ということも。

「おれはそうとわかるまで時間を無駄にしちまったが、おまえたちはそんな馬鹿げたことを再現しなくていいんだ。過去から学ぶ者は愚者ではない。……そうだろう？」

しばらくして、アンナは「そう」と唇を動かした。「……もういいよ、兄さん。やめよう」聞こえないくらいに小さな声だったが、やはりルカには通じているようで、奴は躊躇いながらもゆっくりとナイフを下ろしてテディの上から退いた。

解放されたテディの元へすぐさまキャンディが駆け寄ってくる。二人は黒い髪の奥で視線を交わしただけで、互いの無事を喜ぶような言葉を伝え合うことはなかった。

それからルカは例の万年筆を取り出し、千切《ちぎ》れた袖から伸びるアンナの左腕を取って、その内側に『*Tornare a casa.*（家に帰る）』と書きつける。逆さ文字の上手な筆記体で、おれやフーの悪筆とは大違いだった。

アンナはそれを見て「家に帰る」と確かめるように口に出し、祈るが如く心臓に押し当てた。気付けば彼女の背後が橙色に染まっている。いつの間に雲が途切れたのか、夕焼けが硝子の温室を照らしていた。

途端に嫌な予感がして、胸がざわつく。

「待て、吸血鬼――」

おれが手を伸ばして一歩近付こうとすれば、アンナも一歩温室側へ後退っていってしまう。西日は凶悪に差し込んでいて、影はもうそこまでしかなかった。

「アンナ」ルカも妹の思惑を察したように顔色を変えた。「駄目だよ、アンナ。どうして」

「あたしはこの国から見れば連続殺人犯で、ベオグラードに行っても吸血鬼はもういない。自分で人間を殺して血を奪い続けるしか生きる道はないんだ。でも、それがいけないことだともわかっている。兄さんたちはここから舵を戻せばいい。だけどあたしは、あたしだけは――」

追おうとしたおれの左腕を、キャンディが摑んだ。前日に撃たれた二の腕が痛んで、振り払おうにも力が入らない。ルカを見れば、奴もテディに押さえ込まれていた。

「嬉しかった。兄さんが追い掛けてきてくれて」アンナは愛おしそうにルカを見つめると、ふっと優しく微笑《ほほえ》んでおれたちに背を向けた。「もっと早くこうするべきだった。沢山の人を巻き込んでしまって申し訳なく思うよ。母さんもそう言っていた。……だから、呪われた吸血鬼はこの代でお終《しま》い」

朱い日差しの中に、彼女の影が落ちる。

おれには、どうすることもできない。

圧縮した沈黙の袋に穴が開いたみたいだった。高い耳鳴りが、太陽を直視したときの目の痛みがあった。一瞬のうちに何もかもが起こったかのような混乱が、悲痛なルカの叫び声を掻《か》き消していく。

その全てを打ち破るように、背後で銃声が鳴った。

雷鳴のように、絶え間なく、五発。

振り向くよりも先に風が流れた。藤の花の匂いがする風だ。疾風は何か大きな気配と共におれたちのすぐ横を駆け抜けていく。

銃弾が当たったのか、箱のような温室の硝子の壁や天井には瞬く間に蜘蛛《くも》の巣状にひびが入り、全面が爆発するように砕け散った。夕陽が強烈に照らしつける中、きらきらと光を反射しながら破片が降ってくる。

その下に、光の中に崩れ落ちようとするアンナの上着を、黒い影が摑んだ。陽に当たるぎりぎりのところで、手前の応接室側に引き戻す。

かと思えば、後方から四足歩行の足音と共に獣の吠える声がして、キャンディとテディの悲鳴が上がった。部屋に飛び込んできた大型の黒い犬が二匹、双子の脚に咬《か》みついてかかったんだ。

「連続吸血殺人犯の身柄は憲兵隊に引き渡す」

低く宣言するような女の声がして、顔を上げると、そこにはアンナの腕を片手で捕まえているエヴェリスの姿があった。相変わらずの黒くて長い外套に、白い髪がよく映えている。

アンナは首や脚から血を流していたが、それもおれの見ている前ですぐに止まった。

「来てくださったんですね、シニョリーナ」

凍てつくような風と共に、さらさらと砂みたいに細かい硝子の破片が部屋に吹き込んでくる。危なくてまともに前を見られなかった。

エヴェリスが指を鳴らすと、二匹の軍用犬は義手の双子から離れて彼女の脇に行儀良く座る。狼のように毛が長く、耳をぴんと立てた勇ましい犬だ。

彼女は割れた硝子に埋もれた赤紫色の外套を指して、「あれはビアンカか」とおれに尋ねてくる。

「魔女は死にました」

「……そうか」とエヴェリスは気を落とすでもなくビアンカの双子に目をやった。「手向《たむ》けだ。ソニアを盾に取ったことは忘れてやる。わたしに撃たれたくなければ早くここを去れ。二度目はない」

キャンディとテディは顔を見合わせると、犬に襲われた脚を引き摺りながら広間の方へ逃げていった。入れ違うように、見知った顔の二人が扉を開けてやって来る。

「どうやってここを知ったんだ、ソニア？　それにマウリツィオも！」

ソニアはおれとルカを見つけると安堵したように息を吐き、意味ありげに笑ってエヴェリスの元へ歩いていった。

「自分は連日無茶ばかりしておいて、俺たちには危ないから隠れていろだと？　お前はいったい何様のつもりだ」

マウリツィオはずかずかと近付くなりおれの肩を突き飛ばした。

そこで大袈裟《おおげさ》によろけてみせると、慌てたように謝ってくる。

「ソニアから聞いたのか？　悪かったよ。まさかシニョリーナ・エヴェリスと一緒に来るとは思っていなくて——」

視線を向けた先で、ソニアはエヴェリスの腕を引っ張って爪先立ちすると、彼女の頰に接吻をした。

「あっ」とマウリツィオが声を上げる。固まっているおれを叩き「見るな、無礼だ」と慌てふためく。奴があんまりうるさく阻んでくるものだから、エヴェリスがそれにどんな反応をしたのかは見られずじまいだった。

その後「大将、国の外で店をやる気はないか？」とおれが言ってみたのは、ただの思い付きに過ぎない。だけど結構本気でもあったんだ。掃き溜めを脱するなら、こいつらを不幸の谷から引き上げるならいまだと思った。それまでみたいに機会を見過ごすこともない。

「〈オンブレッロ〉はどうするつもりだ」と、マウリツィオは料理長らしく真面目に気にして声を落とした。「ピエルマルコの命令では、明後日《あさって》からまた営業再開だろう」

「だからだよ。明日のうちに彼女を転院させろ。賄賂が足りなきゃ貸してやる。王室付きの料理人がどうしてあんな低俗な客共のため一生を終えられると思う？　〈ザイオン〉の連中の目が届かない別の場所で店をやり直すんだよ。おれも、この『愛想が良くて一度に二枚の皿と五つのワイングラスを運べる』給仕も付いていく」

おれはぼうっとしていたルカの肩を摑んでマウリツィオの前に突き出した。

はっとしてルカは「行くなんて言っていない」と抗議する。

けれど、マウリツィオは案外乗り気なもので「利子は払わないからな」と顎をしゃくってみせた。

「上等」と笑って応える。「おまえは普通の暮らしがしたいと言ったな、ルカ。だったら世を儚んだり澄まし込んだりしていないで、もう少し人と関わって泥臭い経験をすることだ。学者に戻るにしても寄り道がまるきり駄目だってことはない。おれたちと来いよ」

「……急にちゃんとした神父みたいなことを言わないでよ」目を泳がせて少し言葉を探してから、ルカはすっかり自信を失ったように頷垂れた。「いまさらいったい何のつもり？」

『善い大人』のつもりさ」おれは足元に散らばった銀貨の一枚を拾い上げた。「おまえの親父も言っていたぜ。『できることをできるだけやって、できないことも無理をしてやれ』ってさ」

ルカは何かおれに言い返そうとしたが、たっぷり五秒は迷った後、唇をぎゅっと結んで微かに頷いた。

ずっと遠くから憲兵隊の笛の音が聞こえてきて、おれたちは現実に引き戻される。

「捕まりたい者だけ残れ」

エヴェリスはおれたちにそう告げると、名残惜しそうにソニアを眺めた。ソニアは戯れていたエヴェリスの犬に小さく手を振り、赤い髪を揺らしてこちら側に駆けてくる。

影の中に佇むアンナをじっと見た後、ルカはエヴェリスに向かって遠慮がちに尋ねた。

「〈ザイオン〉はまだ憲兵隊と通じているんだよね。あなたはどうしても妹を連れていく？」

「わたしはそのために来た。ただし報酬によっては〈ザイオン〉は方針を転換するかもしれない。そのときは決定に従うまでだ。わたしの意思は組織と共にある」

「……焦れったいな」

Tornare a Casa

決意を固めたように、ルカは一歩前に出た。すっと息を吸って空中で人差し指を横に引く。

エヴェリスの視線が奴の指先に吸い寄せられる。

「あなたが言えばマフィアだって吸血鬼の味方になるでしょ」

催眠術だ、とおれは気付いたが、この状況でエヴェリスを操ろうとするのは無謀だと、恐らく奴自身も理解していたはずだった。

エヴェリスは静かにルカを睨んだまま、敵意を隠さず黒い外套の衣嚢に手を入れた。

「やめておけ」とマウリツィオがルカの肩を摑む。「勝ち目のない勝負だ。わかっているだろう！」

ルカはそれを振りきって、エヴェリスに叫ぶ。「あなたは〈ザイオン〉にこの件から手を引くよう命令をして。そうすれば僕らは――」

もはや催眠術なんかじゃなく、正面突破を目指した懇願だった。

「何のためにわたしがそんな真似をしなくてはならない」とエヴェリス。

するとソニアが、きっと前の王様が生きていたら、と呟いた。誰の味方をするでもなく、唐突に。「吸血鬼なんかを捕まえた日には、すぐに国中を引き回して大々的に処刑していたところだ」

それを聞いて、エヴェリスは緑の瞳を僅かに揺らした。

「いまこの国に死刑はない。だが、四〇人も殺している以上、終身刑は免れないだろう」

「吸血鬼を人間の法律で裁こうっていうの？」

思いきれない様子で腕を下ろしたルカの表情が曇る。多分、おれもそうだった。

けれど、当のアンナは憑き物が落ちたみたいに飄々《ひょうひょう》として「吸血鬼に終身はない」と口ずさんでみせた。暗示のかけられた左手を握り締めている。それからちょっとだけ困ったように綺麗な眉を下げた。「心配しないで、兄さん。あたしは『家に帰る』」

ルカが、ほんの一瞬だけ泣きそうなくらい表情を崩す。それから長く息を吐いた。「わかった」と、ぎこちなく笑う。「……なら僕はどこかにアンナが安心して帰れる家を見つけてくるよ。だから少しだけ待っていてほしい。吸血鬼というのは二人で一つ――全部を一人で抱え込もうとしないで。必ずまた迎えにいくから」

頭を冷やすような風が部屋に流れ込んできて、硝子の吹雪が足元を掻き混ぜる。

「なあ吸血鬼」おれはようやく落ち着いて言うべきことを思い出した。「さっきから話題になっている〈ザイオン〉って組織を、あんたはどこまで知っている？　シニョリーナ・エヴェリスもその一員なんだが、そこの倉庫にはもう死んでいる死体がごろごろ転がっていて――新鮮じゃあないだろうが、新しく誰かを殺さなくてもいつでも血が手に入るような所でさ、もうすぐ古株の死体処理係が辞めるって噂だ」要するにそいつはおれなわけなんだが、おれはエヴェリスを気にして適当に濁した。「欠員が出れば募集が掛かる。多少の肉体労働ができて、口が堅けりゃ誰でも歓迎されるぜ。誰でもっていうのは文字通り、人間でも、吸血鬼でもっていう意味だ。ただ密告者にだけは気を付けろよ。吸血鬼は賞金首なんだからな」

「あたしにそこで働けって？」とアンナが訝《いぶか》る。「いまから捕まるんだから、ずっと先のことになるよ。それに組織は憲兵隊と同盟関係なんでしょ。ややこしいことになる危険性を負ってまであたしを雇ったりはしないはず」

「〈ザイオン〉は憲兵隊に貸しを作るために一時的に手を組んでいるだけだ」エヴェリスは珍しく難しい顔をして、これは独り言だが、と言い辛そうにアンナを見た。「それを上回る利が

――吸血鬼を配下に置けるような事態になれば、国を裏切って憲兵隊との関係も解消するだろう」

ルカがぱっと顔を上げる。「アンナに手を貸してくれるってこと？」

「……ソニア。わたしはどうするべきだと思う」

名指しで意見を求められた彼女は「好きなようにすれば」と素っ気ない態度を崩さない。

「不法移民も吸血鬼も似たようなものでしょう。国を正すためにアンナを捕まえるというのなら、私のことも取り締まらないとおかしい」

おれは思わず苦笑した。エヴェリスを相手にそんな駆け引きをしてみせられるのはソニアだけで、だからこそエヴェリスは、彼女を手放せないんだろう。

案の定、エヴェリスは当惑してソニアにもう一度同じ質問を重ねたが、「自分で決めなよ」と突き返されていた。

疲れきって一切の決断を放棄した人間にも、いつかまた意思を示す機会は巡ってくる。重要なのは、そのとき己を取り戻そうとするかどうかだ。

「シニョリーナ。あなたはおれに『自分を見捨てるな』と言ってくださった。だけど、自分に期待を掛けて生きていられることばかりでもなかったはずです。あなたにいまソニアがついているように、ルカにもアンナの存在が必要なんだ。こいつらにもう一度だけやり直しの機会を」

どうか、とおれは重ねる。

エヴェリスはちらりとだけこちらを見て、しばらくソニアのことを眺め、無言で衣嚢から手を出して傍らの犬の頭を撫でた。

一人深刻そうな面持ちで「覚悟はできている」とエヴェリスを見上げるアンナに、おれは再び声を掛ける。

「諦めるなよ。あんたの母親は長い間、人間に頼って誰も殺さずに上手いことやってきたみたいだぜ。吸血鬼にだって協力者くらいはいてもいいだろう。あんたの居場所はこの国にもある。気に入らなければ他所《よそ》にでも作れるさ。賢い兄貴が国の外で見つけてくれるかもしれない。不老不死のあんたには迷うための時間がたっぷりあるはずだ。だからよく考えて、利用できるものは全部使って、もう誰のことも殺さずになるべく善く生きてくれ。……おれもそう頑張るから」

再び、笛の音が聞こえてくる。今度はもっと近くからだ。

おれたちはエヴェリスに礼を言って部屋を後にしようとする。

擦れ違いざま、エヴェリスはルカの肩に手を置くと、だいぶ迷うような間を空けた後、奴の耳に顔を近寄せて囁《ささや》いた。

「この後、憲兵に吸血鬼の身柄を渡せばわたしの仕事は終わりだ。憲兵隊は護送中に犯人を取り逃がしてしまうかもしれないが、それはわたしの知るところではない。真実の目は常に開かれている。ただの『天啓』として受け取れ」

咄嗟に振り向いて訊き返そうとするルカのことを、おれは人差し指を唇の前に立てて黙らせた。

そういう訳だから、おれたちはもうこの国とはおさらばすることにしたんだ。

マウリツィオからは遅れて出ると連絡を貰ったが、ルカとはこの駅で落ち合う約束をしている。次の列車で港に行こうと――ほら、言ったそばから来やがった。あそこできょろきょろしている金髪の男だよ。結局申し合わせから二時間遅れだ。日陰もないような場所で他人を待たせやがって。あいつ、絶対に謝らないと思うぜ。

ソニアも誘ったんだけれど、彼女は犬を見にエヴェリスの家に行くからおれたちと一緒には来ないってさ。あの狼みたいなでかくて黒い二匹のことが気に入ったらしい。何にせよ、エヴェリスがいる限りピエルマルコや〈ザイオン〉も手は出せないだろうし、おれたちも彼女とはまたどこかで会えるだろう。メナグラの座標を忘れなければ、きっといつか。

――苦労して辿り着いたところにこんな話をして悪かったな。だけど、本当にこの国は碌《ろく》でもない所だってわかっただろう？　マフィアだの化け物だのが平然とのさばっていやがるんだからな。あんたは相当な物好きと見たが、それでも永住地を探すなら他所を勧めるよ。

どうしても留まりたいって言うなら、夜には気を付けることだ。ベオグラードからはすっかり消えちまったらしいが、ミラノの方にはいまも吸血鬼がいると聞いた。昨夜、青い目をした若い吸血鬼が、どこかの留置場から逃げだしたみたいなんだよ。見張りが甘かったと思うか？　でも、いくら映像監視装置やら片面鏡やらを取り付けたところで、そいつらに吸血鬼の姿が映るわけがないってことを、おれやあんたはよく知っているはずだろう。

さて、鉄道のストライキも終わったみたいだし、おれはもう行かないといけない。長い時間潰しに付き合ってくれてありがとう。街を出る前にあんたに会えて良かったよ。

相変わらず金はなくて、これからどうするかっていう不安がないと言えば嘘になるけれど、おれたちが消えたことを知ったピエルマルコが明日どんな顔をするかって考えれば、少しは気も紛れるさ。幹部の父親に泣きつけば〈ザイオン〉の制裁からも逃れられるだろうが、あいつもこれを機にマフィアなんか辞めちまえばいいんだ。奴が頭を下げるなら、おれたちの新しい店で雇ってやってもいい――いや、やっぱりそれは嫌だな。まあ、あいつはあいつで上手くやるから大丈夫だよ。

　そうだ。次の店の名前についても聞いていってやってくれないか。考えてみたんだけれど、リストランテ〈ヴァンピーリ〉なんていうのはどうだろう。そっちの国では――ヴァンパイアと言ったか？　細かいことは何でもいい。大事なのはあんたらに伝わるかどうかってことだ。招かれなければ屋敷に入れない吸血鬼だって、店名を知っていれば安心して予約の電話を入れられるはずだからな。

　――ああ、待てよ。最後にとっておきのまじないを教えてやる。あんたにだけ、特別だぞ。いいか、魂が腐りそうになったら思い出すんだ。五から数えて、四、三、二、一……。いまだよ。いま、朝が来る。つべこべ考えずに走って行くべき場所へ向かえ。あんたは何かを変えようとしてここへ来たんだろう。それは正解だ。数をかぞえて〇《ゼロ》になったら、合図を信じて前に出ろ。

　おれはあんたの旅路に幸運があることを願っている。あんたもおれたちの無事を祈っていてくれ。それから吸血鬼に咬まれたら病院へ行って静脈に抗菌薬を打ってもらうこと。「呪い」なんてくだらないものに振り回されている場合じゃない。わかったか？　じゃあな。

本作は、第十一回新潮ミステリー大賞受賞作
二礼樹『悪徳を喰らう』を単行本化したものです。
刊行に際して改題し、応募作に加筆・修正を施しました。

リストランテ・ヴァンピーリ

発行　2025年3月20日
4刷　2025年6月10日

著者
二礼《にれ》　樹《いつき》

発行者
佐藤隆信
発行所
株式会社新潮社
〒162-8711 東京都新宿区矢来町71番地
電話 編集部 03(3266)5411
読者係 03(3266)5111
https://www.shinchosha.co.jp
装幀
新潮社装幀室
印刷所
株式会社光邦
製本所
大口製本印刷株式会社

ISBN978-4-10-356161-3 C0093